Gert Theile

Roßbach

Erzählung

Impressum

© 2020 Gert Theile
Satz: Manuela Götze, Weimar

Verlag & Druck: tredition GmbH, Halenreie 40-44, 22359 Hamburg

ISBN
Paperback   978-3-347-13963-3

Es gibt immer Leute, die durch Begabung und Beruf zu dem Glauben gebracht werden, sich – der Welt schuldig zu sein.

Wilhelm Raabe

Leonard Creutz (61)

Diese Idioten! Wenn ich die Augen schließe, kann ich die zur Front gefügten Pferdeleiber, die Schenkel an Schenkel stoßenden, sich reibenden aufgesessenen Kürassiere und Dragoner der Seydlitzschen Kavallerie detailgenau sehen. Sichtbarer Atem aus den Nüstern der Pferde, dünne Fahnen gefrorener Luft, die knapp über den Kinnriemen der Soldatenhelme hervorwehen. Zusammengedrängte Haufen von Wärme. Stallduft, Ledergeruch, auch Stockiges. Fauliges Stroh, vielleicht, noch vom Biwakieren. Leise sind sie, unheimlich leise für die Größe solcher Pulks. Dabei beträgt die Entfernung zu den Franzosen kaum vier- oder fünfhundert Meter. Gewiß, was seit zweieinhalb Jahrhunderten verweht ist, kann schlecht gehört werden in lauten Zeiten. Erst recht nicht von solchen wie denen dahinten im Auto. Diese Stille ist endgültig perdu. Aber riechen – Gerüche sind vorstellbar. Natürlich nicht für hirnlose Schießbudenfiguren. Flegeln in ihren Polstern, stieren dämlich auf die Wüstenei, fragen sich, was es hier bloß zu sehen gibt. Selbst wenn man versuchen würde, es euch zu beschreiben, wäre das Zeitverschwendung. Was sollte man diesen selbstvergessenen, multimedial degenerierten Schwachköpfen auch ausmalen, wo ihnen doch nicht mal ihre Eintagsfliegenexistenz gewärtig ist.

Gut, daß ich ihnen den Rücken zugekehrt habe, können sie nicht sehen können, wie man das Maul aufreißen muß. Es genügt eben nicht, den Geruch mit der Nase einfangen zu wollen; schlucken muß man ihn, inhalieren, runterwürgen, daß die Novemberkälte bis zum Magen durchschlägt. Frostbeschlagen wird damals auch das Riedgras gewesen sein. Und keine schwarzen Herbstäcker. Wiesen waren hier. Diese kalte Nässe, die

von der Saale heraufzieht, hat die fahle Nachmittags-
sonne nicht vertreiben können. Das Tuch der Wollmon-
turen feucht, beschlagen die Messingknöpfe, dazu dieses
Warten in der gemeinsam geteilten Stille vor dem erlö-
senden Kommando zum Losgaloppieren. Beklommen
macht das, beansprucht Platz selbst dort, wo Pferd und
Mann kaum Raum haben, sich im Moment zu bewegen.

Lichtverhältnisse? Gegen Viertel nach vier werden sie
die Sonne fast im Rücken gehabt haben. Tief hat sie gestanden, so tief, daß die anderen erst ziemlich spät sahen,
was da hinter den Hügeln in voller Karriere auf sie zu-
preschte …

Was hat der Große im Fond gerufen? Ah, Bernstetter
wartet. Soll er warten. War schließlich meine Idee, das
Institut hier anzusiedeln. Wären die nie draufgekommen.
Wie sie gelacht haben beim ersten Mal. Ganz unverschämt. Gebrüllt haben sie fast über die sogenannte ein-
heimische Sicht auf die Dinge. Nicht hämisch, sondern
dieses alles verstehende, onkelhafte Lachen, als hätte ein
Pubertierender einen nicht ganz zulänglichen Witz gemacht. Wohlwollend, leicht schmieriger Zug ins Joviale.
Obwohl lediglich immer die eigene Angst dahintersteckt
und der Zwang, zu verbergen, daß man nicht kapiert hat.
Angst haben sie noch immer, eigentlich wird sie mit den
Jahren immer größer. Fünfzehn Jahre hatte sogar ich ver-
anschlagt fürs Zusammenwachsen. Nun ist es schon mehr
als ein Vierteljahrhundert her. Sie spüren, daß die Min-
derwertigkeitskomplexe weg sind, und nur noch Wut
wächst über diese Parallelgesellschaften, die sich im Irgendwo treffen werden. Irgendwann, vielleicht... Beim
zweiten Mal haben sie dann nicht mehr gelacht. Warum
auch. Das Konzept war so einfach wie umfassend. Euro-

päische Vernetzung, internationale Dimension. Kulturhistorisch relevant. Zentrale Lage. Infrastrukturelle An-
bindung. Dabei eine kostengünstige Kalkulation. Alles
genial. Die Bauernknilche von der Lokalpolitik stehen ja
immer schon fürs Stiefellecken Gewehr bei Fuß. Die ört-
lichen Kreditgeber gleich mit. Ein Highlight aus dem
Nichts. Wirtschaftswunder auf der grünen Wiese. *Europäische Rahmenförderung regionaler Kulturentwick-
lung.* Dabei war die Idee naheliegend. Naheliegend wäre
das aber nicht, hatte Fibius noch vor einem Jahr einge-
wendet. Sogar alles andere als das. Was wollen Sie?
Auch bei ihm dieses dümmlich-arrogante Weglachen-
wollen. Ungläubigkeit gemischt mit tiefsitzender Angst.
Diaspora im eigenen Land. Was will der Eingeborene mit
seinen Ressentiments. Ja, was wohl. Also ehrlich, Herr
Creutz, hatte Fibius gefeixt, sich dabei verschwörerisch
vorgebeugt. (Auf ein Wort unter uns freien Geistern.)
Schließlich maliziöses Gelächele: Auf den alten Fritz
muß man erst mal kommen. Ja sicher, sicher: der Sieben-
jährige Krieg hat Weltpolitik entschieden. Frühe Form
von Globalisierung, wie? Weiß ich, weiß ich. Zu irgendwas war die Penne ja gut. Auch das Studium. Wissen Sie,
daß ich in mittelalterlicher Rechtsgeschichte promoviert
habe? Rußland, England, Frankreich, Deutschland, Öst-
erreich, Übersee – Amerika … Urplötzlich hatte er ange-
bissen. Es war genau zu sehen, wie er zappelig wurde von
einer Sekunde zur nächsten. Und wie heißt das Nest, das
Ihnen dabei vorschwebt, Herr Creutz? Roßbach? Wie die
Schlacht bei Roßbach? Ach, das ist der Ort des Gesche-
hens. Ja, und was gibt es da? Ich meine kulturhistorisch
Interessantes, infrastrukturelle Gegebenheiten? Irgendwelche Wirtschaftsansiedlung? Nur Felder, alles flach?
Nächstes Ballungsgebiet petrolchemische mitteldeutsche
Industrie? Kuhbläke, Bauernhof, Kirche und so. Mmmh,

ja. Klingt nicht gerade verlockend. Haben wir eine Karte von der Gegend?

Seine fahrigen Bewegungen. Ich hatte das betreffende Blatt schon beim ersten Durchblättern registriert. Laß ihn suchen. Jetzt braucht er nur noch den Gute-Nacht-Kuß. Und als Trostpflaster die Gewißheit, eigentlich sei er der Vater des Gedankens. Ich kenne doch dieses Flimmern in seinen Augen, wenn er sich für einen Vorschlag begeistern kann, gerade, weil er schräg ist. Endlich hat er die richtige Karte gefunden, hat bestimmt schon dreimal vorbeigeblättert. Jetzt noch ein viel zu lässiges, hartes Pochen mitten auf die tieflandgrüne Fläche. Hier! *Hic rodus, hic salta*, jawohl der Herr! Er stiert so angestrengt auf den kleinen topographischen Punkt im grünen Niemandsland, als wolle er ein Bild von dem verschissenen Kaff herbeizwingen. Immer imaginiere du nur. Und der Ort gehört zu welchem Bundesland? Genaugenommen Sachsen-Anhalt zugehörig, Herr Fibius. Aber derart nah an der Landesgrenze, daß man das verkaufen könnte als den Ort im mitteldeutschen Dreiländereck. Genau dort, wo Thüringen, Sachsen und Sachsen-Anhalt aufeinandertreffen. Würde sich auch gut machen, werbetechnisch: Bundespolitische Strategie für bedeutsames mitteldeutsches Kulturerbe von weltpolitischer Dimension, Sie verstehen? Die beleidigende Nachfrage überhört er geflissentlich, schließlich ist es jetzt seine Idee.

Tja, (Kurze Wirkungspause, die nächste Äußerung leitet schließlich ein Chefprojekt ein.) lieber Creutz, das könnte klappen. Ich muß natürlich noch Rücksprache halten. Aber falls ich Wohlleben überzeugen kann, falls! - dann machen wir Nägel mit Köpfen. Nicht, daß Sie enttäuscht sind, wenn es nicht wird, wie Sie sich das vorgestellt haben. Es ist, wie gesagt, wirklich etwas abseitig.

Aber irgendwie habe ich dabei ein gutes Gefühl. Sollen mal aus den Puschen kommen, die Herren.

Nochmal gutsherrlich mein Papier zur Hand. Das ungläubige Kopfschütteln gerät eine Spur zu theatralisch (Nein, so einfach ist das gedacht!): Sagen Sie, würden Sie damit klarkommen, sozusagen vor Ort die Stellung zu halten, bis dieses Institut dort richtig arbeitsfähig ist? Ist ja nichts, nur Pampa. Und Naumburg, na ja, jeden Tag kann man wohl auch nicht in einem Provinznest lustwandeln, ohne daß es aufs Gemüt schlägt. Da steht doch dieser Naumburger Dom, oder?

Das verhält sich genauso wie in Köln, Herr Fibius, antworte ich. Als er noch hört, daß ich von dort herstamme, vor einem halben Leben da aufgewachsen bin bei den Großeltern, mustert er mich, als hätte ich gerade mein Incognito gelüftet: Ach, wirklich?! Wußte bis heute nicht, daß Distinktion und Ekel so miteinander harmonieren können und bin ihm dankbar, daß er sich in meiner Gegenwart nicht übergibt.

Der Große mahnt schon wieder und läßt dazu die Zeitansage folgen. Ist ihm sicher auch noch nie passiert, daß ein kleiner Angestellter den Chef des größten deutschen Bankhauses warten läßt, bloß um wie ein Somnambuler auf einen mitteldeutschen Acker zu starren.

Anselm Bernstetter (64)

Enorme Höhenunterschiede überspielt man durch Perspektivwechsel. Dieser Mann behält selbst im persönlichen Gespräch sein *pokerface*. Man soll sich eben nicht im Vorhinein festlegen; hätte hundertprozentig angenommen, daß er der Frechheit, der Freiheit des Narren, eben den Vorzug gibt. Was für ein Schauspieler, dieser Creutz. Das Lob läßt er nahezu regungslos passieren. Arrogant ist er also auch noch. Müssen wir etwas Basisarbeit leisten. Als ich ihm gestehe, wie mich seine Idee fasziniert hat, ist seine Reserve geradezu räumlich spürbar. Dabei hat er noch gar nicht realisiert, daß ich nicht diese Institutsgeschichte meine, die er Wohlleben und Fibius quasi in die Feder diktiert hat. Eine klassisch entwickelte Idee, auf die diese aufgeblasenen Zuträger niemals gekommen wären. Nein, Herr Creutz, sage ich, Ihre nahezu unverschämte Leistung, uns, Ihren zukünftigen Arbeitgebern des Roßbach-Center gegenüber, dieses wunderbare Projekt nur zehn Monate nachdem Ihre Idee Wirklichkeit geworden ist, gleich mit einer Eulenspiegelei der übelsten Sorte zu konterkarieren. Das hat mich, zugegebenermaßen, zuerst bloß ratlos, aber dann neugierig gemacht. Das etwas zu breit geratene Gesicht mit den klugen, mitunter fast erschreckend harten grauen Augen ist ganz Maske. Oder hat der eine Mundwinkel doch leicht gezuckt? Er ist unverschämt genug, sich ungläubig rückzuversichern: Sie hielten meine wissenschaftlich begründeten Zweifel, die ich auf der Konferenz in Halle vorgetragen habe, für nichts anderes als eine Despektierlichkeit, Herr Bernstetter, fragt er, und ich erkenne nicht, ob er das ironisch meint oder es auf eine versöhnliche Tonart für das weitere Gespräch anlegt. Mensch, Creutz, sage ich ihm verschwörerisch zu Gefallen und fahre das Niveau etwas herunter. Ich imponiere ja auch ganz gern, vor allem, wenn es sich um Frauen handelt. Dann, ohne Pause, damit er nicht dicht macht wegen der Anspielung: Ich versage Ihnen keineswegs meinen Respekt vor dieser

Scharade, die Sie diesen akademischen Strohköpfen gespielt haben. Wie Sie anhand alles Nichtvorhandenen und zusammen mit der eindeutigen publizistischen Propaganda in den Zeitungen und Denkschriften diese Schlacht als reine Erfindung abgehandelt haben und denen die Kinnladen verrutscht sind, Chapeau!, das war schon ein ergötzlicher Anblick. Er lächelt etwas gezwungen, wie es scheint. Es sei ja angeblich eine für die damaligen Verhältnisse sehr kleine Bataille gewesen, doziert er. Im Wiener Heeresbericht wird darüber mit dreiwöchiger Verspätung berichtet, und es läse sich lediglich wie ein größeres Scharmützel. Seitens des Reichsheeres wird alles heruntergespielt, und wo seien schließlich die tausenden Kriegsgefangenen der Preußen geblieben. In den Garnisonen der Umgegend sicher nicht. Und die berühmte Seydlitzsche Kavallkade! Bis zu den Ausläufern des Harzes sollen die Dragoner dem Feind nachgesetzt haben. Bei solchem Wetter! Eine propagandistisch aufgeblähte Geschichte, die Preußen wieder ins Spiel um einen fast aussichtslosen Krieg gebracht hat. Und auf dem diplomatischen Parkett haben die Briten die Roßbach-Schlacht ordentlich gepuscht. Das Ergebnis: Die Karten um die Neuengland-Staaten mußten neu gemischt werden zwischen Engländern und Franzosen. Mit dem Ergebnis … Als ich abwinke, verstummt er sofort. Anzeichen dafür, daß er keinen Deut hinter dieser Räuberpistole steht, die er der Historikerzunft so rabbulistisch aufgetischt hat. Ich würde schon verstehen, höre ich mich sprechen, manchmal juckt einem das Fell, solche Wichtigtuer einmal richtig vorzuführen. Und um Frau Sobek einmal lachen zu hören, wäre mir persönlich so ein Hüttenzauber durchaus die gewiß nicht unbeträchtliche Arbeit wert, die man in diese Art von Beweisführung stecken muß. Nicht wahr? Keine Reaktion seinerseits. War doch ein wenig zu direkt. Also lassen wir die Dame aus dem Spiel. Wird Ihr Referat über die Schlacht, die angeblich nie stattfand, publiziert werden, Herr Creutz? Unter Ihrem Namen? Er lächelt so nachsichtig wie selbstbewußt. Es würde schwer sein, entgegnet er, das Gegenteil zu beweisen, weil es kaum Aufzeichnungen, keine Akten, fast keine Briefe gibt. Alles kann so oder auch so gewesen sein. Und was meinen Sie, Herr Bernstetter, was erscheint für uns Heutige einleuchtender, was verkraften die Leute mit dem Abstand von zweieinhalb Jahrhunderten leichter: Die Bekräftigung oder die Zerstörung einer Legende? Wir mit unserem angeblich so kritischen Sinn. Denken Sie an Jesus! Je komplexer die Realität, desto simpler die Erklärungsversuche. Natürlich wollen wir alle unser liebgewonnenes Bild vom Alten Fritz bewahren. Darin besteht ja eben der Trick. Wir wollen seine legendarische Gestalt nicht verkleinern, sondern wir erhöhen sein Ansehen noch. Beispiele für den genialen Feldherrn, für den sich aufopfernden Schlachtenlenker haben wir zur Genüge in den Geschichtsbüchern. Genau so präsent ist der Machtzyniker und philosophische Nihilist, der Charakterkopf ebenso wie die markante Silhouette, die Adolph Menzel in unzähligen Zeichnungen in unser Bildgedächtnis eingeführt hat. Was wir jedoch noch nicht in unserem Friedrich-Bild vorweisen können, ist der Diplomat, der Propagandist und politische Manipulator. Wie wir wissen, bewundert die Nachwelt ihn für seinen unbedingten Willen, Preußen siegreich aus seinen Mehrfrontenkriegen zu führen. Amüsiert sich über seine Direktheiten und groben Umgangsformen. Seinen Frauenhaß. Daß das sogenannte Mirakel des Hauses Brandenburg, der plötzliche Tod der russischen Zarin, Friedrich den glimpflichen Ausgang des Siebenjährigen Krieges und damit Preußen die Existenz gesichert hat, spielt keine große Rolle in den Augen derer, die ihn den Großen König nennen. Aber stellen Sie sich bitte vor, Herr Bernstetter, und nun gerät er bei seiner Erläuterung fast in Fahrt, wenn man vermitteln kann, daß ein kleines Scharmützel nahe einem heute längst verschwundenen Saaleübergang zu einer fast kriegsentscheidenden Schlacht ausgemalt wird zu Zeiten, wo fast alles noch von Kolportage und Hörensagen kommunikationstechnisch von statten geht. Friedrich wäre mit einem Schlag ein exorbitant hochkarätiger Politiker, der den Kriegsherren mit dem Diplomaten nicht nur auf dem deutschen Schlachtfeld verbände, nein, er wäre sogar das Zünglein an der Waage im Krieg der europäischen Großmächte in Übersee und nicht irgendein britischer Premierminister, der nach einem preußischen Sieg wieder einmal Geld locker macht für die arme Sandbüchse Brandenburg. Friedrich als *trickster* im Siebenjährigen Krieg und in der europäischen. Amerikapolitik. Siegen durch Hörensagen.

Das Schweigen dauert für meine Begriffe ein wenig lange. Er muß nicht merken, daß mir seine alberne Geschichte völlig egal ist. Nicht gleichgültig ist mir seine Veranlagung; aber das bekommt er noch früh genug mit. Ich gieße ihm jetzt noch Kaffee ein, runzele die Stirn und spiele ein wenig den Skeptischen. Kleines Scharmützel! War es nicht so, daß die Preußen mit gut zwanzigtausend Mann den doppelt so starken Feind geschlagen haben. Das ist doch gerade die Leistung Friedrichs! Und die Reichsarmee? Das diplomatische Corps Frankreichs, der Briefverkehr in den Staatsarchiven, in der Nationalbibliothek in Paris, wie bauen Sie das in ihre waghalsige These ein, Herr Creutz? Er zuckt die Achseln. Petitessen, sagt er echt snobistisch, und es scheint ihn nicht die Bohne zu sorgen. Alles Marginalien. Wie ich bereits sagte, Herr Bernstetter: Man kann es so oder so interpretieren. Die französischen Militärs und was bei ihnen an ausländischen Söldnern noch mitlief, haben in der Regel mehr gejammert über den verlorengegangen Troß, den Plunder, die Luxuszelte, die Möbel und die Huren, die sie aufs Schlachtfeld mitgeschleppt hatten. Fazit könnte sein: Das Gefecht bei Roßbach war eine kurze Veranstaltung, welche die feindliche Generalität, meist hinter der Front mit sich beschäftigt, gar nicht richtig mitbekam, als die Preußen das Treffen schon für sich entschieden hatten. Und falls die überlieferte Anekdote stimmt, es hätte ein gefangener französischer Offizier gegenüber einem Preußen geäußert, diese hätten eine Armee, während die Reichsarmee lediglich ein reisendes Bordell sei, stellt sich doch die Frage, welche Leistung höher zu veranschlagen ist: eine desolate Armee effizient im Felde zu schlagen, oder eine Schlacht einfach zu erfinden, die der Politik eine völlig andere Linie vorschreibt. Er lächelt schon wieder so leicht arrogant. Ich habe die betreffenden Dokumente alle aufgelistet, sagt er aufmunternd. Es gibt keine einzige aussagekräftige Briefstelle, die man nicht so uminterpretieren könnte, daß deutlich wird, wie unzuverlässig der jeweilige Informant berichtet: Übertreibend, verzeichnend, uninformiert, lügnerisch – man kennt das.

Und was dann, frage ich abrupt. Jetzt fährt er doch etwas zusammen. Wie was dann, fragt er verständnislos zurück, und ich registriere wieder dieses fast unmerkliche Zucken um seinen Mundwinkel. Nachdem Ihre Münchhausenstory in die Annalen der Kriegsgeschichte aufgenommen worden ist. Was machen Sie danach, Herr Creutz. Delektieren Sie sich in aller Heimlichkeit daran, wie Sie der guten alten Weltgeschichte mit einer minimalen Korrektur Ihren eskapistischen Stempel aufgedrückt haben? Reiten Sie weiter auf der Kanonenkugel, wo Sie sich täglich über die Dummheit Ihrer Berufskollegen ausschütten? Wollen Sie vielleicht noch einen kleinen Skandal lancieren in der deutschen Kulturlandschaft? Oder legen Sie diese Laune ad acta wie die übrigen Zickzacksprünge, die Ihr bisheriges Leben geprägt haben?

Warum haben Sie sich dann für mich entschieden, antwortet er wieder mit einer Gegenfrage, aber eher neugierig als trotzig, da Ihnen dieser Werdegang doch schon bei der Einstellung bekannt gewesen sein wird. Was Sie jetzt gerade versuchen, Creutz, sage ich, nenne ich immer eine rhetorische Rochade. Nett, sagt er, aber sein Amüsement will sich mir nicht recht vermitteln. Ja, sage ich, es widerspricht meiner pragmatischen Einstellung und will mir auch nicht recht einleuchten, daß jemand – ich zeichne vage eine Figur in die Luft – sein kreatives Potential sowie einen enormen Aufwand an Arbeit und Scharfsinn einfach bloß für einen Ulk investiert. In der Finanzwelt haben wir auf ein Ergebnis unterm Strich hinzuarbeiten, Herr Creutz. Ein Ergebnis, das sich in schwarzen Zahlen widerzuspiegeln hat.

Das tut mir leid, sagt er schlicht, und es wirkt patzig, ich bin nun mal kein Buchhalter. Ich versuche, eher spielerisch zu denken. Bitte verstehen Sie mich nicht falsch. Mit der Demonstration meiner Schlachtthese wollte ich keineswegs meine Eitelkeit befriedigen, sondern – etwas pointiert, das will ich zugeben – auf Gefahren hinweisen, die sogenannte gesicherte historische Wahrheiten enthalten. Ach wirklich? Zu meinem Ärger ertappe ich mich dabei, daß ich unmerklich mit den Kopf schüttele. Was für ein unverfrorener Filou! Nun lassen wir es mal genug sein mit diesem Geplänkel. Mich mit Moral abspeisen zu wollen, ist doch etwas viel gewagt. Jetzt biegen wir mal auf die Zielgerade ein, wobei wir an die Rollenverteilung erinnern müssen. Der Sieger schreibt bekanntlich die Geschichte, ja Herr Creutz?, sage ich etwas schmallippig. Napoleon, glaube ich mich zu erinnern, nicht? Kennen wir ja alles. Lassen Sie uns also zum Punkt kommen. Ich werde Ihnen jetzt ein Angebot machen, wie wir uns Ihre künftige Arbeit für das Roßbach-Center konkret vorstellen, und Sie überdenken das bitte bis morgen. Falls Sie sich für dieses Angebot entscheiden sollten, würde es mich freuen. Falls nicht, werden Sie mit unserer Personalchefin über die Abfindungsmodalitäten bis zum Ende Ihrer Honorartätigkeit sprechen müssen. Sind wir soweit d'accord? An seinem Gesicht, das sich nun nicht mehr zum Pokern eignen würde, sehe ich, daß er sich schon innerlich für den Rausschmiß rüstet. Napoleon wird ein Ausspruch zugeschrieben, der es eher trifft, sagt er trotzdem leichthin, und es ist wohl weniger als Widerspruch gemeint, denn als Werben um Verständnis. Die Geschichte ist die Lüge, auf die sich alle Beteiligten geeinigt haben.

Johannes Anstandt (90)

Nicht dieses Rot! Karmesin geht gar nicht. So plakativ käme das rüber, daß die annehmen könnten, ich hätte meine rote Periode noch nicht überwunden. Und das bei der Zentralfigur. Gleich würde wieder so ein Hirni darauf hinweisen, daß der alte Anstandt nicht mal auf der Malerpalette seiner altkommunistischen Farbenwelt entsagen kann. So wie vor dreißig, vierzig Jahren. Dabei ist das ein Zeitraum, wo sich Staaten problemlos im schwarzen Loch der Selbstverleugnung sang- und klanglos entsorgen. Wie das am Pinsel pappt. Westschiß! Zwar um ein Vielfaches teurer als die alten Dinger, die wir noch in den Siebzigern hergestellt haben, aber irgendwie hielten die Farben einfach besser. Meine alten Ostpinsel! Mit denen habe ich neunundachtzig noch das Wandbild gemalt, was die dann unter Spanplatten begraben haben. Als ob Krieg und Zerstörung irgendwelche Parteiabzeichen tragen. Ist nun auch schon beinahe ein Vierteljahrhundert her. Kinners, wie die Zeit vergeht. Werde denen helfen, irgendwelche Vergleiche herbei zu phantasieren. Das Rostrot versetze ich mit Sepia, dann können sie lange nach dem roten Anstandt Ausschau halten. Sind eh alles Mitläufer, wie zu jeder Zeit. Dieser Bernstetter ist aber ein ganz anderes Kaliber als die kolonialen Langweiler. Eloquent, treuherzig und dabei so ein aalglatter falscher Hund, daß einem schon mal das Kotzen kommt. Hätten wir bei den Partisanen glatt erschossen, wenn der uns in die Hände gefallen wäre, dieser alerte Knopp. Zahlt aber gut. Tu was du nicht lassen kannst, Bruder! Simuliert sogar den Kenner, so, als wenn er was von Technik verstünde und lobt die alten Radierungen aus den Siebzigern. Muß man ja direkt aufpassen, daß der einem nicht noch ein kostenloses Girokonto bei einer seiner Drecksbanken unterjubelt. Wozu der den Schinken eigentlich braucht. Zwanzigtausend, mein lieber Mann! Was will ich bloß noch mit der Schorre? Vielleicht diesen gelackten Salonbolschewisten was spenden. Ne, ne, da hörte ja alles auf. Weiß nicht, aber das Geld kommt für einen immer zu spät. Italien wäre schön, aber zu heiß. Bin auch viel zu alt. Dagegen dieser Bauernkriegsmaler, der hat es richtiggemacht. Rechtzeitig abkratzen und der Nachwelt seine manieristischen Bilderbogen aus der Klapsmühle der Geschichte zur verpflichtenden Pflege überlassen. Nennen sie jetzt enigmatisch, weil niemand sich einen Reim drauf machen kann. War er wenigstens einmal ehrlich, die eigene geistige Unstrukturiertheit hinzuschmieren. Mache ich lieber mein eigenes Ding! Und wenn der Bernstetter vom Vertrag zurücktritt: Diesen Militaristenkrempel male ich so, wie ich es für richtig halte. Hund und Sau! Wo habe ich nur das Terpentin abgestellt. Bin ja auch schon viel zu alt für solchen Kram, hätte vor fünf Jahren abtreten sollen, als die mir die Herzklappe wieder zusammengeflickt haben. Neunzig ist nur noch Qual. Und jetzt klingelt es auch noch. Wo hat diese blöde Kuh von Pflegerin bloß die Fernbedienung hingelegt für den Türöffner? Dicke Titten, fettige Haare und nur Stroh im Kopf. Ja, ja, Sesam öffnet sich gleich.

Nanu! Beziehen die jetzt das Personal von der Schönheitsfarm? Die ist aber ganz was anderes als die Schlampe von gestern. Süß, aber richtig elegant. Und fraulich, hallelujah! Ach nicht? Nicht vom Pflegedienst? Wäre auch zu schön gewesen. Glaube auch nicht, daß sie richtig zupacken kann. Was will sie mit dem Wisch, den sie im Pfötchen hält, als sollte sie einen Einkaufszettel über den Tresen reichen? Eine Verwaltungsschnalle ist sie jedenfalls nicht; sieht ja alles andere als altbacken aus. Sehr kluge Augen. Mal sehen. Ach so, von Bernstetter kommt sie. Vielmehr aus seinem Naumburger Kasperladen, wo sie den Leuten ihre eigene Geschichte erklären. Beziehungsweise echt kapitalistisch ummodeln. Deutschland geht in der Welt auf! Vagabunden aller Länder, bereichert euch! Auf solche Globalisierung ist aber geschissen. Sicher wollten wir auch Weltbeglücker sein und alles rot anmalen; aber wir haben den Leuten wenigstens die Herkunft gelassen. Wie soll der Arbeiter wissen, was er will, wenn er nicht mehr weiß, wo er herstammt. Andererseits: Wie buchstabieren die heute noch arbeiten in ihrer Schrottgesellschaft, vollgestopft mit Sozialkassenpatienten. Die Kleine macht aber einen anderen Eindruck. Irgendwie geerdet. Und ein schönes Profil, so wie sie im Gegenlicht steht. Hätte der Kuh gestern sagen sollen, daß sie das Fenster putzen soll. Muß man sich ja schämen. Das nächste Mal hängt mir noch der Schwanz aus der Hose. Ja, immer herein in die gute Stube. Tee ist in der Thermoskanne. Mag sie nicht. Gutes Mädchen. Kam mir vor zehn Jahren auch noch nicht über die Lippen. Ein Bier nimmt sie aber. Muß sie sich selbst aus dem Kühlschrank holen. Wenn ich mir jetzt auch eins genehmige, kann ich den Tag abschreiben - ein Elend ist das. Wenn es nicht so traurig wäre, würde ich lachen. So wie sie jetzt vor der Schmiererei für diesen Bernstetter. Ob es das bestellte Bild für das Vestibül vom Roßbach-Center sei, fragt sie, und ob ich sauer bin, weil sie lachen muß. Aber ja, ich meine, das ist es. Wenn sie mir verrät, warum sie drüber lacht, nehme ich einer Lady nichts übel. Sie zieht ein bißchen die Stirn kraus, was mich ganz entzückt, denn das verrät charmanten Geist. Unüberbietbar, wie sie da in ihrem Leinenkostüm vor der Staffelei steht, mir halb zugedreht. Schöne Brustlinie, hätte fast Lust nochmal einen Akt anzufangen. Sie schüttelt die kurzen schwarzen Haare, die ich mir ein wenig länger wünschte. Und fängt wieder an zu lachen. Ich habe mir gerade Herrn Bernstetters Verblüffung ausgemalt, sagt sie. Wenn er realisiert, daß seine Preußenkrieger etwas amorph aussehen. Beinahe so, als verwandelten sie sich in bissige Hunde, die sich ineinander verkeilt haben. Etwas gemein ist das schon. Sie wirft mir trotz der heiteren Miene schnell einen prüfenden Blick zu. Aber diese Metamorphose über die Farben und die sich auflösenden Konturen beinahe nur anzudeuten, diese Interpretation dem Betrachter sozusagen zu unterstellen, das ist natürlich genial. So etwas muß man können. - Verflucht und zugenäht, wenn das so weitergeht, werde ich sie noch malen müssen. Wie sie dem hinterhältigen Anstandt gleich auf die Schliche kommt. Und von Kunst versteht sie auch noch was. Ja, was haben sie damals gelästert, als ich das erste Mal diese Dynamik über die Konturen in die Bilder hereingebracht habe. Ohne Sitte und Anstand sei so etwas! Kalauer billigster Sorte kann ich selber. Schlimm, was wir damals so haben hochkommen lassen. Diese Politfunktionäre sind doch in jeder Gesellschaft gleich. Parvenüs, die nichts gelernt haben und nichts können, aber sich kriechend noch im kleinbürgerlichsten Arsch wohlfühlen. Wenigstens mußten die bei uns noch irgendwas lernen: Dachdecker. Na, meinetwegen. Aber heute? Lehrer, Rechtsverdreher und jede Menge Studienabbrecher. Homos, Lesben, irgendwelche Transen, die nicht mal wissen, was sie sein wollen, EKD-Pfaffen und ihre Weiber. Und alle haben die große Fresse. Soziologiegequatsche, aber Anspruch auf Diäten schon nach kurzer Zeit, wenn anständige Leute noch nicht mal ihre Ausbildung fertig haben. Was hat die Kleine gefragt? Setzepfand? Ob ich mich an einen Jacob Setzepfand erinnern kann. Na, und ob, meine Kleine. War ja eine der größten menschlichen Enttäuschungen, von meinen drei Frauen mal abgesehen. Dabei hatte der wirklich was auf dem Kasten. Hatte seine Zukunft im Apparat unmittelbar vor sich, sollte ein ganz großes Tier werden. Hat keiner verstanden damals, warum er auf diese Art die Fahne gewechselt hat. Wer den Stein ins Rollen gebracht hat vor über vierzig Jahren? Mädelchen, das ist nun wirklich lange her, und der Jüngste bin ich, wie man sieht, ja auch nicht mehr. Das hat dann alles die Stasi in die Hand genommen als das ganze Ausmaß erkennbar wurde. Sicher habe ich damals diese Kommission geleitet wegen dem Parteiausschluß. Aber das war doch Folklore. Setzepfand hatte Glück, daß er nur Hausarrest statt Bautzen bekommen hat. Denken Sie, da juckt einen noch so ein albernes Blechabzeichen. Weiß sie, na bitte. Was will sie dann von mir. Und was geht sie dieser alte Kram eigentlich noch an. Machen die jetzt in Bernstetters Bude schon auf DDR-Unrecht aufarbeiten. Ich denke, die sind noch beim Alten Fritzen und seinen Kloppereien. Ach, die Akten aus dem Parteiarchiv. Ob ich da noch herankäme, theoretisch sozusagen. Da ich doch Ehrenmitglied in allen Gremien dieser neuen Linken sei, meint sie, und da läge es doch nahe, daß man mir Einsicht gewährt. Vielleicht, wenn ich das als Erinnerungsstütze bräuchte, etwa für autobiographischen Arbeiten. Hä, „läge nahe" … „autographische Arbeiten", ja sicher. Haben doch schon alles säuberlich aufgelistet und katalogisiert in ihrem Germanischen Nationalmuseum, oder wie das heißt. Alter Sack, der ich bin, lasse ich mich doch nicht so mir nichts dir nichts für ein hübsches Lärvchen um den Finger wickeln. Da muß sie schon mit was rausrücken, damit wir wenigstens Informationen tauschen. Quid pro quo, meine Süße. Aber was kann ich schon noch brauchen von diesen Pimpfen und Pionieren. Sollte man es der kleinen Pfadfinderin wenigstens nicht zu einfach machen. Auch ein altes Schlachtroß hat noch seinen Stolz, herrjemineh! Nun, gib mir mal doch ein Bier zum Tisch rüber. Aber um Himmelswillen keins aus dem Kühlschrank, mein Kind, leider. Ja, so is gut. Soll sich erst mal hinpflanzen. Müssen heutzutage alle lernen, sich ein bißchen in Geduld zu üben. Nur Hektik, inszenierte Betriebsamkeit, dabei totaler Leerlauf. Auch geistig, versteht sich. Und die Dümmsten labern noch von „Nachhaltigkeit". Wenn schon das, dann nur mit zwei L zu schreiben. Ja, Setzepfand. Mäuschen, das ist doch schon so lange her. Da war ich gerade in die Akademie aufgenommen worden. Und Jacob war unser Chef. Sehr unkonventionell und immer für einen Eklat gut. Er war so etwas wie die letzte Boje am Badestrad der Volksmusik. Bis hierhin darfst du raus, dann begiebst du dich in gefährliche Gewässer. Aber Jacob konnte niemand etwas. Erst recht nicht die Funktionärsriege. Schließlich galt er als einer der engsten Freunde des Dachdeckers. Direkter Draht bis ganz nach oben. Rotes Telefon, sozusagen. Habe nie verstanden, wie diese beiden zusammengepaßt haben. Der eine hochbegabter Wissenschaftler und Lebemann, der andere ein kleinbürgerlicher prüder Apparatschick, einzig gesegnet mit einem unfehlbaren Machtinstinkt. Haben unter den Nazis zusammen im Knast gesessen, als ganz junge Kerle. Wahrscheinlich hat sie das zusammengeschweißt in der Aufbauzeit hier im Osten. Gab ja auch einen immensen Personalmangel, und Setzepfand war ein exzellenter Biologe mit einer geradezu vorbildlichen Biographie samt drei Jahren Zuchthaus unter den Nazis. Wenn der bei seinem Leisten geblieben wäre, hätte das DNS-Modell nicht nach Watson und Crick benannt werden müssen. Aber er war auch ein faszinierender Macher, wenngleich ein miserabler Leiter. Alles Administrative hat er gehandhabt wie ein Circus-Direktor. Da war der Dachdecker ganz anders, mausgrauer Berufsintrigant und Langweiler vor dem Herrn, der er war. So, jetzt brauch ich aber einen Schluck. So viel habe ich vor zehn Jahren am Stück gequatscht, als sie mir, sagen wir mal: notgedrungen, das Verdienstkreuz des Klassenfeindes verliehen haben. Fürs Lebenswerk, na Prost! Hat aufmerksam zugehört, die Kleine. Oder wenigstens so getan. Nett von ihr. Kann sie schließlich auch nachlesen, was ich erzählt habe. Das Verhältnis zwischen Setzepfand und dem Dachdecker wird doch noch in jeder Schwarte ausgewälzt, die über die Opposition in der guten alten DDR auf den Markt gebracht wird. Warum also Setzepfand, Mädchen? Wollt ihr eurer Institut nach ihm benennen? Was, Tagung zur politischen Opposition in der deutschen Geschichte? Kulturphilosophie? Ach nö! Jetzt redet sie aber Stuß. Weiß doch jeder, daß in diesem Roßbach-Center sich Politik und Finanzkapital die Klinke in die Hand geben, seit die in ihren futuristischen Glaspalast, der ihnen auf die grüne Wiese gestellt wurde, eingezogen sind wie Odins Truppe in Walhall. Ständig ein Kommen und Gehen und immer dicke Limousinen, oft mit Diplomatenkennzeichen auf dem Parkplatz. Kann sie mir nicht weißmachen, daß die hier kulturellen Ringelpietz veranstalten. Ist zwar heute so verbreitet, wie im Mittelalter die Krätze. Aber wenn dieser Bernstetter vorfährt, das hat mir der Iwein unter der Hand erzählt, wimmelt es dort vor Berliner Sesselfurzern und CD-Fritzen. Die konferieren ganz gewiß nicht über die Toten aus dem ehemaligen Beitrittsgebiet. Irgendwie schmeckt das Bier schal. Muß wohl am schlechten Geschmack liegen, der sich einstellt, wenn man an diese rückgratlosen Lackaffen bloß denkt. Aber wie sie jetzt unter den Ponyfransen hervorpliert, sehr apart, hat gemerkt, daß ich ihr das nicht abgekauft habe. Habe sie richtig eingeschätzt gleich zu Anfang: Sie schaltet auch sofort auf aufrichtig. Will ich ihr auch geraten haben. Ich benötige die Akte für eine persönliche Recherche, sagt sie einfach. Persönlich. So, so. Setzepfand war mein Vater, sagt sie da und hat mich schon wieder. War gar nicht bekannt, daß er Familie hatte, der Filou, sage ich, und: Der hatte in jedem Hafen eine Braut. Und entschuldige mich gleich dafür. Scheint mir das aber nicht übel zu nehmen. Ich bin unehelich geboren, entgegnet sie bloß. Wie sich das heutzutage anhört: Unehelich geboren! Fast so, als sagte man, leicht verkrüppelt. Ist doch nichts Besonderes mehr. Muß mal rechnen. Setzepfand starb Anfang der Neunziger. War wohl alles zuviel für ihn, diese Enttäuschungen. Erst der mängelbehaftete Sozialismus nach dem Krieg, dann die Opposition, zum Schluß noch die traurige Gewißheit, daß seine neunundachtziger Partei ein rein Potemkinsches Dorf war, wo sich mehr Stasi-Informanten tummelten als in der Normannenstraße zur Ordensverleihung für Kämpfer an der unsichtbaren Front. Jacob war, glaube ich, bißchen älter als ich. So Jahrgang Zwanzig Plus etwa. Dürfte mein reizendes Gegenüber etwa Anfang Fünfzig sein. Später Ausrutscher sozusagen. Aber der hat ja noch rumgemacht, als er schon sterbenskrank war. Ich bin neunzehnhundertfünfundsechzig geboren, sagt sie, als hätte sie mir die Rechenanstrengung angesehen. Auf der Geburtsurkunde steht der Name Jacob Setzepfand. Er hat die Vaterschaft anerkannt. Verdammt noch eins, ich werde nicht schlau aus ihr. Dann geht's doch persönlicher nicht mehr. Warum fordert sie die Akte ihres Vaters nicht einfach an. Braucht sie doch keine Audienz bei mir. Sie scheint Gedankenlesen zu können. Ich hab es mehrfach versucht, sagt sie. Kein Herankommen. Seine Akte in der Stasi-Unterlagenbehörde ist kaum so dick, wie die eines Normalbürgers aus der DDR. Seitenweise Schwärzungen, es müssen auch Seiten fehlen. Die Jahre nach dem verhängten Hausarrest sind so gut wie gar nicht dokumentiert, obwohl es da mit den Repressalien weiterging. Keine Erklärungen der Behörde. Angeblich alles im Zuge der Vernichtungsaktionen kurz vor Auflösung der Staatssicherheit geschehen. Merkwürdig ist nur, daß das alles sehr zielgerichtet aussieht, wo man doch damals in

Zeitnot war bei der Vernichtung und Akten wohl eher geschreddert hat, als in aller Seelenruhe auszuwählen, was man entfernt und was nicht. Und die Unterlagen in der Akademie aus seiner Zeit als Präsident sind gesperrt. Was gibt's denn da zu sperren? Seine Verhaftung war doch viel später, sage ich. Sie zuckt leicht resigniert die hübschen Schultern, was so gar nicht zu ihrem Kostümchen passen will, weil Businessfrauen von heute doch *tough* sein sollen, und sagt bloß: Aus Gründen des Persönlichkeitsschutzes noch Lebender gesperrt. Was soll denn da noch zu schützen sein, welche Persönlichkeitsrechte. Die sind doch alle längst mausetot. Wer außer mir altem Saurier soll denn da noch leben und Geheimnisse aus den Siebzigern ausplaudern? Ist doch zudem alles zigfach veröffentlicht, wer in der Akademie wen bespitzelt hat. Das meiste ist genauso ein Tinnef wie der Intrigantenstadel, der in den Westinstitutionen Gang und Gebe ist. Nur eben nicht staatlich zentral organisiert, sondern transatlantisch gelenkt. Hä, hä! All diese kleinen schäbigen Denunziatiönchen, die Niedertracht und vor allem der grüne Neid. Ne, ne – will nichts mehr davon wissen. Das Bier bekommt mir aber wirklich nicht. Da braucht es fast 'nen Kognak. Trotzdem, irgendwas haut nicht hin. Warum kommt sie in mein Atelier, hierher aufs Dorf nach Großjena. Und dann noch in Bernstetters Farben. Sie hat aber einen ordentlichen Zug. Soll sich noch eine Flasche nehmen. Oder uns beiden gleich einen Kognak einschenken. Ist heute eh alles egal. So aufgewühlt kann man nicht malen. Ich hasse diese alten Sachen, bin eben nicht so ein sentimentaler alter Sack. Die Idee für den Auftrag mit dem Bild kam übrigens nicht von Herrn Bernstetter, sagt sie und schwenkt das teure Zeug so im Glas, daß es fast über den Rand schwappt. Wenn die wüßte, was die Pulle kostet. Nicht von Bernstetter! Bringt mich auf meine Methusalem-Tage und mit meiner Vergangenheit noch in Lohn und Brot beim Finanzkapital, kommt in meine Klause und will mich, indem sie indirekt an meine Schuldigkeit appellieren, noch in die Spur schicken. Nach Berlin! Das ist eine Tortur, diese Reise, wissen Sie. Das wollen Sie einem Fossil wie mir zumuten, der kaum noch gehen kann. Und möchten mir dabei nicht mal die Wahrheit über ihre eigentlichen Gründe sagen, warum sie in der Vergangenheit ihres Vaters stöbern. Wissen Sie was, kleine Lady? Sie ist ganz Frage. Was mich stört, ist nicht so eine Scheißreise, sondern mein Instinkt, der mir sagt, daß Sie alt und klug genug sind und so gar nicht den Charakter besitzen, als würden Sie sich viel daraus machen, was vor dreißig und mehr Jahren geschehen ist mit jemandem, den Sie womöglich gar nicht kannten. Sie sind gewiß niemand, der in altem Kram wühlt, um Ressentiments nachzuhängen. Genau. Viel zu zielgerichtet ist sie, viel zu heutig. So, nun hat sie auch ihren Schnaps geschafft. Soll sich ruhig noch einen nehmen. Besseres findet sie sicher auch nicht in der Hausbar ihres Chefs. Ob sie mit ihm ins Bett geht? Was interessiert es mich, obwohl – das bißchen Neid deutet wenigstens darauf hin, daß noch was in den alten Knochen steckt. Eigentlich frappierend. Sie würden hier abgeholt werden von unserem Fahrer, der sie nach Berlin und wieder zurückbringt, sagt sie. Gott sei Dank, kann sie nicht alle Gedanken erraten. Hotel etc. wäre selbstverständlich auch kein Thema, ebenso wie ein Honorar für ihre Mühe. Nein, sage ich. Wenn ich diese Strapaze auf mich nehme und mich zwischen irgendwelchen Aktenregalen rumdrücke, dann mache ich es vielleicht für ihre schönen Augen, und weil sie sehr einnehmend sind. War schon immer eine Schwäche von mir, mein Leben lang. Aber sie müssen ehrlich zu mir sein. Um mich zum Löffel zu machen bloß für solche Scheinwerfer, habe ich mich schon gehörig überlebt. Die kneift sie nun zu Schlitzen zusammen, um sie gleich wieder aufzureißen und sieht mich fast flehentlich an: Sie haben recht, Herr Anstandt, sagt sie. Ich will mit offenen Karten spielen. Es geht weniger um Jacob Setzepfand als um Anselm Bernstetter. Dabei schimmern ihre Augen. Und jetzt sehe ich, wie die Sonne, diese alte Heuchlerin, mit ihrem Glutarsch ihr eiskalt Lichtpünktchen in die Iris setzt.

Lena Sobek (54)

Robert war immer gut zu mir. Ich hasse diese apodiktischen Sätze; besonders wenn sie das blanke Klischee bedienen. Warum sollte er sich auch nicht so zu mir verhalten, ich habe mich ihm ja auch immer dankbar gezeigt all die Jahre. All die Jahre – schon wieder der totale Kitsch! Was ist bloß los mit mir. Ich denke wie ein bescheuerter Teenie. Dabei haben wir doch die Hälfte des Lebens längst gemeistert. Und jetzt hängen plötzlich die wilden Birnen doch noch im heilig nüchternen See. Na, wenigstens hängen sie noch nicht. Im Gegenteil. Sogar dieser alte Pinselheinrich hat noch Stielaugen bekommen. Bei Robert Iwein hätte ich da lange drauf warten können. Glaube kaum, daß den überhaupt irgendwelche Möpse in seinem Beamtenleben je interessierten. Auch haben wir uns im Laufe der Jahre – wie viele sind so schon zusammengekommen? - zueinander verhalten wie die berüchtigten *compagnons de route*. Darf man getrost so nennen. Dabei hat er mich immer geliebt. Hat er zumindest gesagt. So regelmäßig wie seine täglichen Anrufe, wenn wir unsere Abende koordiniert haben. Hallo, Schatz, ja bei mir dauert's heute wieder länger. Bei mir vielleicht auch. Treffen wir uns dann beim Italiener, oder beim Griechen. Oder in dem kleinen versteckten spanischen Restaurant. Wo es so leckere Tapas-Teller für Verliebte gibt. Und diesen tollen Rioja. Vergiß es! Wie habe ich bloß so lange dieses Leben a la carte organisieren können. Roberts Ex, Mia, konnte so etwas fabelhaft. Darum haben sie es ja auch fünfzehn Jahre ausgehalten miteinander. Die Wochen über das Leben laut Restaurantführer von Bonn und Umgebung ausgekostet, und diese kostspieligen Urlaube als Sahnehäubchen obendrauf. Anfangs war das bei uns doch anders. Weiß noch, wie ich ihn das erste mal sah. Da war er gerade Amtsleiter geworden. Herr Dr. Robert Iwein mit seinem allwissenden, immer nachsichtigen Lächeln. Und dabei wirkte er sehr schelmisch, wirklich. Wahrscheinlich war es das, was mich angezogen hat. Ich will nicht ungerecht sein, doch heute glaube ich, daß sich hinter diesem Schelmischen eher so eine Art von Bauernschläue verbirgt, und das souveräne Allwissendgesicht, in das ich mich damals so verknallt hatte, ist nur die Maske für Besserwisserei. Nicht mal das würde mich stören, wenn einer alles besser wüßte. Nur diese unreflektierte Selbstgerechtigkeit, das hasse ich. Erst recht, wenn es in Selbstmitleid ausartet. War bei Robert, Gott sei Dank, selten der Fall, sonst wäre ich schon weg gewesen. Und dann dieses Angebot, mit ihm nach Mitteldeutschland zu gehen. Für mich wäre es ja so eine Art Heimkehr in ein verlorenes Land, hatte er gewitzelt, als er, ausgerüstet mit unserem Lieblingsrotwein und einem üppigen Käseteller mir die Offerte machte. Stell Dir vor, Schatz, Bernstetter hat gestern sein

Konzept im Finanzministerium durchgesetzt. Er bekommt sein Institut in Ostdeutschland. Dabei goß er den Wein ein und summte *On the Border*. Muß sich vorgekommen sein wie der Großkomtur vom Deutschen Ritterorden bei der Osterweiterung. Dazu dieses Scheingeplänkel: Du müßtest ja nicht unbedingt mit, wenn Du partout nicht magst. Und er hatte wieder dieses Doktor-Allwissend-Lächeln aufgesetzt. Kleines taktisches Manöver als Zugabe – Zentrumsverlagerung. Vielleicht ist es auch bloß eine Schnapsidee von mir gewesen, aber Bernstetter fand Dich als seine Persönliche ganz passend. Persönliche! Warum war mir dieser Sprachgebrauch vorher noch nie aufgefallen, wenn er seine Anekdötchen aus dem Amt von sich gegeben hatte. Persönliche, der El Zwei des Chefs, Tippse, Wasserträger, all diese infantilen Büro-Kreationen. Ekelhaft. Als ich nun fragte, als persönliche Was sich Bernstetter mich vorstellen könnte, hat er bloß gelacht. Na, na. Sei nicht albern. Du versauerst doch nur hier, wo kaum noch etwas in Bonn passiert. Und den Ausschlag hat nicht Dein apartes Erscheinungsbild gegeben, sondern Deine Intelligenz und Deine Sprachkenntnisse. Ausschlag! Intelligenz! Sprachkenntnisse! Eine Stute schlägt vielleicht aus. Oder frau hat Pickel. Warum nimmt er sich keine Russin oder Ukrainerin, die sind auch intelligent und würden den Job für einen Bruchteil vom Gehalt erledigen. Ich meine, daß er mich an diesem Abend das erste Mal so ratlos angeschaut hat. Natürlich nur für den Hauch eines Augenblicks. Was ist los mit Dir, Lena. Das ist eigentlich überhaupt nicht üblich, schon gar nicht bei uns, Lebensgefährten fürs gleiche Office zu engagieren. Ich dachte, Du freust Dich, wenn wir zusammen sein werden in Deiner alten Heimat. Das ist nicht meine Heimat, ich bin aus Berlin. Jetzt war er wieder ganz Spott. Königswusterhausen ist nicht Berlin, präzisierte er. Auf dem Ohr bin ich für gewöhnlich taub; habe ihn auch nie aufgezogen mit seiner ostwestfälischen Herkunft, wo die feine Aussprache gerade mal die stumpfe Provinzialität überdeckt. Und diesen unentschiedenen Katholizismus. Ach, hab ich nur so herablassend wie möglich entgegnet, dann hat mich Dein Bernstetter schon gründlich durchleuchten lassen. Ich reagiere immer wütend, wenn mich jemand wie eine Selbstverständlichkeit behandelt. Was soll es da zu durchleuchten gegeben haben, Lena. Das ist auch nicht *mein* Bernstetter. Dieses nebensächliche Getue, um diese Tatsache herunterzuspielen. Dabei war es mir schon immer klar, daß das Umfeld eines Verfassungsschützers regelmäßig überprüft wird. Diesmal war es aber noch etwas anderes. Aus seiner Reaktion merkte ich, daß es ihm ziemlich peinlich war. Ist schon ein anderes Spiel, wenn man die Frau an seiner Seite den Beamtenkumpels auf der Cocktailparty nicht als Exotin aus dem roten Osten vorstellt, sondern als Sicherheitsrisiko anbieten darf. Warum mußte mir erst Leonard Creutz passieren, ehe ich diese skurrile Personage zu hinterfragen begann. Ein Bankenvorstand, aber kein Akademiker als Institutsleiter, ein Verfassungsschützer als Verwaltungsdirektor, eine Simultandolmetscherin als persönliche Referentin des Institutsleiters, wo es eine erfahrene Pragmatikerin aus dem Wissenschaftsbetrieb gebraucht hätte. Und einen Programmleiter, für den anscheinend alles bloß auf einen intellektuellen Scherz hinausläuft. Ein ziemlich schräger Eulenspiegel, dabei immer höflich, freundlich, zuweilen sehr zurückgenommen, um im nächsten Augenblick vor Albernheit zu explodieren. Aber immer mit Niveau, sprühend vor Witz und nie unfair. In dem Vierteljahr habe ich es noch nie erlebt, daß Leonard seine geistige Überlegenheit gegenüber einem intellektuell Unterlegenen ausgespielt hätte. Im Gegenteil. Mit seinem Understatement gegenüber diesen Bankern und Bürohengsten, die die Verwaltungsetage des Roßbach-Center besetzen, erzeugt er eher Ablehnung, manche hassen ihn vielleicht sogar. Sie merken, daß sie ihm nicht einmal eine Erwiderung wert sind. Weil er anscheinend nichts ernst nimmt, denken sie, er mache sich über alles und jeden lustig. Stimmt vielleicht sogar, ich weiß es ja selbst nicht. Und sie fürchten ihn darum, was ich nun nicht gerade tue. Dafür ist er zu zärtlich. Seine Finger... das hat Robert nie bei mir ausgelöst. Aber er ist kein Clown, und er ist auch kein Saboteur aus einer destruktiven Neigung heraus, wie Bernstetter anfangs vielleicht befürchtet haben mag. Obwohl auch sein Respekt vor ihm langsam bedenkliche Züge annimmt. Man denke, ein sogenannter *global player*, nicht so ein blöder Börsen-Hipster und Zocker-Junkie, wie sie in London und Frankfurt durcheinander wimmeln, hat Manschetten vor einem, wenn auch glänzend-schrägen, doch völlig einflußlosen kreativen ostdeutschen Intellektuellen. Das konveniert nun überhaupt nicht mit dem Tagesgeschäft. Die beiden passen überhaupt nicht zueinander, doch irgendwie dann wieder doch. Wie sie sich die Bälle zuwerfen gegenüber Dritten, dabei aber immer voreinander auf er Hut sind. Albern und makaber zugleich dieses Schauspiel, wenn man die beiden kennt. Aber ist kennen der richtige Ausdruck? Kenne ich Bernstetter eigentlich, Vorstandssprecher einer der größten deutschen Banken? Was für eine Verwirrung der Begriffe: Bevor ich Leonard Creutz kennenlernte, glaubte ich, Anselm Bernstetter recht gut zu kennen. Während ich diesen mitteldeutschen Geistesimpressario, der so selbstzufrieden neben mir liegt, im Grunde überhaupt nicht ausrechnen kann. *Don't talk with strangers. Feind hört mit.* Es ist nur das Gefühl, daß er ein aufrechter Mann ist, der lediglich hinter einer Narrenmaske agiert. Zum Selbstschutz. Na, ja – auch bei ihm schwingt nicht gerade wenig Eitelkeit mit. Nicht so wie bei Robert. Leonard würde niemals versuchen, Konfessionen einzufordern. Diese typisch westdeutsche Verhaltensweise geht ihm völlig ab. Leute ausfragen, sich selbst bedeckt halten und schließlich überlegen tun, wenn man sich dem Gegenüber vielleicht etwas öffnet. Habe das damals schnell gelernt, als ich im Linksrheinischen gelandet bin. Das unverbindliche Gequatsche über alles und jeden. Dazu dieses mit Belanglosigkeiten vollgestopfte Leben. So schön kann kein sozialistisches Biedermeier sein, sagt er immer, und grinst dabei so unverschämt wie gerade eben. Hat auch nicht lange gedauert, bis ich merkte, daß das nichts mit Geistesfreiheit zu tun hatte. Die waren immer furchtbar informiert bei ihren Kölsch- und Cafehaus-Gesprächen, dabei gaben sie lediglich das wieder, was sie aus den Feuilletons an Lesefrüchten aufgeklaubt hatten. Dabei immer höflich und oberflächlich interessiert, niemals engagiert oder gar selbstkritisch. Wer sein Herz oder seine Gedanken zeigt, so er etwas von dem sein eigen nennen kann, hat schon verloren in dieser überalterten Nachkriegsgesellschaft aus amerikanischer Flachheit und deutscher Provinzialität. Warum sehe ich erst jetzt, daß sich auch Roberts Mentalität aus dieser Melange speist. Stolz, Ironie, Selbstkritik – Pustekuchen. Sie meinen, mit ihrem amerikanisch behüteten Schwabenfleiß und dem All-inclusive-Touristenblick die Welt zu kennen und darin was darzustellen, sagt Leonard. Die alte Bundesrepublik sei eine Schönwetterveranstaltung unter dem Protektorat der westlichen Besatzungsmächte gewesen, um dieses Rumpfland in politischer Unselbständigkeit zu halten. Das schreiben mittlerweile Hinz und Kunz. Das sähe man an der jetzigen Situation. Sie verstehen sich als liberal und freiheitlich gesinnt, weil sie sich um ihre angebliche Liberalität und vermeintliche Freiheit nie hatten sorgen müssen in ihrem goldenen Nachkriegskäfig. Befreit von allem, was ihr eigen war und stets betreut auf ihrem Weg in die Unselbständigkeit, so sybillinisch orakelte er zu Anfang unserer Bekanntschaft, wenn in den seltenen Stunden, die wir allein miteinander verbrachten, mal so ein informiertes Weltbürgerexemplar aus Bottrop oder Kiel vis a vis am Tisch im Restaurant saß oder uns im Bahnabteil an seiner Gegenwart teilhaben ließ. Seid Ihr denn so anders, frage ich dann immer leicht gereizt, wobei ich mich für das „ihr" geniere. Die Ostdeutschen wurden niemals eingelullt mit Konsum und Gehirnwäsche wie die Westdeutschen von ihren amerikanischen und britischen Nannies. Wohlstand korrumpiert im Allgemeinen jeden, Prinzessin, und sein Blick in die Ferne hat wieder einmal so einen Anflug von leichter Bitterkeit. Nur Druck erzeugt Gegendruck, alte physikalische Faustregel. Der Versuch, diese Ostdeutschen des verlorenen Krieges zu russifizieren, ging mit Repression, Entbehrung und brutaler Bevormundung vonstatten. Dabei verloren die russischen Besatzer schon ökonomisch gegenüber den Besetzten ständig ihr Gesicht. Die Deutschen haben ja nicht nur den Amis beim Atombombenbau geholfen oder ihnen ihr Raketenprogramm ermöglicht. Auch die Russen haben sich bei den Besiegten unendlich bedient. Dann die Reparationslasten für die stolze Sowjetunion. Da konnte sich kein Verlust der Identität einstellen, da gab es neben Mitläufertum und Kollaboration in deutsch-sowjetischer Freundschaft nur den Stachel im Fleisch, der sich desto schmerzhafter anfühlte, je öfter einem die Balalaika um die Ossi-Ohren gehauen wurde. Trotzdem galt innerhalb dieser Ostblock-Ökonomie deutsches Know-how unendlich mehr als bulgarisches oder rumänisches Wirtschaften. Und dann gluckst er vor Lachen, weil er sich wahrscheinlich an all die kruden Stories während seiner DDR-Sozialisation erinnert, die er mir aber Gott sei Dank erspart. Ich würde wohl auch nicht drüber lachen können, weil ich sie nicht verstehe. Der alte Anstandt ist schon ein Fuchs. Hat sofort erkannt, daß mich dieser Erinnerungskram null-komma-nix interessiert. Was gehen mich olle Kamellen von vor über dreißig, vierzig Jahren an. Wenn ich Leonard sage, er soll aufhören mit diesem Ossi-Wessi-Mist, weil ich ihm sonst aus meinem Bett schmeiße, grinst er schon wieder so unverschämt. Ich mache doch nur Spaß, Prinzessin, weil ich Dich so gerne ärgere mit Deinem gebrochenen deutschen Lebenslauf. Haben wir, die heute über fünfzig sind, den nicht alle, wende ich ein und versuche, meinen Teil der Bettdecke zu sichern. Den Einwand läßt er aber nicht gelten. Während der westdeutsche Pauschaltourist glaubte, an italienischen oder spanischen Stränden seine Unabhängigkeit ausleben und sich gegenüber den armen Brüdern und Schwestern bei seinen Stippvisiten hinter dem Eisernen Vorhang weltmännisch in Szene setzen zu können ... Jetzt langt's rufe ich, aber der Kissenwurf vermag die Suada nicht zu stoppen, im Gegenteil. Sein westlicher Redefluß, schwadroniert er weiter, geprägt vom Stolz einer freiheitlich-demokratischen Individualität, die sich in der Parzellierung seines Rumpflandes durch bausparge-fördertes Kleineigentum und zusammengesuchte Floskeln aus links-grünen Betreuungsmagazinen erschöpft, entspricht genau jener politischen Rhetorik, wie sie uns heute aus den Parlamenten und Landtagen entgegenschallt. Gerade weil die genuin Westdeutschen in den dreißig Jahren Doppeldeutschland sich problemlos mit dem ostdeutschen pfäffischen Opportunismus liiert haben, der ja die gleiche dauernde Pseudokommunikation pflegt wie sie auch. Du verdirbst uns wieder einmal den Nachmittag, sage ich, und: Wenn Du schon messerscharf trennen kannst zwischen damals und jetzt, warum setzt der große Bernstetter dann auf so einen ausgeprägt ostdeutschen Renegaten wie Dich. Renegaten! Lena, wo hast Du nur diese Ausdrücke aufgeschnappt, prustet er hinter dem abgefangenen Kopfkissen. Wahrscheinlich von Dir, sage ich. Und jetzt hat er es wirklich geschafft, daß ich mich ärgere. Wenigstens sollte er nicht über mich lachen, wenn er schon seine Politik mit in unser Lotterbett nimmt. Nein, nein! Das ist so ein Begriff, den man vielleicht bei Lenin findet, in so einem schönen Kopf vermutet man ihn nun wirklich nicht. Nimm die Pfoten weg, sage ich, weil ich es nicht leiden kann, wenn er Liebe und Politik vermengt und ich mir dabei doof vorkommen muß. Noch dazu, weil er Hände hat, die mir so zärtlich durchs Haar streichen können. Ihr seid doch wie Hund und Katze, Bernstetter und Du. Warum hält er an Dir fest? Weil ich brillant bin, antwortet er und schaut dabei ungeheuer beleidigt ob der Fragestellung. Da gibt mir den Rest, drum schwinge ich meinen Allerwertesten aus den Laken, und registriere zufrieden, daß er den, obwohl er mich seit Monate eindringlich studiert, mit bedauernden Blicken aus seinem Zugriffsbereich entschwinden sieht. Ehrlich, Leonard, Du mußt Dich doch selbst fragen, warum er Dich hält. Zugegeben, die Idee mit dem Institut hattest Du aufgebracht, und der Herr des Geldes kam erst später mit der großen Kohle über den Main. Bis über die Elbe, ergänzt er hinterm Kissenberg. Hat sich sozusagen ins Feindesland gewagt. Nach fast dreißig Jahren. Wenn seine Antworten dieses Niveau erreichen, kann man nur ernst bleiben. Aber wir machen doch in Politik, und Du bist Historiker. Was will er noch mit Dir, wo es doch nur noch um Wirtschaft, Finanzen und internationales Gemauschel geht. Zum wievielten Male versuche ich, mit ihm ein seriöses Gespräch zu führen. Dabei besitzt er die Gabe, glasklare Argumentation mit federleichter Rhetorik zu verbinden – wenn er will. Damit macht er anderen gewöhnlich Angst. Bei mir will er aber nicht. Er kaspert nur herum. Dabei meint er es wirklich lieb, weil er mich, über deren Schreibtisch Bernstetters Aktivitäten gehen, aus diesem Politklimbim heraushalten will. Ich kann mehr als Dein Laufmädchen spielen, halte ich ihm vor. Wenn dieser Setzepfand ... Ach laß doch, Lena, versucht nun er abzuwürgen. Soll der Alte erst mal sehen, ob er noch was findet in den Akten. Vielleicht kommen ihm dann noch die Erinnerungen hoch, und er findet seine eigenen Leichen. Dann runzelt er die Brauen, was bei ihm auf einen plötzlichen Sinneswandel deutet. Manchmal, wenn er sich mit Bernstetter festgefahren hat bei irgendeiner recht belanglosen Formalie, habe ich das feststellen können. Dann folgt gewöhnlich ein Schwenk im Verhalten, daß sein Gegenüber regelrecht verdattert ist. Was sind Deiner Meinung nach meine Stärken, fragt er mich ganz ernsthaft und versucht, indem er sein Gemächt hinter einem der Kissen verbirgt, auch die der beabsichtigten Diskussion angemessene Figur zu machen. Nun muß ich lachen. Du kannst Leute, die Deine Art von Humor lieben, zum Lachen bringen. Ich bin doch nicht Bernstetters Hofnarr, sagt er pikiert. Der denkt sowieso, er mache die besseren Witze. Du bist amüsant, strenge ich mich an. Gebildet. Gibst einen dabei nicht das Gefühl, man könne Dir kaum das Wasser reichen. Du bist geradlinig. Außer in Fragen Alkohol, Essen und Sex bist Du wahrscheinlich unbestechlich. Hör auf, bittet er, ich sehe mich schon mit Bernstetter auf irgend so einem schwimmfähigen Puff im

Hafen von Monaco oder wo seine High-Society-Kumpels gerade ankern. Du bist schräg, sage ich. Du bist mitunter so schräg, daß es einem schwerfällt, das Kalkül Deiner Überlegungen auszumachen, weil das Schrille Deiner Einfälle das überdeckt. So, so, sagt er, das Kissen umklammert, und wiegt sich leicht, als sei er in einer Talmudschule. Meinst Du, daß dies Bernstetter ähnlich sieht. Ich balanciere den Espresso über das Bettzeug zu ihm herüber, und er trinkt dankbar. Liebster Leo, sage ich so, als versuche ich einem Schwererziehbaren sein Verhalten klarzumachen, hinter den Bergen wohnen auch noch Leute. Bernstetter mag ein ausgemachter Snob sein … Lackaffe, sagt man hier, unterbricht er mich; der Spaß scheint sich aus seinem Gesicht verflüchtigt zu haben. Er mag ein ausgemachter Lackaffe sein, wiederhole ich, aber er verfügt ebenso wie Du über Menschenkenntnis. Nur im Unterschied zu Dir, ist ihm nicht alles egal.

Robert Iwein (57)

Was wird das werden, wenn dieser Jurkewitsch, oder wie der mit richtigem Namen heißt, auf die Idee kommt, die Teilnehmerlisten sorgfältig zu hinterfragen. Letztlich sind das ja alles Nullnummern am Tisch. Bloße Platzhalter, ohne irgendwelche Kompetenzen. Obwohl das ja gerade der Witz sei, meint Bernstetter. Machen Sie das wasserdicht, Robert, hat er gesagt. Besser: Schaffen Sie ein Vakuum für das Ganze. Auf meinen Einwand, daß es im Vakuum kein Leben gäbe, hat er gegrinst. Eben, mein Lieber. Das braucht es auch nicht bei einer Attrappe. Sie müssen lediglich aufpassen, daß Ihre ehemaligen Kollegen nichts mitbekommen. Die würden doch nur Mist bauen, uns vielleicht beim Generalbundesanwalt verpetzen. Darüber muß er sich nun wirklich keine Gedanken machen. Unser Verfassungsschutz ist ja nicht gerade der Mossad. Und diese paranoiden Amis sind so mit sich beschäftigt; die springen noch auf jeden Zug, wenn sie nicht danach laufen müssen. Nur die Russen könnten Ärger machen. Erstaunlich, wie die ihre Traditionen pflegen. Immer zugeknöpft bis zum Stehkragen, keine Plaudertaschen. Glauben noch an Mütterchen Rußland. So als hätte es keinen Zerfall der großen Sowjetunion gegeben. Na ja. Sind gute Leute allesamt, mit denen ich zu tun hatte. Dieser Jurkewitsch macht da keine Ausnahme. Wenn ihre Ehrpusseligkeit nicht wäre, ich glaube, die wären unverwundbar. Könnte denen schon so passen, kein Lindenblatt zwischen den Schultern kleben zu haben wie alle Siegfriede hier im überdemokratisierten Westen. Wenn ich da an unseren Verein denke. Die können einem eigentlich nur noch leidtun. Wie die sich angestellt haben wegen Lena. Da wäre die Stasi souveräner gewesen. Dieses Theater wegen ihrer Herkunft und den zwei, drei Episoden in ihrem linken Studentenleben vor fast dreißig Jahren. Wer war denn damals nicht links. Wir waren die Achtundsiebziger, wir waren die Achtundachtziger. Wir haben die Cohn-Bendits links überholt, ohne zu blinken. Und dann machen diese freiheitsbesoffenen Knallköppe die Mauer auf. Wenn unsere stolzen Vorgänger in den besetzten Amtsstuben, wo es mittlerweile schon genauso rausmiefte wie bei ihren Opas, wenn die uns nicht gehabt hätten, als die Mauer fiel. Was wäre aus dem russischen Satellitenstaat geworden mitsamt der mitteldeutschen Revoluzzer-Verwandtschaft? Was hätten denn diese Bananen- und Gebrauchtwagenjäger auf der freien kapitalistischen Wildbahn angefangen! Die würden noch immer montags durch Leipzig marschieren, so wie diese

Dresdner Kulturbürger heute durch ihre wiederaufge-
baute Altstadt latschen. Flennen seit Jahrzehnten in den
eroberten Westkaffee und trauern um ihre Nischengesellschaft. Armut verbindet halt besser als Besitz. Irgendwie
verwalten sie den Mangel immer noch; diesmal den an
sogenannter kultureller Eigenständigkeit oder was sie dafür halten, daß man ihnen angeblich weggenommen
hätte. Sprechen plötzlich vom kolonialisierten Osten.
Mal bei Lichte besehen: Wie kann man Menschen etwas
wegnehmen, was sie nie besessen haben. Und auf einmal
dämmert es ihnen, daß die Freiheitsstatue hohl ist. Und
die lieben Kollegen am Rhein haben das damals noch für
revolutionäres Potential gehalten, wenn so ein bürgerbe-
wegter Clown einen auf „Deutschland, einig Vaterland"
gemacht hat. Das ist jetzt Gott sei Dank auch vorbei dank
dieser evangelischen Gotteskrieger mit internationalem
Helfersyndrom. Wenn die Mielke-Kollegen bei denen
vor der Wende noch mühsam infiltrieren mußten, so arbeiten diese Kirchenlichter einem heutzutage quasi zu.
Hätte es die Reformation nicht gegeben, für den Osten
hätte man sie direkt erfinden müssen. Können ja nicht alles Vikare werden. Brauchen auch ein paar Betschwes-
tern in der Politik. Dieser lauwarme Schwall aus religiö-
sem Firlefanz und dummdreister Machtgier. So viele
Straßenkämpfer mit Princetown-Professur hätten unsere
transatlantischen Freunde gar nicht schnitzen können,
wenn man sieht, wie sich diese Mutter-Teresa-Subkultur
ausgebreitet hat in den letzten Jahren. Vom Soziologen-
gewäsch zum Erlösungsfest. Wie mir Wohlleben damals
noch Lena ausreden wollten. Hätte vor zehn Jahren fast
das Handtuch geworfen deswegen. Haben mich trotzdem
diese dusselige Karriere machen lassen müssen. Bißchen
Strategiedenken statt Parteibuch-Verhalten bewirkt
manchmal doch mehr Wunder als aller linksrheinischer

Karnevalsglaube. Wohlleben ist und bleibt ein Dummkopf. Jetzt macht er noch auf Kulturrat hier im Osten. Als Kathole! Ich glaube, der muß schleunigst in Pension. Wenn die ihre wohlstandsverlotterten Quatschparties feiern, wird er sich irgendwann einmal bei einer dieser Verbrüderungsorgien verplappern. Weiß zwar nichts, und Bernstetter hält ihn an der langen Leine. Aber mit seiner Kölschen Frohnatur stellt er einfach ein zu großes Risiko dar für alle. Lena hingegen war immer schon was anders, auch wenn ich sie mit ihrer Ostsozialisation, die ja zugegebenermaßen kaum zu Buche schlägt, von Zeit zu Zeit aufgezogen habe. Und dann kommt dieser Russe hier hereinspaziert und legt mir so ganz nebenbei die Fotos von ihr und Creutz auf den schönen neuen Schreibtisch, daß ich für den Moment denke, die Türme des Naumburger Doms fallen ineinander. Doch nur für den Augenblick, nur für einen kleinen miesen Moment, denn so lange bin ich eh bei der Firma, um zu begreifen, daß ihn weder dieses Techtelmechtel die Bohne interessiert noch meine etwaige Demütigung. Er will mir lediglich zeigen, daß sie über alle, die im Center arbeiten, Dossiers angefertigt haben, und er weiß, daß ich dafür hier ein Ansprechpartner bin. Die Geschichte mit Lena und diesem Heini ist dabei wohl das Harmloseste, was ihnen eingefallen ist. Und nebenbei testet er, wie belastbar ich bin. Da kannst du aber lange warten, Towaritsch. So abgeklärt wie du bin ich allemal. Was wir hier Anfang der Neunziger abgezogen haben, *very stylished, my friend*, hatte mehr Klasse als das, was er oder seine Leute bei ihren klobigen Aktionen in Kabul oder Tschetschenien geleistet haben. Und irgendwie war ich bei Lena schon darauf gefaßt, daß so etwas passieren würde. So wie sie sich verändert hat, seitdem wir hier Quartier genommen haben.

Aber mit so einem? So verrückt ist ja nur noch Bernstetter mit dem Gewese, das er um den Kerl macht. Was fasziniert ihn bloß an diesem Gauner. Auf den ersten Blick erfrischende Einfälle, zugegeben, beim zweiten Hinsehen erkennt man, daß seine fast beiläufige Loyalität bloß schlecht getarnte Verachtung darstellt. Du täuschst mich nicht, Bruder. Andererseits: Zwei Fälle von Ostaffinität in so einem kleinen Team, das gibt es nicht. Ob Lena mit Bernstetter gemeinsame Sache macht? Glaube ich nicht, hätte sie ja Bernstetter sonst auch nicht so aufgedrängt. Und bis jetzt rapportiert sie brav, was so alles über seinen Schreibtisch geht. Die Lösung liegt bei Creutz. Lena geht doch nicht mit jemand ins Bett, bloß weil er ihr das Gefühl gibt, wieder zu Hause zu sein. Das bildet sie sich doch nicht ein. Für Bernstetter ist Creutz lediglich der Strohmann, ein ostdeutscher Quotenneger fürs Auditorium. Strukturiert denken und handeln kann er ja, zugegeben. Von Bernstetters Zeit aus alten Berliner Tagen wird er nichts wissen. Woher auch. Bernstetter ist nicht nur irgendein hochgebildeter Arroganzler, der seinesgleichen in sämtlichen Vorstandsetagen sucht. Der weiß ganz genau, wo man Typen wie diesen Creutz packen muß. Auch wenn er auf seinen Plan mit diesem Center sofort angesprungen ist. Und dabei ist dieser Creutz einfach eine unsichere Bank, offenbart eine Spielernatur, indem er sich in dämlichen Provokationen gefällt. Verhält sich wie jemand, der meint, sich nirgendwo vorsehen zu müssen. Als wir ihn damals in Bonn durchleuchtet hatten, ist dieser winzige undefinierbare Rest an Unberechenbarkeit geblieben. Das sei typisch für einen im Osten Sozialisierten, der sich schon von klein auf der opportunen Meinung verweigern mußte, hatte Bernstetter meinen Einwand abgebügelt. Die Kostprobe für seine Illoyalität hat ihm

Creutz ja dann kurz darauf geliefert. Statt Konzepte abzuliefern, die jeder *think tank* irgendwann ins Netz stellen muß und für die er von uns nicht schlecht bezahlt wird, zieht er auf der Konferenz in Halle nur zwei Monate später diese schräge Nummer vor ausgewähltem Publikum ab. Die Roßbach-Schlacht hätte angeblich nie stattgefunden, sei nur ein genialer Propaganda-Coup der Preußen. Und alle glotzen wie die Lemminge – man glaubt es kaum!

Das Perfide bei Creutz konnte man dabei sehr schön studieren: Obgleich er eine scheinbar überzeugende Beweiskette für seine absurde These entwickelt, suggeriert er dem Publikum, es könne ja nun selbst entscheiden, für welche Variante der Geschichte es sich entscheide. Ob nun die offizielle Historiographie recht behalte, daß Friedrich der Große die Schlacht bei Roßbach überaus effizient, also mit wenigen Verlusten gegen eine bedrückende Übermacht gewonnen habe, oder ob dieses rasche Gefecht in einer gottverlassenen Gegend eine reine preußische Erfindung sei. In die Welt gesetzt, um Preußen im blutigen Spiel des Krieges vor allem bei den englischen Finanziers dieses anhaltenden Gemetzels wieder in die *pole position* zu bringen. Entscheiden müßten sie es, die anerkannten Experten. Er wolle lediglich Denkanstöße vermitteln, schließlich müsse überall, selbst beim Allerheiligsten, irgendwann mal die Patina der nachweltlichen Sorge abgetragen werden, um – cun grano salis (hat sich wirklich so ausgedrückt, dieser Schmock) – die eigentlichen Strukturen zu studieren. So hinterhältig wie unverschämt agierte er, daß selbst gestandenen Historikern auf dem Podium die Spucke weggeblieben ist. Ihre lahmen Fragen dienten lediglich dazu, das Zuviel an Bewunderung für diesen Taschenspielertrick zu kaschieren. Neben der berufsmäßigen Feigheit solcher Figuren kommt noch diese billige Gier nach einer scheinbaren Sensation hinzu, die das langweilige Expertendasein vielleicht mal aufpeppt. Die Gedankengänge solcher Langweiler können mir im Grunde genommen gestohlen bleiben, und gelogen wird ja überall und über alles. Aber wie dieser Hochstapler Creutz es wagt, so ein Kunststück – sicher hervorragend vorbereitend mit gefälschter Recherche – einfach wagt, quasi aus dem Hut zu zaubern und dabei seine Brötchengeber düpiert, das macht schon mit Blick auf unser mitteldeutsches Gesamtunternehmen die Personalie untragbar. Hätte ihm sofort den Laufpaß gegeben; der Mann ist ein ausgemachtes Sicherheitsrisiko. Aber Bernstetter hat das wohl noch nicht genügt. Vielmehr scheint er seitdem geradezu vernarrt in ihn. Gottseidank interessiert sich Lena nicht für solchen Kram. Ich denke, sie hat es noch nicht mal richtig geschnallt, was ihr Ostheld da vor versammelter Mannschaft für ein Husarenstück an Unverschämtheit vorgeführt hat. Ja, zwei, drei Briefe und auch ein paar Telefonate hat es wohl gegeben, die Bernstetter persönlich neutralisiert hätte, wie sie einmal erwähnte. Seitdem sitzt Creutz fester denn je im Sattel. Bei Bernstetter, der es sich nicht nehmen läßt, Creutzens schludrige Konzeptpapiere von anderen verbessern zu lassen. Seien Sie nicht so sauertöpfisch, Robert, gab er gestern zum Besten. Sie sind ja beinahe ein Opfer ihres Berufs. Sie sollen Creutz überwachen, aber nicht führen. Das erledige ich schon. Sie behalten ihn im Blick, wenn ich in Frankfurt bin. Passen lediglich auf, daß er nicht zu sehr mit irgendwelchen Leuten fraternisiert, die er womöglich aus alten Zeiten kennt. Ansonsten geben Sie ihm *carte blanche*, Robert. Die sind ja so seßhaft, diese hier Verbliebenen. Und vor allem darf er nicht hausieren gehen mit dem Vertrauen, das wir ihm entgegenbringen. Sie, habe ich einsilbig entgegnet, weil ich es nur schwer verwinden kann, wenn jemand für begründete Zweifel überhaupt kein Organ zu besitzen scheint. Wahrscheinlich hebt er sein Mißtrauen für die Börsenberichte und Bilanzen auf. Und sicher ist das Roßbach-Center sein Baby, und er verantwortet, ob es Creutz den Teufel schert, wie die ihm zugedachte Programmplanung für die Center-Aktivitäten fertig werden. Daß ich etwas beleidigt reagiere, weil er mich so außen vor hält, belustigt ihn fast ein wenig. Warum hat er sich nicht einen von Wohllebens Lakaien dafür ausgesucht, wenn er eh seine Operationen im Alleingang zu planen gedenkt. Wird ja gemunkelt, daß der Frankfurter Bankvorstand bereits den Aufstand plant. Würde mich nicht wundern, bei der Zeit, die er hier verbringt. Noch hält die Biologin die Hand über ihn, obwohl sie sich gegenseitig verabscheuen. Aber auch ein Bernstetter ist ersetzbar. Und wenn die Osteuropa-Konferenz nächste Woche über die Bühne geht mit Creutz als *maitre de plaisier* wird er ein paar Karten aufdecken müssen. Bloßes Durchgefloskele verfängt dann nicht mehr. Und wir werden sehen, wohin dieser Protektionismus führt. Aufgeblasener Heckenpenner! Wie er mich vorhin in der Cafeteria angegrinst hat. Meint vielleicht, er hätte hier absolute Narrenfreiheit, weil er sich reichsunmittelbar vorkommt in seiner Beziehung zu Bernstetter und dazu noch die Vorzimmertussi ficken darf. Über kurz oder lang verschwinden solche Typen immer in der Versenkung. Ich denke, es wird eher ein kurzes Gastspiel werden. Aber was wird aus Lena?

Leonard Creutz (61)

Die Katze läßt das Mausen nicht. Wenn er denkt, daß sein pferdegesichtiger Charme bei mir verfängt, irrt er sich. Dabei bewerkstelligt er es mühelos, einen mit seinem spröden *understatement* für sich einzunehmen. Wenn ich nicht um seinen Hergang wüßte, wäre ich Bernstetter ebenso auf den Leim gegangen, auf dem seine Paladine in London und Frankfurt kleben. Irgendwie auch faszinierend, wie er sie am Nasenring durch die Arena führt. Hab ich zum ersten mal gesehen, als er in seiner Funktion als Vorstandssprecher die Aktionärsversammlung der Bank moderierte. Bin ich Lena jetzt noch dankbar, daß sie mir damals, obwohl wir uns kaum kannten, die Teilnahme ermöglicht hat. Bernstetter hat mich ja gar nicht bemerkt; hätte bestimmt auch nicht erwartet, daß der neue Kollege mit der Roßbach-Center-Idee gleich sein Aktionärstreffen besucht. Zweifelsohne ist er ein Ausnahmetalent in der Finanzwelt und hätte auch in der Politik mühelos reüssieren können unter all den Geistesriesen. Habe ihn ja förmlich greifen können, den Haß seiner Vorstandskollegen, und wie er über sie hinweggeht, so als bewege er sich in einem anderen Universum. Intellektuell hochfahrend, dabei sehr effizient und wenn es sein muß in einer gewissen Art auch kameradschaftlich im Gespräch. Ohne Unterschied des Dienstgrads sozusagen. Konnte es an seiner Mimik ablesen, als er sich in einer Pause mit einem Techniker unterhielt und kurz darauf mit dem Protokollchef der Bank an einem Stehtisch Kaffee trank. Bei mir hat er wohl letztens auch eine Ausnahme gemacht. Weil er nicht mitbekommen hat, daß ich diese Muppet-Show in Halle mit der erfundenen Schlacht nur für ihn veranstaltet habe. Immer getreu dem Motto heutiger Kommunikationsnarretei, daß die knappste Ressource Aufmerksamkeit heißt. Jedenfalls ist er auf mich aufmerksam geworden. Gründlich. Dafür bin ich gern in die Bütt gestiegen vor den Berufshistorikern, die noch jedes Thema verlangweilen. Hätte ich nicht diese Vorstellung gegeben, bis zum heutigen Tag würde ich weiter treudoof den Institutsvogt auf dieser Klitsche spielen, auf Interimsbasis mit dem noch von dieser Ratte Fibius unterzeichneten Honorarvertrag und säße jetzt bestimmt nicht auf dem Stuhl hier, wo ich mich an Robert Iweins schlecht verhohlener Wut delektieren kann. Ja, so ist es nun mal mit den Unbeteiligten in Sachen Intelligenz. Für die richtigen Coups taugen weder die Prekarier aus der Politik noch diese verbeamteten Schlapphüte. Die Zeit der Ministerialen ist endgültig perdu in diesem Land, das sich mit atemberaubendem Tempo in eine Bananenrepublik zu entwickeln scheint. Bernstetter mußte nur ein wenig darauf gestoßen werden, an wen er sich hier wenden kann für seine Spielchen mit Osteuropa und dem Nahen und Mittleren Osten. Sicher war es schon etwas riskant, ihn derart zu provozieren mit der angeblichen Roßbach-Schlacht, war er doch gerade so stolz auf die kulturgeschichtliche Tarnkappe für sein Institut, die ich ihm eins-fix-drei gehäkelt hatte, und fast hätte es den Job gekostet. Aber nur fast. Das war – Eitelkeit beiseite, Messieurs, wir erheben uns von den Plätzen – einfach ein genialer Schachzug. Hatte was von geistigem Harakiri. Das muß ihn verwirrt haben. Natürlich hätte er auch anders reagieren können. Wie ein Vorgeführter im Kreise derer, die ihn fürchten und bewundern. Wer läßt sich schon von einem Subalternen öffentlich an den Karren pinkeln. Noch dazu, wenn man als Kandidat für den Chefposten der Europäischen Zentralbank fast gesetzt ist und der Biologin, die er grimassierend Molluske nennt, dabei den Stinkefinger zeigen kann. War zwar nicht persönlich auf der Tagung anwesend, aber es war davon auszugehen, daß Iwein ihm alles brühwarm melden würde. Trotzdem ein Vabanque-Spiel. Niemals darf ihm dämmern, daß die ganze Chose nur für ihn in Szene gesetzt wurde. Seine Eitelkeit würde er in diesem Fall bestimmt nicht rational geregelt bekommen. Würde sich vielleicht einigeln, und ich könnte im besten Fall noch die albernen Strategiepapiere für unsere öffentlichen Auftritte entwickeln, die er der interessierten Öffentlichkeit nahebringen muß und wofür er zwei Ministerien ordentlich Kohle abnimmt, damit sein mitteldeutscher *think tank* blüht und gedeiht. Aber wahrscheinlich würde er mich elegant entsorgen. Vielleicht so, wie er sich damals am Beginn seiner Laufbahn Setzepfand entledigt hat. Soll mir keiner sagen, das war so üblich im Kalten Krieg. Der ist auch schon längst wieder im Gang, und irgendein Bauernopfer kann man ja immer gebrauchen, bloß um *Uncle Sam* wieder einmal den *good will* der deutschen Hilfstruppen zu demonstrieren. Soll er mich für geltungsbedürftig und unvorsichtig halten, mir vielleicht auch eine ausgewachsene Neurose unterstellen. Um so eifriger wird er mich bei der Arbeit finden für seine Sandkastenspiele. Woher sich nur seine lebenslange Zuwendung für den Osten speist? Paßt auf den ersten Blick überhaupt nicht zur Sozialisation. Na, egal! Wenn der Alte etwas zutage fördern sollte aus den Berliner Akten, könnte das vielleicht eine Antwort liefern.

Lena ist lieb. Vielleicht sollte ich mit ihr nach Leipzig fahren, wenn Herr Dr. Schlapphut-Wichtig mal wieder zum Rapport in Bonn oder Berlin antreten muß. Sein Getue, was dann stets einsetzt, ist einfach lächerlich. Wenn er seine Dienstaufträge im Personalbüro abrechnet, weiß selbst die tranige Tante dort, daß Verwaltungsdirektor I-wein seine Spesen nicht für penibel aufgelistete Arbeitstreffen verbraten hat, sondern mit Fibius oder Wohlleben irgendwelche ungeheuer streng geheimen Beratungen bei Pasta und Rotwein finanziert. Wie der sich letztens aufgeblasen hat, weil ich dem Personalbüro gesteckt hatte, daß eine der Bewirtungsrechnungen genau am Schließtag des Berliner Restaurants ausgestellt wurde. Versteht einfach keinen Spaß, der Herr vom Amt. Auf den Tisch geknallt hat er seine teure schwarze Aktenmappe und dabei mit vor Wut zitternder Stimme erklärt, ich solle mich gefälligst um meine Sachen kümmern. Konspirative Treffen seien an keine Öffnungszeiten gebunden. Und was ich mir herausnähme. Daß ich lachte und es als Schabernack abtat, hat ihn noch mehr auf die Palme gebracht. Dabei denkt er tatsächlich, daß er mich irgendwie beeindrucken könnte mit seinem Verfassungsschutz, dem ganzen James-Bond-Getue und seinem Intimus Fibius. Desto empfindlicher muß ihn die Sache mit Lena getroffen haben. Wahrscheinlich hat er irgendeine arme Sau aus seinem Verein auf uns abgestellt. Irgendjemand, der mit dem Teleobjektiv hinterm Busch sitzen muß, um Lena und mich zu überwachen. Na, soll er doch. Das ist ja auch irgendwie eine Ablenkung vom Eigentlichen und paßt zum Ruf, der einem auf den gläsernen Fluren dieser sogenannten Denkfabrik wie Donnerhall vorauseilt. Irgendwie muß man sich ja einen Reim machen, warum ich in kürzester Zeit dem *inner circle* dieses Ladens zugehöre, da mich ja selbst Herr Dr. jur. Iwein notgedrungen als Bernstetters rechte Herzklappe identifizieren mußte.

Lediglich gehörig inneren Abstand halten sollte man bei diesen inszenierten Affentänzen, dann kann unsereins nicht nur darüber lachen, sondern es auch als Chance nutzen, sich inmitten wechselnder Zeiten besser zu begreifen. Immer noch ist da dieses graue Ostdeutschland mit seinen heruntergewirtschafteten Städten und Industriebrachen vor dem inneren Auge. Ausgeblutete Landschaften, Tristesse allerorten, die man sich, je älter man wird, in der Erinnerung schön improvisiert, so wie alles andere auch, wenn man nicht aufpaßt. Diejenigen, die darin aufgewachsen sind und dieses mit dem Mauerfall verschwundene Zusammengehörigkeitsgefühl beklagen, verklären doch lediglich die aus der Not geborenen Mechanismen einer Nischengesellschaft. Was ist bedenkenswert an einem erzwungenen Sozialexperiment hinter Stacheldraht. Das einzig Wertvolle, das ich aus diesem verordneten Anachronismus gezogen habe, ist das Lebensgefühl einer vergangenen Zeit, die in dieser sozialistischen Blase konserviert wurde. Würde mich jemand fragen, wie ein Dorf um 1930 ausgesehen hat, ich wüßte es zu beschreiben. Interessierte sich einer für den Lebensrhythmus und die Gesprächskultur, eben das, was man heute als Kommunikationskompetenz diffamiert, ich könnte Auskunft geben. Ich wagte den Versuch, Gerüche zu erinnern, wehmütig wie schauderhaft ins Gedächtnis eingebrannte. Und gelebt haben wir wie die Schweine, wenn man nicht zu den Begünstigten der *animal farm* gehörte. Lebendig sind, wie bei jedem, die Kindheitssommer und die pubertären Peinlichkeiten, zärtliche Zuwendung und nagende Neugier. Und Geborgenheit bis etwa zum Erwachsenwerden. In der Kindheit dehnt sich die Zeit, und dem Augenblick kommt kaum mehr Aufmerksamkeit zu als einem Moment der Sättigung von Glücksoder Angstgefühlen, ja und die Retrospektive ist nicht viel mehr als eine Aneinanderreihung von skurrilen Geschichten, die man den Großen abgelauscht hat. Viel später dann, wenn die Zeit besser erfahrbar wird, gestalten sich einem diese Geschichten sinnstiftend und ihre Protagonisten erscheinen in der Erinnerung viel lebendiger. Wie Onkel Kurt, den man nur in den Hosen der sechziger Jahre-Mode, bis fast unter die Achseln und mit Hosenträgern gesichert, erinnert, der in besseren Tagen, wie Sepia-Photographien bewiesen, ohne irgendeinen Bauchansatz als sozialdemokratischer Radsportler posierte, und Tante Martha, die ein Leben lang konsequent unklug nicht nur die Sauftouren ihres hypochondrischen Jammerlappens bemäntelte, sondern, während sich der Sozialdemokrat außer Dienst im Frühling 45 in die Federbetten flüchtete, sogar die ihm zugestellte Volkssturmausrüstung – Stahlhelm, Koppel, Knobelbecher – kurzerhand im Handwagen in die Flakstellungen brachte, die zum Schutz der Leuna-Werke gegen die alliierten Bomber zwischen den sicher blühenden Apfelbäumen hinter Ernestins Scheune ausgehoben worden waren, um dem ersten besten Offizier mitzuteilen, daß ihr Mann krank im Bett liege und also keine Zeit habe. An Tante Emma, ihre im Leipziger Herrschaftshaus gebildete Schwester, die nie müde wurde zu bemerken, daß ihr Schwager ganz gewiß erschossen worden wäre, hätten die Amerikaner nicht bereits ante portas gestanden. Auch nicht müde wurde sie, mir, den Heranwachsenden, Einblicke in ein Opernrepertoire zu geben, dessen Kenntnis sie ihrer Leipziger Dienstzeit verdankte, dabei auch immer wieder meinen staatstragenden Vater aus der Fassung bringend, wenn sie thematisch etwa von Turandot zu Maos Rot-China schwenkte, um vor der „gelben Gefahr" zu warnen, die uns sicher mit Brandpfeilen heimsuchen würde oder die Qualität bestimmter Gebrauchsmittel des täglichen Bedarfs politisch unkorrekt als „Friedensware"

pries. Den Hinweis meines Genossen Vaters, daß der ostdeutsche Friedensstaat gerade jenen Frieden garantiere,
konnte sie, die Witwe eines selbst in Nächten voller
Bombenalarm BBC-treuen Rundfunkhörers wohl nicht
gelten lassen. Diese Generation, die weder in das sozialistische Nachkriegsteildeutschland hineingeboren war
noch irgendeine Wahl hatte, ungeachtet all ihrer kleinen
menschlichen Verpflichtungen einfach über die offene
Zonengrenze aus der Heimat gen Westen zu entfliehen,
hatte all die Entbehrungen und Schäbigkeiten der Nach-
kriegsjahre klaglos auszutragen. Für sie, die Jahrgänge
des ersten Viertels jenes zwanzigsten Jahrhunderts, die
oft den Wechsel der politischen Systeme nur an den ge-
wandelten Uniformfarben realisierten und einmal mehr
ihre Rentenpfennige zählten statt sich für so großbuch-
stabig wie großmäulig eingeforderte Weltherrschafts-
und Weltfriedensparolen zu erwärmen, welche wechsel-
weise die kaiserzeitlichen Ziegelmauern am Dorfplatz
bedeckten, tat sich mit Deutschlands Zusammenbruch
kein solches Vakuum mehr auf, in das die jeweiligen Sieger der Geschichte, immer flankiert von den chamäleon-
haften Opportunisten jeder Couleur, mit neuem Welter-
lösungsglauben hineinstießen.

Nach dem letzten großen Zusammenbruch mal wieder
Farbe zu bekennen, blieb dann meiner Vätergeneration
vorbehalten. Denn erpressbar waren nach dem verlorenen Krieg selbst jene, die ihn noch in den Kinderschuhen
zu durchleben hatten. Wer nicht für uns ist, ist gegen uns!
Bist du etwa für den Krieg, Kollege? Na, also. So einfach
ist es immer. Und den Enkeln stehen stets die Alten nä-
her, weil sie spüren, daß bei ihnen die erbärmlichen All-
tagskompromisse kaum mehr eine Rolle spielen, daß ihre

Unverderbtheit wächst, wie sie bei den Heranwachsenden abnimmt. Gründerzeitliche Existenzen waren sie fast noch in ihren Köpfen, überwiegend Unpolitisierte, durch zwei Diktaturen gezerrtes Stimmvieh, und wenn man dem einen oder anderen einen Zipfel der Macht hätte angeboten, welche auch diese neue Zeit zu vergeben bereit war, hätten sie vermutlich abgelehnt. Nicht aus Mißtrauen und weil gebrannte Kinder das Feuer bekanntlich scheuen. Es drängte sie einfach nicht, denn es entsprach weder ihrem Intellekt noch ihrem Charakter, da sie nicht zu jenen gehörten, deren Wesen man schon damals in der Lage war, mit einem Wortschatz zu umschreiben, der den Charakter des Profilierungsneurotikers auf den psychologischen Begriff bringen konnte. Wenn sie den Widerschein der Brände des ins Land zurückkehrenden Krieges sozusagen auf den Stahlhelmen der durchziehenden Soldatenausmachten, waren es gewiß nicht sie, die sich grausam poetische Gleichnissen von Trojas Untergang oder dem Aufscheinen eines besseren Deutschland zusammenphantasierten. Derart herzlos-dümmliche Verstiegenheit blieb dann jenen vorbehalten, die dank der Gnade der späten Geburt all die verbrauchten und erpreßbaren Leben lediglich ideologisch zu subsumieren, also zu entmenschlichen hatten.

Falls Dir irgendwann dann doch einmal die Erkenntnis über die Gefahr der Verfügbarkeit eines jeden Menschen blüht, wirst Du schwerer verführbar. Weil diese Einsicht schwärt. Und dann sitzt Du mit Deiner Amfortas-Wunde irgendwann in neuer Kulisse irgendwelchen neuen Spielfiguren gegenüber, für die sich die Welt da draußen ebenfalls aus dem banalen Tagesgeschäft und den Drachentöter-Stories zusammensetzt, die ihnen von den Menschenfischern auf der anderen Seite der Barrikade bei deren sozialpädagogischen Tafelrunden vorgesetzt wurden. Und keiner versteht den anderen. Und die Klapsmühle Geschichte dreht sich schon wieder wie vor dreißig Jahren: Opportunisten, Selbstdarsteller und Viertelkompetenzler, diesmal gepampert auf hohem Niveau. Glücklich darum, wen das Schicksal zum Telemach werden läßt und nicht zum Gralsritter. Weil ein Schweineleben im Wald immer noch mehr bringt als das Dahinvegetieren in der ideologischen Mast. Denn wenn der Kohl im Koben dampft und der Schweinepriester vielleicht noch von den Gefahren murmelt, vor denen Gott sei Dank sein warmer Stall schütze, fragt keine Sau mehr nach irgendetwas.

Jürgen Fibius (59)

Es ist gut, daß wir die Zeit gefunden haben, einmal fernab jedes protokollarischen Zwangs und somit auch ohne parteiinterne Rücksichten, denen wir ja beide doch immer verpflichtet sind, diesen Gedankenaustausch zu führen, Herr Fibius, sagt sie mit ihrer leiernden Stimme, damit ich wohl verstehe, daß es hier am allerwenigsten um Hierarchie geht. Als ich trotzdem gewohnt formell ansetze, fügt sie rasch hinzu, damit sei auch die Etikette als aufgehoben zu betrachten, sich hinter dieser Tür gegenseitig zu titulieren. Ich bin nun seit sechs Jahren Staatssekretär, und weiter wird nichts mehr kommen. Noch einmal sechs Jahre bis zur Rente, und ob ich danach einen Posten über die Partei erhalte, muß ich nicht hoffen. Kultur hat selbst im Lande Beethovens und Goethes kaum eine Lobby. Alles überschaubar, keine Überraschungen mehr zu erwarten. Wenn sich Winfried Wohlleben nicht so engagiert für diese sogenannte Ostkultur einsetzen würde, hätte es im letzten Jahr nicht einmal nennenswerte Dienstreisen gegeben. Die Zeichen stehen nun einmal auf Außenpolitik und innere Sicherheit. Und die Empfänge und Begrüßungsfloskeln auf den Partys, wo sich die Kulturleidtragenden selbst beweihräuchern, konnten mir schon immer gestohlen bleiben. Habe das noch nie ertragen. Gott sei Dank ist Winfried hier anders gepolt. Der fühlt sich bei so was immer wie der Fisch im Wasser. Typisch Rheinländer. Dafür hat er mir die Gespräche mit Bernstetter großzügig überlassen. Fand er bestimmt zu steif, mit dem blasierten Hund in Frankfurt die Budgetierung für das Naumburger Institut auszuhandeln. Die Vorort-Besuche hat er mir nach einer ersten Visite dort in der Pampa dann natürlich ebenfalls aufgebürdet. Auch wenn es ihm der Dom, von dem er jetzt noch schwärmt, ziemlich angetan hatte; wahrscheinlich hat er nicht mal ein Restaurant gefunden, das seinen Ansprüchen genügt. Irgendwas muß ihm dort den Rest gegeben haben, und er wird wohl froh gewesen sein, daß ich mich des Anliegens vom Herrn des Geldes angenommen habe. Wie der Bau dann in Rekordzeit stand, ging mir Bernstetter auch nicht mehr auf den Sack. Alles wieder beim Alten – bis dann gestern der Anruf kam. Wäre mir im Traum nicht eingefallen, daß mich die Biologin zum tete a tete einlädt und jetzt sogar bemüht ist, eine sogenannte vertrauensbildende Atmosphäre herzustellen. Sollte ihr aber nicht unbedingt zeigen, daß mich das schon etwas verwirrt. Titulierungen sind doch wichtig in Gesprächen, wo man sich sorgfältig vortasten und abwägen muß. Verschafft Zeit und Distanz, das Gegenüber korrekt anzusprechen, und es entschärft meist die Situation. Aber so?

Einfach gerade heraus mit ihr zu quatschen, so etwas bekomme ich nicht hin. Das widerstrebt einem direkt. Das steht einem als Kulturstaatssekretär auch nicht zu, zumal wir nicht mal in einer Partei sind. Selbst wenn sie jetzt dasitzt wie in den Besprechungen am Kabinettstisch, wo sie ausdruckslos die Reden verfolgt. Irgendwie amorph. War Winfried immer dankbar, wenn er an den Sitzungen teilnahm. Ob ihr jemand zugetragen hat, wie Bernstetter sie nennt? Dabei ist das treffend wie immer, wenn er fies wird. Dieses Gallertartige, selbst als sie mir die Hand gibt. Trägt sie wie einen Schwimmpanzer, und darunter ist sie immer auf der Hut. Muß mal nachschauen, was das Erfolgsmodell einer Molluske ist, in ihrer Welt zu überleben.

Sie amtieren seit sechs Jahren hier, Herr Fibius, sagt sie, und nun schrecke ich doch zusammen. Habe ich schon laut gedacht? Und haben, und dabei hebt sie ihre Hand in Augenhöhe als wolle sie an den Fingern die Zeit abzählen, eingerechnet der nächsten Legislatur, die wir ja hoffentlich auch gemeinsam gestalten werden, noch sechs Jahre bis zum Ausscheiden aus dem Dienst, setzt sie hinzu und senkt, während sie mich mit den verwaschenen Augen fixiert, ihren Quadratschädel, was wohl den Versuch darstellen soll, mir tief in die Augen zu blikken. Vorsicht ist die Mutter der Porzellankiste, alter Junge. Bloß keinen Übermut aufkommen lassen, nicht mal in Gedanken. Sie weiß alles, ist immer gut präpariert, was die Personalien ihrer Gegenüber betrifft. Habe doch schon gesehen, wie sie ganz sachte und mit einem mütterlichen Lächeln den einen oder anderen ihrer Schleppträger abserviert hat. Plötzlich ein unwilliges Zucken um die herunterhängenden Mundwinkel und mit einem nahezu beleidigten Ausdruck in der fast tonlosen Stimme, als müsse sie sich dazu zwingen, verkündet sie das Urteil im Interesse der Staatsräson… Was hat sie gesagt? Warum wir nicht angesichts der Lage, in der sich unser Land und unsere Regierung befinden, uns sozusagen über die Parteigrenzen hinweg die Hände reichen? Als ich ansetze, um solches Grabendenken sofort strikt von mir zu weisen, hebt sie leicht lächelnd den Finger. Ich kenne dieses Lächeln, sie verfügt ja nur über eines. Modulation ist eben nicht ihre Stärke. Und über ihre Moderationskünste habe ich mir noch nie den Kopf zerbrechen müssen. Sie ist eine miserable Rednerin und hat an Kulturpolitik nie viel Interesse gehabt. Unseren Laden habe ich mit Winfried fast immer im Alleingang geschmissen. Hat sich meines Wissens auch nie eingemischt. Ich habe mich ein bißchen über Sie informiert, und ich würde es, ehrlich gesagt, ausgesprochen schade finden, ähm, einen Verlust für uns alle, wenn Männer wie Sie lediglich aufgrund der Altersgrenze ihre bewährte und verdienstvolle Arbeit aufgeben müssen. Sie hat wirklich „ein bißchen" gesagt. Bitte seien Sie mir nicht böse, Herr Fibius, und betrachten Sie es gegenüber meinem Parteikollegen auch nicht als Ausdruck von Illoyalität, aber Sie haben sich in den letzten Jahren wohl etwas zu sehr auf Herrn Wohllebens Urteil verlassen. Es ist bestimmt alles korrekt, und er ist ja Ihr offizieller Vorgesetzter, und wir haben das ja auch mit Rücksicht auf den Parteienproporz so fürs Kultusministerium entschieden seinerzeit. Doch – und jetzt mustert sie mich wieder mit diesem Blick ins Nirgendwo – meiner Meinung nach, und damit stehe ich nicht allein, ist die Entscheidung über dieses Naumburger Institut zu rasch gefallen. Ich bin wie vom Donner gerührt, vermag nicht einmal einzuwenden, daß das alles nicht über meinen Tisch gegangen ist, jedenfalls nicht in der Entscheidungsphase, und wenn ich mich recht erinnere, trug die

Gründungsurkunde, als sie zum Abzeichnen bei mir landete, genau drei Unterschriften: Wohllebens selbstgefälliges Signum, den wohlbekannt herrischen Kürzel aus dem Finanzministerium und ganz rechts unten ihren schulmädchenhaften Krakel. Bitte verstehen Sie mich nicht falsch, sagt sie. Das Institut ist nun einmal da, und Herrn Bernstetters Konzept für die Arbeit desselben verspricht interessante und wichtige Ansätze für die Zusammenarbeit von Finanzwirtschaft und Kulturpolitik in einer europäischen Dimension, welche unserem Land gut zu Gesicht steht. Mein Gott, wie kann man sich nur so ausdrücken. Ob alles stimmt, was man sich über ihr früheres Leben als Ostzonen-Apparatschik erzählt? Wer wird sich wohl all die Karteileichen kurz nach dem Mauerfall gesichert haben. Washington, Moskau, CIA, KGB? Sie sind von Hause aus Historiker, Herr Fibius, sagt sie. Hand aufs Herz: Glauben Sie persönlich, daß Herr Bernstetter der richtige Mann für so etwas ist? Sicher, er ist einer unserer brillantesten Finanzfachleute, aber ist er auch in der Lage, so etwas allein zu stemmen? Bißchen spät die Bedenkenträgerei, zumal das Geld bereits ziemlich reichlich geflossen ist in dieses anhaltinische Luftschloß. Ich meine nicht die Arbeitsbelastung, die er damit zusätzlich zu seinen anderen Aufgaben auf sich nimmt. Unsere amerikanischen und französischen Freunde registrieren mit großem Interesse solche Initiativen wie diese europäische Denkfabrik. Und da braucht Herr Bernstetter doch gerade jetzt, also in der Anlaufphase der Arbeiten, einschlägig qualifizierte Berater. Auf wen stützt er sich da, lieber Herr Fibius? Ah, daher weht der Wind. Wohlleben hat doch die Listen der externen Berater schon vor Wochen abgegeben. Meines Wissen, sage ich und vermag nur mühsam den Zwang, sie zu titulieren,

unterdrücken und komme mir dabei ziemlich hemdsärmelig vor, entspricht der aktuelle Stand der international
zusammengesetzten Beratergruppe den Listen, welche
Kollege Wohlleben mit dem Vorstand des Roßbach-Centers und nach Konsultation der üblichen Behörden angefertigt hat, und die auch zu Ihnen ins Amt gekommen
sind. Nicht die Antwort, die sie erwartet. Sie senkt den
Schädel und konzentriert sich auf ihre Schreibtischutensilien. Ich denke, Sie weichen aus, sagt sie so tonlos wie
möglich, auch wenn mir der Satz in den Ohren knallt. Ich
meine nicht die Leute, die offiziell am Tisch sitzen bei
Besprechungen und Tagungen und was da so alles abgeht
in Naumburg. Schauen Sie, ich wäre Ihnen sehr verbunden, wenn Sie mir vertraulich sagen könnten, wer ihm direkt zur Seite steht, ja, wer auf ihn achtet. Es ist doch
leidlich bekannt, daß Herr Bernstetter ziemlich beratungsresistent ist und immer schon ein großes Geheimnis
daraus gemacht hat, mit wem er sich intern austauscht,
auch wenn er seine Entscheidungen allein zu treffen
pflegt. Sie wendet den Blick von der ungemein interessanten Schreibtischablage zum Fenster hin und läßt ihn
scheinbar ins Weite schweifen. Der Spreebogen liegt
noch völlig im Nebel, es ist ja auch sehr früh. Ein wenig
dringt das Entenspektakel selbst durch die Spezialfenster.
Sie scheint einen vollen Terminkalender zu haben, und
es ist ja bekanntlich auch ihre Art, die sie persönlich bewegenden Dinge rasch anzupacken, denn der Blick kehrt
wieder ins Zimmer zurück, und sie fixiert mich erneut+.
Diesmal habe ich jedoch das Gefühl, diese wassergrauen,
immer verschlafen wirkenden Augen bohren sich in mich
hinein. Woher nimmt die Frau nur diese unangenehme
Ausstrahlung, die alle vor ihr ausweichen läßt. Ihre griesgrämige Unansehnlichkeit kann es allein nicht sein...

Winfried Wohlleben ist ein verdienter Mann meiner Partei, setzt sie wieder an, und er hat den Zenit seiner Leistungsfähigkeit längst überschritten. Wir müssen bald für die nächste Legislatur die Regierungszusammensetzung etwas anders aufteilen. Das Kultusministerium wird diesmal voraussichtlich an Ihre Partei gehen, Herr Fibius. Sie wissen, daß die Entscheidung letztlich bei mir liegen wird. Ich kann mir sehr gut vorstellen, daß das Ministerium unter Ihrer Leitung wesentlich effizienter arbeiten kann als es in den letzten Jahren der Fall gewesen ist. Wesentlich! Was denken Sie darüber? Ihre Stiftablage aus gehämmerten Silberblech erscheint auch mir jetzt betrachtenswert. Winfried wird nächsten Sommer siebzig… Ich weiß nur, sage ich und versuche, ihrem Blick standzuhalten, daß dieser Leipziger Wissenschaftler, Leonard Creutz, der Mann, der damals die Idee mit dem Roßbach-Center aufgebracht hat, nach wie vor sein uneingeschränktes Vertrauen genießt. Sie muß nicht wissen, daß ich die Sache in die Spur gebracht habe und Creutz als erstes bei mir war. Wer weiß, wer ihren Groll auf sich ziehen wird, und Winfried ist mit der Idee schließlich hausieren gegangen, bis er bei Bernstetter ein offenes Ohr gefunden hat. Sie wendet kurz den Blick ab und zieht aus der Ablage eine ziemlich dünne Akte zu sich heran, es ist eigentlich nur ein grauer Pappumschlag, eine Art Vorlagenmappe, und ich kann leider nicht den Aufdruck lesen, denn sie hebt sie nicht an. Dr. Leonard Creutz, fragt sie, sieht mich wieder an, und es klingt eher wie eine längst bekannte Feststellung, die sie lediglich bestätigt haben möchte. Als ich gemessen nicke, vertieft sie sich wieder in die Blätter vor ihr. Mir kommt es wie eine halbe Ewigkeit vor, obwohl ihre Lektüre sicher kaum eine halbe Minute gedauert haben wird. Es gab seitens des Verfassungsschutzes anfängliche Bedenken hinsichtlich der Einstellung von Herrn Creutz, sagt sie und sieht mich fragend an. Das wurde mir durch den Verwaltungsdirektor des Centers, Herrn Dr. Iwein damals auch mitgeteilt, antworte ich. Und ebenfalls Herrn Bernstetters diesbezüglicher Einspruch, den er gegenüber dem Verfassungsschutz geltend gemacht hat. Es handelte sich wohl weniger um substantiierte Überlegungen als um den Eindruck des Gutachters, der ein psychologisches Profil des Mannes erstellt hatte. Sofort merke ich, daß dies ein Terrain ist, das sie verabscheut. Sie stopft die dünne Akte mit einem wenig damenhaften Schnaufer in die Ablage zurück und schaut wieder durchs Fenster in die Nebelwand über der Spree. Einsprüche, Eindrücke, Gefühle. Werden die Mitarbeiter dieser – sie scheint sichtlich um eine passende Bezeichnung bemüht, die Widerwillen ausdrücken soll – Institution, dabei schieben sich die Mundwinkel hoch, als koste es eine Kraftanstrengung, alle nach solchen Kriterien ausgesucht? Ich werde mich hüten, einfach mit den Achseln zu zucken, auch wenn ich von Iwein weiß, daß Bernstetter sich nicht in Personaldingen reinreden läßt. Meines Wissens umgibt sich Herr Bernstetter nur mit einem sehr kleinen Kreis. Ihre Ausdruckslosigkeit scheint jetzt eine einzige Frage. Eigentlich betrifft es nur drei Personen, die sein Vertrauen in Sachen des Centers genießen, sage ich. Verwaltungsdirektor Dr. Iwein, seine Assistentin, eine Frau Sobek, die aus Bonn gekommen ist, und besagter Dr. Creutz, den er mit der allgemeinen Konzeption und den speziellen Tagungsvorbereitungen betraut hat. Sie soll nicht denken, ich wüßte nicht, was dort auf dem flachen Land von statten geht. Falls sie jetzt Details verlangt… Doch sie schiebt lediglich den Bürostuhl zurück und mustert mich wieder mit dieser unverfrorenen Obszönität, als taxiere sie meinen Wert für ihren nächsten Schritt. Ich habe ein kleines Anliegen, das dieses Roßbach-Center betrifft, Herr Fibius, sagt sie und drückt die Wechselsprechanlage. Suchen Sie mir doch bitte den Bestandsbericht aus Magdeburg heraus. Und Kaffee für zwei. Sie trinken doch Kaffee, rückversichert sie sich überflüssigerweise. Jede Wette, daß selbst so etwas irgendwo in dem Dossier, das sie sicher auch über mich hat anfertigen lassen, verzeichnet ist. Jetzt müssen Sie nur noch erraten, ob Milch oder Zucker, versuche ich einen müden Scherz, den sie nicht zur Kenntnis nimmt. Ihre Sekretärin braucht gefühlt eine Minute, das Gewünschte zu bringen, obwohl ihr Zimmer am anderen Ende des Korridors liegt. Lediglich ein weiteres Indiz, daß dieses Kaspertheater detailliert vorbereitet ist. Von wegen vertrauensbildende Atmosphäre. Und in dieser Zeit, bis der Kaffee auf dem Schreibtisch steht, schweigen wir uns bloß an. Mit der Akte in der Hand scheint ihre Aktivität wieder enormen Auftrieb zu erhalten. Und irgendwie habe ich den Eindruck, als interessiere sie der Inhalt überhaupt nicht; sie blättert bloß flüchtig hin und her. Einmal sehe ich, daß es sich um Tabellen handelt. Sie schaut nicht auf, als sie endlich die nächste Frage an mich richtet. Worum dreht sich die kommende Konferenz, die Herr Bernstetter im Roßbach-Center durchzuführen gedenkt? Natürlich liegen ihrem Büro die Papiere seit mindestens einem Monat vor, doch ich bin kein Spielverderber und referiere so gut ich kann. Kulturpolitische Strategien, europäische und transatlantische Zusammenarbeit unter besonderer Einbeziehung korrespondierender Staaten. Welche, fragt sie einsilbig nach. Rußland, Israel, Kuba, antworte ich ebenso und schiebe aber noch eine Erläuterung nach, weil ich erkenne, daß sie ihre beleidigenden Umgangsformen gar nicht realisiert. Wir dürfen weder den Dialog über kulturelle Projekte im Nahen Osten aus den Augen verlieren noch Kuba vergessen, das ja ein Land im Umbruch ist. Wozu Rußland, lautet die nächste Frage. Herrgott, wozu wohl! Rußland ist, zwinge ich mich zum Referat, der wichtigste Partner im Osten. Nicht Polen, füge ich hinzu, um ihr zu zeigen, daß ich über die angespannte Lage zwischen Berlin und Warschau informiert bin. Keine Reaktion. Wenn ich so weitermache bei ihrer Dünnhäutigkeit, ha ha, wird es wohl für mich Essig werden mit Wohllebens Job nach der kommenden Wahl. Sie klappt die Akte zu und schenkt mir den nächsten verwässerten Blick. Herr Fibius, sagt sie, und plötzlich glimmt hinter der teigigen Maske eine ungeahnte Härte auf, können Sie mir bitte sagen, was Ihrer Meinung nach MAG bedeutet? Totale Punktlandung! Ich muß so bedröppelt aus der Wäsche gucken, daß sie sich ein Grinsen nicht verkneifen kann. Entschuldigung, was? Wie schreibt sich das? Wie man es spricht, sagt sie: Emm, A, Geh – MAG. Nein? Sie haben das nicht in dem Konferenzpapier gefunden? Creutzens Konzeptpapiere für die Konferenz. Ich erinnere mich, daß sie seit letzten Dienstag bei mir auf dem Schreibtisch liegen. Jetzt gebe ich es auf zu antworten, schüttle nur den Kopf. Besser den unterbelichteten Trottel mimen – das mag sie – als jemanden, der etwas vor ihr zu verbergen hat. Aber Sie haben die Papiere doch gelesen, bohrt sie weiter. Plötzlich beginnt mich das Entengeschnatter draußen furchtbar zu nerven. Das Wort habe ich dort nicht gefunden, würge ich heraus. Himmel! Was soll das für ein Test sein? Ich habe das Scheißwort noch nie gehört. Sie reicht mir ein paar Blätter über den Schreibtisch, und ich sehe, daß es der Ablaufplan für Bernstetters Konferenz ist. Sieht auf den ersten Blick aus wie der auf meinem Schreibtisch. Stammt garantiert aus der Feder von Creutz; macht er jedes Mal ganz hübsch:

Hinter den Tagungsordnungspunkten stehen immer kleine Abstracts. Seite vier der Programmliste, sagt sie. Und da steht wirklich nach dem Abendvortrag: 21 Uhr; Koordinierungsgruppe MAG. Ich habe diesen Tagungsordnungspunkt noch nie gesehen, höre ich mich sagen. Mir ist nur die Variante bekannt, die mit dem Abendvortrag schließt. Schon möglich, sagt sie, und ich stelle fest, daß ihre Stimme sogar über so etwas wie einen mokanten Akzent verfügt. Auf meinem Papier steht das auch nicht, sagt sie und kostet meine Verwirrung aus. Weil meine schafsgesichtige Miene wohl noch immer eine einzige Frage darstellt, tippt sie auf das vorliegende Blatt. Dieses Exemplar ist für den Kollegen Wohlleben bestimmt, ergänzt sie. Und MAG, lieber Herr Fibius, so wurde mir mitgeteilt, stellt die Abkürzung dar für ein, sagen wir, ziemlich diskretes Projekt von Herrn Bernstetter, das aber noch in den Kinderschuhen steckt: Mitteldeutsches Autonomes Gebiet. Stille. Der Begriff steht peinlich, weil irgendwie deplaziert, im Raum. Ja, und was soll man sich darunter vorstellen, fühle ich mich gedrängt zu fragen und bereue es jetzt zutiefst, sie nicht formvollendet anzusprechen mit dieser Frage. War das die richtige Reihenfolge? Hätte ich nicht zuerst fragen sollen, wieso das in Wohllebens Unterlagen steht, aber nicht in meinen oder ihren? Mitteldeutsches Autonomes Gebiet – was soll das sein? Es ist ein im Center entwickeltes Projekt, gibt sie schmallippig Auskunft. Vielmehr: Noch ist es eine Idee. Scheinbar trägt man sich in Naumburg mit dem Gedanken, eine Art mittelfristige Separation der mitteldeutschen Bundesländer zu diskutieren. Zuerst einige Unternehmungen und Initiativen auf kulturpolitischer Ebene, dann eine Art ökonomische Eigenständigkeit unter Federführung der besagten Bank mit diversen Abkoppelungen des Gebietes vom Bundeshaushalt, später vielleicht ein gewisser außenpolitischer Autonomiestatus. So eine Art Abfall, wie es etwa den Katalanen vorschwebt. Haben Sie davon überhaupt noch nichts gehört in Ihrem Haus? Keine Andeutungen, Gerüchte etwa, vielleicht auch nur als scherzhafte Bemerkung - nein? Es ist ziemlich warm hier drinnen, und die Krawatte ist sehr eng gebunden. Auch hat sich wieder dieses Ziehen im Brustkorb eingestellt. Bei allem Respekt, sage ich, und nun gebrauche ich ihren Titel, das kann doch nur totaler Unfug sein. Ein dummer Spaß, den man Winfried Wohlleben spielt. Was sagt er denn dazu? Das ist doch völlig absurd, absolut substanzloser Quatsch. In ganz Mitteldeutschland existiert z. B. kein einziges börsennotiertes Unternehmen, die Ministerpräsidenten der Länder sind Ihre Parteikollegen… Fieberhaft überlege ich, was man gegen diesen Nonsens noch ins Feld führen kann. Herr Bernstetter ist das auch, entgegnet sie. Ich verstehe nicht gleich. Mein Parteikollege, entgegnet sie meinem ratlosen Blick. Ja, aber was ist mit Wohlleben, frage ich, nun doch ziemlich genervt. Der hätte sich doch mir gegenüber irgendwie geäußert. Kollege Wohlleben hat dieses Papier hier noch nicht zu Gesicht bekommen, antwortet sie. Jetzt ist der Punkt erreicht, entscheide ich instinktiv, wo ich keine Fragen mehr stellen werde. Sie scheint das auch nicht zu erwarten. Sie läßt wieder den Blick unstet schweifen, senkt ihn schließlich auf die vor ihr liegende Akte und klopft mit dem Knöchel darauf. Dieser Bericht aus Magdeburg enthält, neben anderem, ein etwa zwei Wochen altes Gutachten über die Chancen zweier anhaltinischer Unternehmen für einen etwaigen Börsengang. Die Analyse ist vom Roßbach-Center in Auftrag gegeben und von Herrn Bernstetters Frankfurter Bank erstellt worden. Ich habe Informationen, daß es mit Dresdner Stellen Absprachen über ein ähnliches Gutachten mit

Blick auf die sächsische Wirtschaft gibt. Und diese Hinweise, lieber Herr Fibius, konnte ich weder von der Börsenaufsicht noch vom Bundeskartellamt bekommen, auch nicht vom Wirtschafts- oder Finanzministerium, wenn Sie wissen, was ich damit andeuten will. Den Teufel weiß ich, aber ich werde mich hüten, noch irgendeine Äußerung von mir aus zu machen. Wieso habe ich mir noch vor ein paar Minuten in meinem verstecktesten Hirnwinkel ausgemalt, ich könne einmal im Leben die Treppe hochfallen. Wissen Sie zufällig, sagt sie und bedenkt mich wieder mit ihrem verwaschenen Blick, was Kollege Wohlleben bei seinem letzten Besuch in Petersburg auf der Agenda hatte?

Lena Sobek (54)

Leonard hat einen Knall. Erst deckt er mich mit einem Wust von Tischvorlagen ein, die in zwei Tagen ins Russische übersetzt werden müssen, und dabei reagiert er noch unwirsch, als ich ihm sage, das könnte doch ein Übersetzerbüro übernehmen, denn so viel Kohle wird Bernstetters Laden ja wohl noch erübrigen. Das ginge nicht, weil es Interna seien, und es müsse keine Konferenzdolmetscherqualität aufweisen. Im Gegenteil, ich könne ruhig ein wenig schlampen. Ein provisorischer Anstrich wäre sogar wünschenswert. Es entspricht nicht meiner Art, mich vorsätzlich zu blamieren, habe ich ihm gesagt, aber gerade das hat ihn wohl zusätzlich gestresst. Ich solle mich nicht so haben, herrscht er mich an, auch kämen heute noch die Kubaner und zwei Typen aus Tel Aviv ins Haus, die müsse ich fürs Erste übernehmen. Nur dolmetschen, beschwichtigt er, merkt aber nicht, daß er sich im Ton vergriffen hat und drückt schon wieder die Türklinke. Als ich versuche, die Sache zu entkrampfen, indem ich ihn darauf hinweise, daß mein Hebräisch sich auf Grußformeln und die Namen jüdischer Feiertage beschränkt, schaut er nur um so angespannter. Englisch genügt, erwidert er und knallt die Tür ins Schloß. Na ja, so patzig hat sich der gute Robert nie aufgeführt. Dafür war er auch zu langweilig. Ach, mein Herzensschöner, denke ich und muß feixen, weil diese Wortschöpfung einer schon nicht mehr existenten Band es genau trifft, wenn ich meine unzeitgemäße Schwärmerei für Leonard auf den Punkt bringen will. Irgendwie stellen sich sogar Melodiefetzen ein, und da ich von Natur langmütig bin, habe ich ihm schon fast verziehen. Nur zur Gewohnheit darf das nicht werden. Habe ich an ihm bislang auch nicht wahrgenommen, die vorigen beiden Tagungen hat er ohne irgendwelche erkennbaren Anspannungen abgewickelt. Man hatte den Eindruck, so etwas sei für ihn Alltagskram. Doch diesmal steht er unter Strom, schließt sich in sein Zimmer ein und benutzt fast ausschließlich diese besondere Telefonleitung, dessen Installierung Bernstetter persönlich überwacht hat. Bei sich und bei Creutz haben diese komischen Typen damals fast den ganzen Tag herumgebastelt. Von meinem Zentraldisplay habe ich keinen Zugriff auf die Anschlüsse, sehe nur, wenn gesprochen wird, damit durchgestellt werden kann, wenn die Leitungen wieder frei sind. Bernstetter wird morgen wie üblich auf den letzten Pfiff ankommen. Ist mir ein Rätsel, wie er dieses Hin-und Her aushält. Dabei der ständige Ärger mit den Amerikanern wegen Frankfurt. Über diese Ansammlung von Nullen darf man nicht nachdenken, hat er mir einmal gesagt, als ich auf die Summen hinwies, die in seinen Papieren stehen. Bin ja auch keine von diesen Finanzfachfrauen oder wie die sich titulieren, die für ihn in seinem Büro in der Bank arbeiten. Nur manchmal kommen fehlgeleitete E-Mails für ihn hier an, und dann steht da auch mal etwas von Milliardenforderungen. Sechs Nullen oder sieben. Ich schicke ihm das kommentarlos und verschlüsselt weiter in die Bank oder auf sein elektronisches Empfangsgerät, falls er unterwegs ist. Nicht daß es so scheint, er hätte keine Beziehung zum Geld, keineswegs. Er scheint alles wirklich sehr ernst zu nehmen, und die Späße sind für uns, die unbeteiligten Zuschauer. Aber er verfügt über diese kühle Distanz, die ihm seine Nüchternheit erhält bei jeder Summe, egal ob es Hunderttausende sind oder Millionen. Wahrscheinlich bleibt er auch bei den Milliarden eiskalt, die in den Bilanzen stehen. Anselm Bernstetter könnte auch mit Antiquitäten handeln, sogar mit Nägeln oder mit Landmaschinen. Die haben ja auch was Solides, nur daß ihm das zu öde wäre. Ich ertappe mich, daß ich im Internet nach dem Musikvideo suche: *Herzensschöner* von Rosenstolz bietet mir das Musikportal an. Genau, so hieß die Truppe. Ja, und ist es auch sehr schön mit Streichern orchestriert und ziemlich lyrisch. *Als ich eines Tages dachte, daß ich verloren bin, begraben und verloschen, küsstest du mir Sinn in mein verstaubtes Leben ...* Leonard würde bloß so etwas sagen wie: Ausgebrochen poetisch. Soll er doch, ich mag solchen Kitsch. *Mach's gut mein Herzensschöner, nun lasse ich dich ziehn, vergiss was ich gewollt hab, auch Scherben können blühn ...* Hui, das ist dann doch ein ziemlich schräges Bild, du liebes Lieschen. Leo hätte nicht unrecht mit seinem Spott. Spiele ich ihm mal lieber nicht vor; damit ärgert er mich sonst noch bis zum Sankt Nimmerleinstag ... Verdammt, ich spinne hier herum und übersehe den Außenanruf. Ist nicht gespeichert bei uns, also kein Name. Aber die Stimme erkenne ich sofort. Eigentlich erstaunlich, wie

69

sonor sie klingt, wenn man sich das gebrechliche Erscheinungsbild dazu vorstellt. Ich möchte bestimmt nicht Neunzig werden. Hallo, Herr Anstandt, rufe ich in die Muschel, sind Sie etwa schon fündig geworden? Mädelchen, sagt er, red keinen Stuß, und seine kräftige Stimme klingt dabei irgendwie gepreßt. Ich habe etwas gefunden in der Parteiakte. Etwas das nicht unbedingt mit dem flotten Frankfurter zusammenhängen muß. Aber irgendwie ist das schon ein Ding. Über Bernstetter haben Sie nichts gefunden, frage ich und kann die Enttäuschung nicht ganz aus der Stimme verbannen. Mädelchen, lernt Ihr heutzutage gar nichts mehr, fährt er mich wütend an. Keine Namen, das wißt Ihr doch nicht erst erst seit diesem Snowden und der NSA oder wie der ganze Dreck heute noch so heißt. Natürlich habe ich mir ein paar Notizen gemacht, auch über besagten Herrn, falls das was nützt. War auch mir neu. Bloß kann ich keine Kopien machen lassen. Notizen genügen auch, sage ich leichthin. Soll Leonard sehen, was er damit anstellt. Nein, sagt er beinahe störrisch. Es gibt hier auch ein Bild, eine Fotografie. Die kann ich ja wohl schlecht abzeichnen. Machen Sie mit ihrem Mobiltelefon eine Aufnahme, rate ich ihm. Nichts leichter als das. Stille, ein Schnaufen, dann wieder Stille, die kein Ende nehmen will. Herr Anstandt, sind Sie noch dran, vergewissere ich mich. Sicher, erfolgt knapp die Antwort. Also, warum machen Sie keine Aufnahme mit … Weil ich keine Fotografie-Funktion auf meinem Brikett habe. So groß ist nämlich ein Senioren-Handy für sehr alte Knaben, wie ich einer bin. Oh je, das ist ihm peinlich. Wissen Sie was, sage ich, da gibt es doch sicher einen Archivar, wo Sie jetzt sind. Eine Frau, erwidert er. Schrecklich häßliche Person. Lieber Herr Anstandt, ich weiß ja nicht, was auf dem Foto drauf ist … Ein kleines Porträtfoto, sagt er. Schwarz-weiß, Lichtbildformat für

Ausweise von damals. Wenn es nur ein altes Porträt ist, rede ich ihm nun zu, dann bitten Sie die Dame doch, es für Sie zu scannen und als Bilddatei ganz an unsere offizielle Adresse zu schicken: anselm.bernstetter@frankfurterbank.de. Sie zeigen ihr die offizielle Internetpräsenz, da wird sie bestimmt keinen Einwand aufbringen, selbst wenn keine Kopien genehmigt werden. Sagen Sie einfach, es sei ein kleiner Gefallen für den Chef des größten deutschen Bankhauses, ja? Er schnauft schon wieder. Dafür, daß ich diese alte Schachtel bequatsche, sind Sie dem alten Anstandt, den Sie so schön mit Ihrem angeblichen Vater verkohlt haben, zusätzlich einen Abend in einem Nobelschuppen schuldig, Mädelchen. Klar, sage ich, weil ich ihn loswerden will, denn Leonard steckt den Kopf zur Tür herein und meldet, daß die Kubaner bereits unten am Eingang warten, und er könne nur Guten Tag auf Spanisch sagen. Ich müsse bitte sofort kommen, es sei schließlich der akkredidierte Botschafter, der wartet. Sofort, sage ich und zahle es ihm heim, ich möchte bitte ein dringendes Gespräch beenden. Ist vor allem in Deinem Interesse. Er zieht eine Grimasse und wirft die Tür so zu wie vorhin. Herr Anstandt, alles soweit geklärt, rufe ich ins Telefon, Sie melden sich bitte sofort, wenn man Sie wieder zurückgebracht hat. Ich werde dann sofort zu Ihnen ins Atelier kommen. Er hat noch etwas auf dem Herzen, will aber nicht deutlich werden. Wissen Sie, fragt er, wo diese Bildsendung dann ankommt? Landet in Bernstetters elektronischem Briefkasten, antworte ich nun schon leicht genervt, weil ich weg muß. Ich habe Zugriff auf seine Posteingänge wie seine Sekretärinnen in der Banketage. Weil er schweigt, füge ich noch erklärend hinzu: Es ist ein E-Mail-Account für ganz normale Alltagspost. Hat nix mit seinen Banksachen zu tun. Wenn

Sie sagen, daß es nur ein Foto ist, kein Text, kann ja niemand etwas damit anfangen. Irgendwie muß ich ihn zum Lachen gebracht haben, es hört sich an wie Bellen. Na, ja, sagt er geheimnisvoll, will's hoffen. Aber wie nennen wir diese Sendung, damit Sie die rausfischen und nicht irgend so eine Bankschnepfe. Anstandt? schlage ich vor, worauf er fragt, ob ich einen Vogel habe. Keine Namen, wiederholt er. Jetzt klingelt schon das Telefon von der Pforte hier an. Ich muß los. Nennen Sie die Bilddatei „Rosenstolz", sage ich, weil mir im Moment einfach nichts Signifikanteres einfällt. Das finde ich dann sofort unter der Menge der eingehenden Mails heraus. Sie haben wirklich einen Dachschaden, Mädelchen! Jetzt ist er richtig aufbrausend. Muß wohl der Tag der wilden Männer für mich sein. Bitte, Herr Anstandt, sage ich. Wenn diese Archivmitarbeiterin Ihnen das in der nächsten Viertelstunde verschickt, ziehe ich mir die Bilddatei in genau einer Stunde aus dem E-Mail-Verkehr. Ich weiß ziemlich genau, wann diese eingebildeten Vorzimmertanten in Frankfurt Büroschluß machen, wenn der Chef nicht da ist. Und Anselm Bernstetter sitzt zur Zeit in London. Der Alte brabbelt noch etwas, aber ich rufe noch Danke in die Sprechmuschel und bin schon fast im Fahrstuhl. Gerade noch rechtzeitig, um mit Leonard einzusteigen. Lena, was ist los, sagt er mit gerunzelter Stirn. Solche Hetzerei kenne ich gar nicht von Dir, und versucht mich auf dem Weg nach unten zu küssen. Das Kompliment darf ich postwendend zurückgeben, mein Herzensschöner, sage ich. Was ist? fragt er, aber wir sind im Erdgeschoß, und die Kubaner stehen schon bereit zur Begrüßungscour. Der kleine Dicke ist der Botschafter, und er macht mir ein höfliches Kompliment, als ich die offizielle Vorstellerei bewältigt habe. Ein Mann in den Sechzigern, sicher noch alte Castro-Schule. Nicht ganz so hellhäutig und mindestens zehn Jahre jünger sein Begleiter, irgendein Botschaftssekretär, der den Koffer trägt. Das übliche Rollenspiel. Doch irgendwie ist heute wirklich nicht mein Tag. Leonard steht noch außerhalb des Fahrstuhls, so daß ich ihm Platz machen will, und beim Umdrehen stoße ich dem jüngeren Kubaner, fahrig wie ich bin, meinen Ellbogen in die Seite, daß er hörbar Luft zwischen die Zähne zieht. Als ich mich wortreich entschuldige, lächelt er lediglich, deutet mit der freien Hand eine Geste an und sagt bloß *Uno se acostumbra a todo.* Und jetzt macht es bei mir Klick. Ich sehe die schmalen, etwas schräg stehenden Augen, die freundliches Feuer versprühen, die für einen Mulatten etwas zu dünne Nase, und ich bin wieder in Woronesh, wie vor dreißig Jahren. Ich spüre noch, wie mir schwindelt und bin Leonard dankbar, daß er mich auffängt, so daß ich mich kurz an ihn lehnen kann. Der Botschafter will einen Scherz machen und meint, daß ich wohl stärker in Mitleidenschaft gezogen worden bin bei dem Zusammenstoß als sein Mitarbeiter, aber der sei seit seiner Jugend einiges gewöhnt, schließlich komme er aus Varadero. Und die seien bekannt dafür, daß sie einstecken können. Alle lachen, warum auch nicht. Nur ich muß die nächste halbe Stunde überstehen, bis ich die beiden los sein werde.

Anselm Bernstetter (64)

Nicht Hasardieren, Vabanque-Spiel träfe es besser, meint Creutz in seiner beiläufigen Art am Telefon. Die Kugel sei sozusagen im Rollen, *rien ne va plus*, kommentiert er mit der ihm eigenen Lakonie und entschuldigt sich im gleichen Atemzug, daß er mich in London stört. War doch vereinbart, sage ich und frage, was es gäbe. Fibius hätte heute morgen dreimal angerufen, schließlich habe er mit Iwein fast eine Stunde telefonisch konferiert. Sie haben die Sache geschluckt sagt er einfach, und ich kann mir sein Grinsen lebhaft ausmalen. Gut, antworte ich, alles andere mündlich. Ich habe heute noch ein paar Meetings, dann fliege ich zurück und bin übermorgen bei Ihnen in der Provinz. Nur noch eines: Wie hat sich Iwein Ihnen gegenüber verhalten. Gar nicht, sagt er, fast wie immer. Er trägt schwer daran, daß ich ihm seinen Chef weggenommen habe. Bei Creutz muß man aufpassen. Ich verstehe mich nicht als Verfügungsmasse subalterner Eifersucht, versetze ich darum, und möchte Sie dringlich bitten, unsere Gespräche nicht mit Instinktlosigkeiten anzureichern. Etwas hart geschlagen, gewiß, aber alles andere wäre unangebracht. Und Creutz muß jetzt funktionieren. Unterschätzen Sie den Mann nicht, füge ich versöhnlicher hinzu, um die Schärfe etwas zurückzunehmen. Er ist ein Profi, auch wenn er wie ein überalterter Konfirmant herumläuft. An seiner Distanz im Gespräch könnten Sie sich zudem eine Scheibe abschneiden. Ich wollte keineswegs despektierlich sein, kommt die Stimme zögerlich aus dem Hörer, aber diese leisetreterische Tour geht mir eben auf die Ketten. Dann seien Sie zur Abwechslung auch mal leise, sage ich. Zur Abwechslung und im Hinblick auf unser Projekt. Und ab jetzt, wiederhole ich, alles nur noch mündlich. Benutzen Sie auch nicht mehr diese Leitung. Die werden jetzt alle Hebel in Bewegung setzen, um an genauere Informationen zu gelangen. Für Gespräche gehen Sie spazieren. Und lege auf.

Die plötzliche Stille lastet unangenehm auf mir. Was finde ich nur an diesem Kerl. Er ist frech, sicher, zuweilen anmaßend, und dabei nicht bis ins Letzte durchschaubar. Doch er hat Stil, zugegeben: *Va banque*! Es gilt die Bank! Völlig richtig – so muß die Devise lauten; es ist kein Glücksspiel, und wir sind keine Börsenjunkies. Auch die Sache Wohlleben unterzuschieben, war eine seiner guten Ideen. Es verschafft uns die nötige Zeit und Deckung. Ehe der vom Kaspischen Meer mit einem Koffer voller Matrjoschkas wieder in seinem überflüssigen Ministerium eingetrudelt sein wird, ist hier alles über die Bühne gegangen, und für den kleinen Rufmord bekommt er ein hübsches Portfolio als Schmerzensgeld. Sicher, Creutz vermag außerordentlich geschichtlich zu denken; doch das Geschichten-Erfinden ist eine Fähigkeit, die man sich über einen langen Zeitraum aneignet, das ist zudem auch eine sehr eigene Begabung. Es muß ein Gran Absurdität hineingemischt werden, hat er mir schon bei unserer ersten Beratung gesagt. Wenn es nicht in irgendeiner Weise widersinnig erscheint, passiert eine Lüge alle potentiellen Schranken, weil man sich nicht an ihr festhaken wird, schließlich hat der lügnerische Alltag uns schon gehörig abgestumpft. Ob Mondlandung oder Börsencrash, nur der Eingeweihte vermag zu ermessen, was hinter den Kulissen passiert. Die Anderen stellen lediglich das Publikum, welches bloß reagieren kann. Der Betreffende darf die vermeintliche Dimension niemals begreifen. Wenn alles im Bereich des Wahrscheinlichen und leicht Nachvollziehbaren wäre, griffen lediglich die üblichen Überwachungsmechanismen zum Gegensteuern und Neutralisieren. Erst der Aufschein des Unfaßbaren macht den anderen unweigerlich zum Komplizen. Dieser unstillbare Drang, verstehen zu wollen, wissen Sie? Ist nur die Frage, wendete ich damals enerviert ein, was unfaßbarer sein wird: Unser Köder oder die wirkliche Absicht. Die politisch-ökonomische Neuausrichtung eines Staates dürfte doch etwas schwerer wiegen als eine erfundene Schlacht, meinen Sie nicht? Deshalb dürfen wir auch nicht übertreiben, entgegnete er. Und hatte recht. Die Scharade, die mir mit den irischen Investmentbankern vorschwebte oder ein fingierter Einstieg unsererseits im Baltikum hat er verworfen. Zu weit, zu harmlos. Wer soll das verstehen, Herr Bernstetter. Und wenn ich es letztlich uninteressant finde, obwohl Sie mir diese fiktiven Szenarien ausgemalt haben, wird es jemanden mit der strategischen Disposition der Biologin gewiß nicht in Unruhe versetzen. Dublin ist weit weg, Tallin und Riga sind es auch. Auch ist alles irgendwie überprüfbar. Da ist einmal zu viel russische Nähe dabei, und bei den Iren hätten wir die Briten miteinzuspinnen in die Geschichte. Nein, nein – es ist, verzeihen Sie, zu bernstetterisch, zu fachspezifisch, um jenen kleinen Sturm im Wasserglas hervorzurufen, den wir brauchen. Und wie würden Sie es machen, hatte ich leicht beleidigt gefragt ob seiner naseweisen Art, und darauf schien er gewartet zu haben. Das Land ist gespalten, Ost und West reagieren ja nicht nur auf die Flutung mit Migranten unterschiedlich. Die Affinität zu Rußland ist hier erheblich ausgeprägter als etwa im Ruhrpott oder in Ostfriesland. In Osteuropa gibt es nationale Identitäten. Diese im Kalten Krieg besetzten Länder hatten das gleiche Schicksal wie die Ostdeutschen. Die Fremdbestimmung durch die Sowjetunion war offenbar, das ging viel grober vonstatten als diese geistige und charakterliche Umerziehung im amerikanischen Zugriffsbereich. Also Ostdeutschland und Osteuropa – vereint im Unabhängigkeitsrausch, wie? Sie glauben doch nicht, daß wir – und sei es auch nur für ein paar Tage – mit dem Gerücht über einen Putsch irgendeine von diesen trüben Tassen von ihren Sesseln aufschrecken werden? Kein Putsch, sagt er und lächelt spitzbübisch.

Eine Sezession. Wir lassen eine vage Information, nein besser: nur eine kryptische Andeutung, durchsickern, in unserer kleinen Denkfabrik werde auch über einen möglichen Abfall der drei mitteldeutschen Länder nachgedacht unter Prämissen wie etwa starke ökonomische Zusammenarbeit mit Osteuropa und einer eventuellen späteren autonomen Außenpolitik, d.h. EU-Sanktionen und NATO stünden für die Lösung: Dreißig ostdeutsche Jahre sind genug! Wobei suggeriert werden müßte, daß Ihr Frankfurter Haus federführend zu sein hätte und die Suche nach zu gewinnenden Lobbyisten in Politik und Wirtschaft hochdemokratisch zu verlaufen habe. Schließlich sind wir als deutscher *think tank* speziell für Osteuropa ins Leben gerufen worden. Damit hätten wir auch wieder den institutionellen Hintergrund der Legende. Das Roßbach-Center nicht als geistiger Brückenkopf der EU-Politik, sondern als fehlgeleiteter Stoßtrupp im brisanten geopolitischen Gelände. Das dürfte schon für Wirbel sorgen, wenigstens für die kurze Zeit, die Sie benötigen, um den Rücken frei zu haben. Das wird nicht funktionieren, sagte ich, und: Sie scheinen allerdings eine besonders hohe Vorstellung von mir entwickelt zu haben, Herr Creutz. Ich bin doch nicht so eine Art Ernst Jünger der deutschen Finanzwelt. Für einen Stoßtruppführer halte ich Sie gewiß nicht, sagte er angespannt, Sie haben schon das Zeug zu einem internationalen Generalstäbler. Frecher Hund, habe ich gedacht. Lustig, hatte ich gesagt. Originell, sicher, und dem spießigen Niveau der Biologin entsprechend ausgedacht, aber auf den ersten finanztechnischen Blick hin sowie auch hinsichtlich der politischen Lage völlig... Absurd, fragte er und behielt dabei sein Lächeln. Ärgerlich habe ich noch hinzugefügt, daß solcher Käse vielleicht bei Historikern und ähnlichen Phantasten seiner Provenienz eine Chance hätte, doch niemals bei abgefeimten Berufspolitikern, denen das Aussitzen zur zweiten Natur geworden ist. Das mit den Phantasten nimmt er gar nicht an, sondern lächelt bloß weiter. Aber auch Leute, denen, mit Verlaub, Herr Bernstetter, der Arsch an den Sessel gewachsen zu sein scheint, schrecken auf, wenn sie nur annehmen, daß ihre schlimmsten Ängste am Horizont erscheinen könnten. Nicht vergessen: Wir arbeiten ausschließlich mit dem Konjunktiv und müssen nur ein paar mögliche Indizien ausstreuen. Und auf meinen fragenden Blick: Müßten Sie in Auftrag geben – Analysen, Gutachten, zweideutige E-Mails, so in der Art. Was sich in den Zimmern am Spreebogen festsetzen muß, soll lediglich eine Unsicherheit sein, bald ginge vielleicht halb Ostdeutschland von einer Fahne, die man lieber heute als morgen entsorgen würde.

Natürlich schreckte das Bizarre seiner Denkweise, das Krude der Planung, doch merkte ich beim Ausweichen, daß es ein gewisses Faszinosum darstellt. Ihre ostdeutschen Väter und Großväter haben ja mit russischen Panzern ihre Erfahrungen gemacht, sagte ich. Dreiundfünfzig. Auch nicht zu vergessen der Prager Frühling, russische T 34 auf dem Wenzelsplatz. Wahrscheinlich würden jetzt amerikanische, britische und französische Tanks durch Magdeburg und Dresden rollen. Aber nein, und Creutz hatte dabei energisch den Kopf geschüttelt. Wir operieren lediglich mit Latrinenparolen. Molluske und Entourage müssen dem Verdacht doch erst nachgehen, falsche Signale verfolgen und aufklären lassen, was eigentlich Sache ist, und gleichzeitig müssen sie vor ihren Kumpels aus Paris und Übersee alles schön unter der Decke halten. Halten sie den *fake* für real, ist es peinlich; sehen sie sich genasführt ebenso. Er beugte sich weit über den kleinen Tisch herüber, und zum ersten Mal seit unserer Bekanntschaft schien er mir so vertraulich, als würde nun auch eine letzte Reserve fallen. Die haben überhaupt keine Chance, sich alternativ zu verhalten, sagt er eindringlich und grinst. Wenn sie den Köder geschluckt haben. Malen Sie sich bitte diese Panik aus, die in Berlin herrschen wird. Sie werden wie angeschossene Karnickel zwischen ihrer Angst vor einer außenpolitischen Blamage und dem Gespenst des innenpolitischen Machtverlusts hin und her taumeln. Keiner in dieser Gurkentruppe wird die Chuzpe besitzen, Sie einzubestellen, um Sie peinlich zu befragen. Creutz, Sie können es einfach nicht lassen, habe ich erwidert: Peinlich befragen. Möglicherweise stellen Sie sich bildlich vor, wie mir BND und Verfassungsschutz in Spanische Stiefeln helfen und die Dame inquisitorisch lächeln den Feuerhaken weißglühend schwenkt. Er hat gelacht: So romantisch bin ich beim besten Willen nicht veranlagt. Aber ernsthaft: Sie waren doch von meiner Geschichte mit der Möglichkeit einer erfundenen Schlacht damals sehr angetan und haben mich darum engagiert. Wissen Sie noch, unser damaliges Personalgespräch. Es kann so oder auch anders gewesen sein. Bei Roßbach habe ich eine längst vergangene Geschichte bemüht, hier bedienen wir uns eines visionären Spiels. Und dabei haben wir alle Freiheiten, denn die Regeln geben wir vor. Ich male mir bereits die Visagen dieser Brachialpolitiker und ihrer schlotternden Zuträger aus. Solche Freiheiten, Creutz, müßten klug eingesetzt werden, versuchte ich ihn noch zu dämpfen; dann verabschiedete ich ihn.

Den Tag darauf habe ich alles ein zweites Mal zusammenstellen lassen, was über seinen Werdegang aufzutreiben war. Es war nicht lückenlos und überzeugte auch nicht völlig. Eine Situation, fast wie damals beim Bonner Vorstellungsgespräch mit den Diensten am Tisch. Er war nie Mitglied der ostdeutschen Staatspartei gewesen, aber eine Art freier Mitarbeiter in der beinahe schon legendären Abteilung Kommerzielle Koordinierung des DDR-Devisenbeschaffers Alexander Schalck-Golodkowski. Ein Novum in diesem Laden. Nach dem Zusammenbruch des ostdeutschen Staates finden sich dann diverse Beratertätigkeiten, vornehmlich bei sogenannten Start Up-Unternehmen, aber nichts Atemberaubendes, allesamt kleine Fische im großen Teich der Treuhand. Dann einige Jahre Arbeit für europäische Kulturprojekte. Weiß der Teufel, wie er sich dort hineingemogelt hat. Die halten doch ihre staatlich alimentierten Selbstbedienungsläden dicht. Schon, damit ihnen kein Neuzugang die Preise verdirbt. Im Sommer 2001 treibt er sich in New York herum und entgeht am 11. September nach eigenen Angaben durch Zufall dem Trümmerregen des World-Trade-Center. Irgendwann landet er wieder in einem dieser kulturellen deutschen Saftläden, diesmal bei der mitteldeutschen Kulturförderung. Eigentlich ein Abstieg, hatte ich ihm in unserem ersten Personalgespräch vorgehalten. New York hätte ihm gezeigt, daß seine Wurzeln hier wären, war er ausgewichen.

Irgendwann zu dieser Zeit muß er bei Fibius gelandet sein mit seiner Roßbach-Idee. Wir hätten hier nur parteiabhängige Denkfabriken, hat er mir später anvertraut. Darum habe er jemanden wie mich gesucht. Möglich, daß ich dann einen Fehler begangen habe, weil ich zu zeitig etwas Persönliches vorgegeben hatte, um ihn zum Nachziehen zu animieren. Als ich beiläufig erzählte, was diese Heuschrecken, von denen die meisten nach der Vorstandssitzung noch Sprachkurse in Deutsch belegen müssen, in den letzten Jahren aus meinem Haus gemacht haben, hat er aufmerksam zugehört. Alles Solide haben sie daraus verdrängt mit den Jahren. Doch was nützt es, ihnen ihre intellektuellen Grenzen aufzuzeigen, wenn man in einzelnen Geschäftsbereichen zu oft überstimmt wird. Zwar sind die Milliarden Strafgeldforderungen der Amerikaner schon als Bluff angelegt. Aber als ich unser Eigenkapital um zehn Prozent aufstocken wollte, waren sie in der Bank quasi durch die Bank aus dem Häuschen. Seitdem sie den Unsinn von angeblich systemrelevanten Banken aufgebracht haben, ist das für alle der Freifahrtschein, um sich gehörig aus dem Fenster zu lehnen. Sie haben seit Lehman Brothers nichts gelernt, und sie werden nichts lernen, wenn der Süden den Norden in den Bankrott reißt. Um aus diesem Casinokapitalismus herauszukommen, brauchen wir ein belastbares Standbein, Creutz, habe ich gesagt, und unsere Partner im Westen sind nicht bereit, dies zu akzeptieren. Als er nickte, habe ich nachgelegt: Besser steht es sich natürlich auf zwei Beinen – eines in Osteuropa, eines im Nahen Osten. Mittlerweile glaube ich selbst, wenn das gelänge, würden sich FED und Wallstreet jedes Honorar für den mir zugedachten Killer teilen.

Ich war, solange ich zurückdenken kann, immer allein. Diese eingefleischte Reserviertheit gegenüber unserem Bankhaus wuchs mit dessen Größe. Je musterhafter ich mich bewegte, umso größer wurde das Mißtrauen auf allen Feldern. Vielleicht erscheint mir deshalb ein Vagabund wie Creutz in seiner Unverfrorenheit ein wenig wie das Spiegelbild meiner früheren Jahre. Einhundertprozentig kontrollierter Spieler. Bluffer mit Hang zur kalkulierten Provokation. Konsequent in seinen lächerlich bescheidenen Möglichkeiten, dabei wohl unbestechlicher als das Gros. Ist das das Unheimliche, Unauslotbare an ihm? Ist er sich überhaupt seiner selbst sicher? Bin ich mir seiner sicher? Was, wenn er ein U-Boot ist. Die anderen schlafen nicht. Aber trotz seiner Jahre ist Creutz anders als diese pomadigen Finanzgenies. Er hat – da bin ich mir sicher - wirklich noch Träume, mit denen er überm Strich operiert. Bereits als wir jung waren, wir im Westen, ist uns diese Sehnsucht abhanden gekommen. Irgendwo zwischen saturierter Eingerichtetheit und der Gewißheit, zu den eigentlichen Siegern der Geschichte zu gehören, meinten wir, mit der Sicherheit auch das richtige Urteil gepachtet zu haben. Die drüben hatten den Antifaschismus okkupiert, aber wir haben uns eingeredet, ihn auf der Straße erkämpft zu haben. Dachten wir. Nicht, daß er uns ähnlich verordnet wurde wie denen. Das hielt, bis die ideologische Kehrseite der Medaille auch hier sichtbar wurde. Bis diese alimentierten Muttersöhnchen und Bumskarlinen anfingen, öffentliche Geltung einzufordern. Von der Kommune zum Kommunalausschuß, von der Bundes- zur Außenpolitik. Wer hat das damals realisiert, daß diese Kretins nur mit Hilfe unserer freundlichen Besatzer überhaupt irgendwas bestellen durften. Gott sei Dank, habe ich mit denen nie gemeinsame Sache gemacht. Das mit Rußland, und China, dem Iran und der Türkei habe ich mit mir herumgetragen, seit sich dieser antiamerikanische Korridor gebildet hat. Aber sich dazu noch den Israelis als Quasi-Treuhänder anzubieten, das ist wiederum genau das, was diesen Creutz aus jeden Rahmen fallen läßt. Das Merkmal des Seiteneinsteigers: unkonventionell bis zur Grenze des Goutierbaren, ohne Rücksichten, auf die unsereins trainiert ist. Seine Ideen, so amateurhaft abseitig, daß ihnen schon wieder ein

Hauch von Genialiät eignet. Seine Absurdität auch im Planen, das ist der vielzitierte menschliche Faktor. Ist es das, was ihn interessant erscheinen läßt? Jedenfalls bleibt es mit einem wie ihm ein riskantes Spiel. Sicher ist wohl nur eines: Leonard Creutz, wie immer er auch psychologisch und sozial konditioniert sein mag, ist für diese Tage der Mann, der einer Schrottfirma den Eiffelturm verkauft.

Robert Iwein (57)

So emotional beteiligt hätte ich mich selbst nicht eingeschätzt. Nicht nach diesen Jahren Berufspraxis. Benehme mich ja wie ein junger Fant. Aber das hat weder etwas mit Bernstetter noch mit diesem Creutz zu tun. Es ist Lena, die wegen diesem Dreckskerl darin involviert ist. Ihr spinnerter Casanova muß sie mit hineingezogen haben. Es kann nicht anders sein. Sie handelt normalerweise für eine Frau sehr vernunftgeleitet, zuweilen etwas mit ironischem Unterton im Eigenkommentar, aber das ist lediglich melancholisches Geplänkel aufgrund der grundlegenden Unzufriedenheit mit sich selbst. Immer auch ein bißchen *fishing for compliments* beim Gegenüber. Vorhin der Anruf von Fibius, jetzt der aus dem Amt. Der Chef höchstselbst. Wann hat er das letzte Mal mit mir telefoniert? Vor drei Jahren? Wer die Unterlagen für Wohlleben verfaßt hat. Das kann man abbiegen, das geht inhaltlich auf Creutz. Aber die Sache mit der Bilddatei läßt sich nicht vertuschen. Der Zugriff erfolgte von Lenas Rechner. Sicher haben sie schon denjenigen in der Mangel, der das abgeschickt hat. Die Biologin muß ge-

tobt haben, wenn der Generalbundesanwalt sich persönlich die Mühe macht, einem die Leviten zu lesen. Aber
was meint er mit diffamierende Unterlagen. Keine Antwort, als ich frage, woher das Bild stammt, wer es geschickt hat. Stattdessen blöde Fragen zu diesem alten
Kommunisten, den natürlich Wohlleben ausgegraben
und Bernstetter empfohlen hat. Ob ich das schriftlich
festhalten könne, daß mit Wohlleben. Es gibt sogar einen
Vertrag seitens des Centers mit diesem alten Maler, gebe
ich etwas verwundert Auskunft. Den wollen sie auch haben. Und wer von uns direkten Kontakt mit Anstandt gehalten hat. Dieser Creutz vielleicht? Nein, nur Bernstetter
war einmal im Atelier in Großjena und hat sich Arbeiten
von ihm angeschaut, und dann mußte ich den Vertrag wegen dem Bild fürs Vestibül aufsetzen. Wie oft Wohlleben
bei uns aufgeschlagen ist, seit das Roßbach-Center arbeitet, will er noch wissen. Ein oder zwei Mal, sage ich.
Ginge es etwas präziser, Herr Iwein, schnarrt er mich an.
Die ständige Verbindung nach Berlin habe ich ausschließlich mit Fibius gehalten, wie vereinbart. Und
Wohlleben? Den interessiert, glaube ich, nur noch Reprä-
sentatives. Soll heißen? Er war bei unserer Einweihungs-
party, als wir das Center eröffnet haben und dann noch
einmal zu einer Stippvisite, da er eigentlich in den Dom
wollte zu irgendeinem Chorkonzert. Glauben sie – irgendwann einmal? Die Betonung auf „irgendwann"
klingt so hämisch wie gereizt, so daß ich lediglich ver-
neine und lieber keine Gegenfrage wage. Der Generalbundesanwalt, den ich bislang als einen ausgeglichenen
Mann kennengelernt habe, atmet hörbar ein. Herr Iwein,
sagt er schließlich trocken, sie haben versagt. Sie befinden sich quasi auf vorgeschobenem Posten. Und das Personal ist doch überschaubar, will ich meinen. Dann die
Hausaufgaben: Er benötige ein lückenloses Protokoll

über die Aktivitäten der betreffenden Personen sowie aktuelle Besonderheiten... Aktuelle Besonderheiten, das fehlte mir noch. Durch Lena werde ich in Bonn noch zur Brüllnummer. Das ist jetzt keine halbe Stunde her, und ich bemühe mich immer noch, innerlich die Balance wiederzufinden. Verfalle sogar wieder in alte Gewohnheiten, denn ich skizziere mit den Namen der genannten Personen eine Art Netzwerk auf den Notizblock: Bernstetter, Wohlleben, Creutz, Lena, Anstandt, Fibius. Von Fibius habe ich erfahren, was es mit dem Kürzel MAG auf sich hat und wo er davon erfahren hat. Ist schon ungewöhnlich. Von dieser ominösen Bilddatei hat er nichts gewußt, auch nichts von Anstandts Reise nach Berlin. Diesmal waren unsere Jungs recht schnell für ihre Verhältnisse. War aber auch keine Meisterleistung, weil der Alte telefonisch seine Fuhre nach Berlin bestellt hat. Kontaktiert einfach ein Naumburger Taxiunternehmen und willigt ohne zu feilschen in den Preis für Hin- und Rückfahrt ein. Wenn einer sechshundert Euronen dafür hinlegt, muß das ja notgedrungen dem dümmsten Anhaltiner auffallen. Aber was enthält diese Datei, daß diese Kuh so einen Aufruhr auslöst? Und warum der Alte? Kann kaum mehr richtig gehen, wenn er auch eine glasklare Boshaftigkeit zur Schau trägt, wie ich mir habe sagen lassen. Wer schickt einen fast neunzigjährigen Altstalinisten in ein Berliner Archiv, um in irgendwelchen alten Parteigeschichten zu wühlen. Vor allem: Wer überzeugt so einen, diese halbe Weltreise auf sich zu nehmen? So etwas wächst doch nicht auf dem Mist von diesem Schandmaul. Bernstetter hat nach seinem Atelierbesuch lachend berichtet, wie giftig die Kommentare des Alten zur deutschen Einheit ausgefallen seien und wie der den Preis für das Bild hochgetrieben hätte, bloß so, von wegen Kampf dem Klassenfeind und Schaden für das Kapital. Nee, nee, der ist garantiert weder in Bernstetters Auftrag noch auf eigene Rechnung losgezogen. So einer bezahlt auch nicht eine derart exorbitante Taxirechnung aus der eigenen Tasche. Blieben noch Creutz und Lena, und natürlich dieser rheinische Karnevalsclown, der für so ziemlich jedes ostdeutsche Geschmiere zu haben ist. Ich muß die Telefonlisten der Anrufe, die hier aus dem Haus gingen, gründlich durchsehen. Creutz, dieses Ossi-Klischee auf zwei Beinen, interessiert sich anscheinend aber überhaupt nicht für solchen alten DDR-Kram. Das hängt wohl mit seiner Vita zusammen; wer im Auftrag des Staates auf Antiquitätenjagd für Devisen unterwegs war, wird sich keine Heldenmalerei dieses sozialistischen Anstandt in die Bude hängen. Und Lena versteht zwar von Kunst etwas, denn sie hat einen guten Blick. Erinnere mich noch, wie sie mir im Wallraff-Richartz-Museum dieses ganze modernistische Zeugs erklärt hat, damit ich etwas gnädiger darauf schaue. Herr, waren das noch Zeiten. Kein Roßbach-Center, kein Ostdeutschland, kein Creutz weit und breit, nur der alte Vater Rhein und wir zwei. Wenn ich es mir überlege, war sie schon immer etwas Besonderes, anders als unsere Wohlstandsschnepfen. Darum habe ich sie ja auch geliebt. Doch Interesse an dieser DDR-Salonmalerei habe ich noch nie bei ihr bemerkt. Ganz anders Wohlleben. Fibius hat mal erwähnt, daß er stapelweise Grafiken von ostdeutscher Kunst hortet, und in seinem Arbeitszimmer im Ministerium hängen auch zwei abartige Ölschinken seiner geliebten Leipziger Malerschule – zum Spott aller Staatssekretäre. Aber dieses ominöse MAG-Projekt paßt überhaupt nicht zu dem rheinländischen Weinfaß. Wenn das die Dimensionen haben sollte, die Fibius angedeutet hat, ist Wohlleben dafür einfach zu dumm. Vielleicht als Bote? Aber auch dazu bedarf es einer gewissen Intelligenz, die er nicht besitzt. Und ein Wohlleben hätte auch nicht das Zeug, jemanden wie Anstandt zu der Fahrt nach Berlin zu bewegen. Ich glaube, die Ostdeutschen haben seine Schwärmerei für ihre künstlerischen Ausflüsse heimlich verachtet. Der dumme Sammler mit der dicken Marie. Nein, der kann selbst einem Altkommunisten nicht das Wasser reichen. Creutz schon. Der ist ein Aas. Aalglatt wie unsereins, wenn es sein muß, und von bodenständiger Biederkeit, wenn er mit seinen Landsleuten fraternisiert. Spricht ihre Sprache. Habe selbst gesehen, wie er mit diesen Lokalpolitikern umgeht, und wie dann die Augen leuchten. Auf beiden Seiten! Einfach ekelhaft. Da herrscht dann eine Atmosphäre des Einverständnisses, die unsereins nicht durchdringen kann.

Ich darf mich nicht von meiner Abneigung leiten lassen, auch gibt es keine Verbindung von ihm zu diesem stalinistischen Schmierfinken. Es hat keinen Zweck. Ich muß wissen, was es mit der Bilddatei auf sich hat. Und Lena ist seit heute Mittag einfach verschwunden. Nicht erreichbar. Es hilft nichts. Nachdem ich meinen Widerwillen mit einem Grappa niedergekämpft habe, wähle ich das Mobiltelefon von Creutz an. Was soll das Zaudern, aber er weiß auch nicht, wo sie abgeblieben ist. Gedolmetscht hat sie wohl noch bis kurz nach Mittag, dann wäre sie verschwunden. Hätte ja bis abends frei. Merkwürdigerweise unterläßt er es, irgendwelche blöden Bemerkungen zu machen, auf die ich schon gefaßt gewesen bin. Wenn ich mich nicht täusche, klingt seine Stimme ein wenig besorgt. Er verspricht sogar, ihr auszurichten, sich bei mir zu melden, wenn sie dann wieder auftaucht, was wiederum mich in Sorge bringt. Nachdem ich etwa ein halbes Dutzend Mal ihre Mailbox-Ansage abgehört habe, begreife ich, daß ich Lena nach wie vor liebe.

Anselm Bernstetter (64)

Es gibt Mitmenschen, bei denen spielt einem die Chemie von vornherein einen Streich. Man meint, die eigene Erfahrung und der gute Willen könnten es richten, solche von Anbeginn herrschende Abneigung wenigstens für eine gewisse Zeit zu unterdrücken, jedoch fruchtet dies so wenig wie in der Jugendzeit, wo man mit postpubertärem Schwung dem anderen seine Verachtung noch genüßlich entgegen schleudern konnte, und man fühlte sich großartig dabei. Der Körper rebelliert einfach, wenn die Ekelgrenze erreicht ist. Was einem dann noch übrig bleibt: Gesicht wahren. Den Widerwillen spürt dein Gegenüber immer. Unbefangenheit läßt sich nur bis zu einem gewissen Grad spielen. Zugute halten muß ich mir in diesem Fall allerdings, daß einem Widerlinge wie Gillig äußerst selten begegnen. Dagegen verheißt selbst eine Gesprächsrunde mit der Molluske die Gemütlichkeit eines Bowlingabends. Hat einer die Achtzig lange überschritten und geriert sich, als hänge das Wohl des Weltlaufs von seinen Insultationen ab, kann einen schon der Brechreiz würgen. Wenn die weiße Lisztmähne, die er sich irgendwann hat in die Kopfhaut pflanzen lassen, bei einer ersten Begegnung bloß irritierend wirkt im Kontrast zu dem tausendfach gefältelten Greisengesicht, so ist es schließlich dieser obszöne Willen nach unbedingter Teilhabe eines an der Schwelle des Grabes sich Befindlichen, dessen erste Sätze bereits für Unbehagen sorgen. Es wird jetzt drei, vier Jahre her sein, als ich am Rande des Davoser Treffens gezwungen war, seine Bekanntschaft zu machen. Ich glaube, es war dieser pakistanische Hallodri, den ich kurz davor zum Chef des Derivatenhandels in unserem Haus gemacht hatte und kurz danach wieder gefeuert habe, der mich in diese Nobelkaschemme am Stadtrand schleppte, um mir den geheimnisvollen Weltenretter zu präsentieren. Doch eigentlich sollte ich präsentiert werden, der Visionär und sein Traum von einer entschuldeten Welt, der unsere Bank in die erste Reihe der sogenannten *global players* rücken würde. Ich weiß noch, wie wortabschneiderisch und selbstgefällig dieses übergroße Lisztäffchen auf seinem Stuhl thronte, als ich von dem Entschuldungsprojekt für Südamerika sprach. Es stünde Europa nicht an, gerade – er meinte das gewiß ernsthaft – als deutsches Finanzinstitut unter dem – wie er sich ausdrückte - Deckmantel eines globalisierten Vertrauensvorschusses einigen der größten Projekte der internationalen Entwicklungshilfe mit solchen Kampagnen das Wasser quasi abzugraben. Als ich ihm darauf entgegnete, dann solle er sein Insiderwissen statt an der Wallstreet besser im Washingtoner Justizministerium geltend machen, so könnte man sich vielleicht auch mit reformierten amerikanischen Bankgesetzen den Weg über die europäischen Geldinstitute sparen, war das Ganze bereits beendet, ehe es begonnen hatte. Wofür der Koch des Restaurants seine Michelin-Sterne bekommt, weiß ich bis heute nicht; Gillig bestellte das bereits georderte Essen für alle am Tisch Sitzenden einfach ab. Weil ich glaubte, zu träumen ob solcher Selbstherrlichkeit, ließ ich mich noch zu dieser blöden Provokation hinreißen. Ob es seiner Meinung nach besser sei, wenn rumänischen Wirtschaftsbosse mit den russischen Finanzministerium kollaborierten, um sich von den europäischen Transfers aus Brüssel nicht hundertprozentig abhängig zu machen, fragte ich so über die leeren Teller hinweg, die der Kellner gerade abzuräumen begann. Selbst im Dämmerlicht war zu sehen, daß sich das dunkle Gesicht meines pakistanischen Cicerone aschgrau färbte. Ich hatte tatsächlich das Wort Kollaboration gebraucht, wo doch so ziemlich jede unautorisierte Geschichte über Gillig den Umstand erwähnt, er als blutjunger Jude habe im Bukarest der vierziger Jahre nur überlebt, weil er mit zwei Führern der Eisernen Garden paktierte. Der globale Menschheitsretter des einundzwanzigsten Jahrhunderts als jugendlicher Kollaborateur – so etwas hört niemand gern. Daß ich damit seine lebenslange Zuneigung erworben hatte, war aus dem Faltenwurf des Lisztäffchens zwar nicht herauszulesen, aber die hellblauen Augen glitzerten. Und sie glitzern auch jetzt, nur reflektieren sie nicht den gedimmten Glanz der Lüster, wie damals in Davos, sondern das hellgraue Tageslicht eines Londoner Sommertags, das es bis in den neunzehnten Stock durch die halbgeöffneten Jalousien geschafft hat. Er ist für sein biblisches Alter noch ganz gut in Form. Benötigt keinen Stock, ist in den letzten Jahren nicht sehr vom Fleisch gefallen, und der Blick ist noch der gleiche wie damals. Mir ist durchaus die Situation bewußt, wenn Gillig um ein Treffen bittet. Bittet! Er muß mit der ihm verbleibenden Zeit ebenso geizen wie mit kräftezehrenden Gesprächen. Daß einer dem größten deutschen Bankhaus vorsteht, verschafft ihm nicht automatisch Zugang zum Kreis derer, mit denen sich einer wie er im allgemeinen zu besprechen pflegt. Vor allem nicht mit jemandem, der seine Antipathie bereits einmal derart herausgefordert hat. In seinem langen Leben hat er die Schauspielerei zur zweiten Natur werden lassen, denn er übertreibt ja nicht, wenn er sich in Szene setzt. Seine Abneigung mir gegenüber trägt er dann auch

90

mit jener Nonchalance zur Schau, die Renaissancefürsten ausgezeichnet haben mag, wenn sie ihre Vertrauten dem Henker übergaben. So lehnt er sich in seinem marineblauen Zweireiher, der ganz gut aufträgt, leicht zurück, um mich mit weitsichtigen Augen einer kleinen Musterung zu unterziehen. Diese Show will ich ihm gern gönnen und zünde mir eine Zigarette an. Bitte nicht, sagt er, auch wenn ich nicht das Recht habe, Ihnen das als ihr Gast zu verbieten. Doch legt sich der Rauch sofort auf die Stimmbänder. Ich drücke also gehorsam die Zigarette aus, und lehne mich ebenfalls zurück. Es wird nicht klappen, Anselm, sagt er einfach. Da ich es vorziehe, nicht zu antworten, redet er weiter, und ich habe den Eindruck, seine Stimmbänder befinden sich in so ausgezeichneter Verfassung, daß sie eine Nacht am Lagerfeuer eines Pfadfindercamps mühelos überstehen würden. Natürlich werden sich Russen und Chinesen über Ihre Moderation freuen, sagt er leise lächelnd und beobachtet genau, ob ich mit einem Wimpernzucken verrate, daß er mich aus dem Stand fast erwischt hat. Obwohl, es war abzusehen, seinen Zuträgern, die überall sitzen, kann es nicht verborgen geblieben sein, daß etwas im Gange ist. Die Israelis hat er noch nicht erwähnt, alter Fuchs, der er ist. Ob er davon noch keinen Wind bekommen hat? Jedenfalls wird er sich seiner Sache nicht sicher sein, wenn er sich extra um ein Gespräch bemüht. Also starte ich einen Versuchsballon, um zu testen, ob sich seine Informationen lediglich auf die kommerzielle Seite unseres Projekts beschränken. Ach wissen Sie, sage ich so leichthin wie möglich, daß zwischen Rußland und China der Dollar schon seit etlichen Jahren kaum mehr eine Rolle spielt, für diese Information werden Sie ganz bestimmt keinen Cent ausgegeben haben. Und gewiß auch nicht für den

Fakt, daß es hilfreich ist, wenn eine dritte Seite einen bilateralen Zahlungsverkehr begleitet, der sich gerade von einer internationalen Leitwährung löst. Irgendjemand muß doch den Chinesen und Russen die entsprechenden Türen öffnen, wenn Washington ihre internationalen Transfers blockieren wird, was zu erwarten ist. Vielleicht sollten Sie sich auch mehr nach Osten orientieren mit Ihren Spekulationen, statt uns halb Asien nach Europa zu schicken. Darauf reagiert er zum Glück überhaupt nicht; Plattitüden über globalen Humanismus und offene Gesellschaften, die er bei jeder Gelegenheit abläßt, hätte ich mir ebenso verbeten wie er sich den Zigarettenrauch. Er muß sich aber wirklich für so etwas wie einen Denker in globaler Mission halten. Asien, sagt er fast träumerisch, hat mich persönlich nie interessiert. Darauf will ich auch nicht mein bißchen Lebenszeit verschwenden. Aber Sie haben recht, Anselm. Ich schaue recht vergnügt zu, wie Ihr Euch mit diesem eurozentristischem Dünkel selbst demontiert. Passen Sie auf, daß ich nicht noch erlebe, wie Sie im Kaftan zur Vorstandssitzung schreiten. Und er lächelt immer noch, als ich zu bedenken gebe, daß es dafür wahrscheinlich doch einer größeren Zeitspanne bedürfe, als er aus begreiflichen Gründen persönlich zu disponieren in der Lage sei.

Wer weiß, sagt er fast tonlos, und es klingt fast träumerisch. Geht doch alles ziemlich rasch vonstatten. Eurasien, Asien, Nordafrika. – Und mit dem Anflug eines Lächelns: Anselm, ich glaube, Sie brauchen einen Brückenkopf mit Blick auf den Maghreb und die Levante. Und dieses Lächeln erscheint mir wie in das Faltennetz eingewebt. Ich sprach nicht vom Nahen Osten, gebe ich freundlich zurück, sondern vom Reich der Mitte, vor dem Episkopale und Pesbyterianer in trauter Eintracht mit den

Neocons und den Washingtoner Falken zittern, vom Reich des Bösen, wo russische Bären und chinesische Drachen den euphorisierenden *American Way of Life* mit unverschämt großen Goldankäufen zu untergraben trachten. Sarkasmus steht Ihnen nicht, Anselm, sagt er. Und ist ganz professioneller Zuschauer beim Schiffbruch, so wie er sich im Sessel zurücklehnt und ungeniert seine Musterung abhält. Ich beschäftige mich bereits so lange mit geostrategischen Erwägungen, da müssen Sie gerade ihre Banklehre angefangen haben. Ich versichere Sie, sagt er nachsichtig, daß es mir nicht verborgen geblieben ist, seit wann sich die politischen und wirtschaftlichen Schwerpunkte in Richtung Ferner Osten verlagern. Und die Amerikaner sitzen faktisch noch immer am Bosporus, egal welcher Janitscharen-Häuptling dort gerade das Maul aufreißt. Politiker denken einfach zu begrenzt. Dabei käme der Türkei als Gelenkstelle zwischen Nahem und Fernen Osten eine ebenso große Bedeutung zu wie Deutschland im aktuellen europäischen Kontext. Quasi als Vermittler oder – und er lächelt boshaft, als er das Wort aufgreift, mit dem er vorhin versuchte, unsere Absichten zu umreißen – als Moderator zwischen den Migrantenströmen im enervierten Westeuropa und der Bunkermentalität des ehemaligen Ostblocks. Da hätten Sie auch ein schönes Betätigungsfeld gehabt. Schade, sagt er, und schürzt geringschätzig die Lippen. Ihre dicke Dame mit ihrer Entourage hat es schlicht vergeigt. Und welch einen schlauen Schatzkanzler hätte sie in Ihnen gehabt. Er bringt es fertig, in seiner Stimme echtes Bedauern mitschwingen zu lassen. Stattdessen, Anselm, trotzen Sie nur überall herum. Lassen Sie doch die realen und die eingebildeten Großmächte sich kabbeln. Das ist nichts für Ihr Unternehmen. Halten Sie Europa weg von der Politik. Da ich nicht reagiere, muß er konkreter werden. Der

Iran ist überreif für einen *regime change*, sagt er. Da müssen nicht noch Sie intervenieren. Nun bin ich doch ein bißchen erleichtert, weil seine Informanten wohl ein ganzes Stück daneben liegen. Er denkt letztendlich eben bloß in Zahlen. Nicht in mentalen Kategorien. Teheran muß man Moskau und Tel Aviv überlassen. Perser und Moslems, Juden und Russen. Er wiegt seinen Lisztäffchen-Kopf. Das weiß ich selbst, denn die Mullahs würden jedem Deutschbanker den Weg weisen, der ihnen ohne Rücksichtnahme ihrer politischen Interessen die Welt erklärten will, denke ich. Und: Das sagt der Richtige, wobei ich mir verkneife, auch nur gedanklich eine Gehässigkeit über seine Einflußnahme in Osteuropa zu formulieren, sondern ich gebe mir redlich Mühe, mit allen Blicken an den alten Lippen zu hängen. Vielleicht ist er tatsächlich von seiner Mission überzeugt, die Welt noch ein Stückchen mehr in den Abgrund zu treiben. Schließlich verdient man kein Geld, wenn alles in geregelten Bahnen verläuft.

Der sogenannte arabische Frühling, nimmt er seinen globalen Streifzug wieder auf, war ein Schlag ins Kontor. Diese Amerikaner sind überhaupt nicht in der Lage, die Früchte aufzuheben, die ihnen da vor die Füße gefallen sind. Stattdessen lassen sie es zu, daß Russen und Perser mit irgendwelchen Beduinenstämmen paktieren. Und Sie haben sich so viel Mühe gegeben, entfährt es mir nun doch, denn leider gehört es trotz meiner vorgerückten Jahre noch immer nicht zu meinen Tugenden, jeden Unsinn kommentarlos passieren zu lassen, vor allem nicht solche Tartarenmeldungen, die seine NGO-Netzwerker der Welt immer schamloser unterjubeln. Und nun kommen mir auch die Scharfschützen bei osteuropäischen

Putschversuchen in den Sinn, die Millionenbeträge für irreguläre Terroristentruppen; auch in den Giftgasgeschichten in Nordafrika soll er seine alten Pfoten drin haben. Libyen ist noch nicht verloren für die sogenannte westliche Welt, fährt er unbeeindruckt fort. Er scheint zu ahnen, woran ich denke. Den Russen kann man Damaskus lassen. Aber wer garantiert – und er artikuliert das Wort als handele es sich um eine unerhörte Erkenntnis – wer garantiert Ihnen eine ungestörte Arbeit im Nahen Osten. Stille. Ah ja! Weder er noch ich werden es aussprechen, da bin ich mir sicher: Es entspricht nicht seiner Spielernatur, die Karten vor der Zeit aufzudecken. Es ist alles gesagt: Er weiß nichts, aber er vermutet etwas. Es fehlt ihm das letzte Puzzle, um das Gesamtbild lesen zu können. Investitionen in die iranische Wirtschaft tätigen andere europäische Banken, da wird er lückenlos Bescheid wissen. Bleiben die Russen als Kontrepart und die Juden. Er soll sich nicht so sicher sein, denke ich, die Israelis haben mit ihm noch eine Rechnung offen. Mit diesem seelenlosen Schmock, dem Herkunft, Familie, jedwede Ethik nur Phrasen sind, der ganz Europa mit Arabern und Afrikanern überschwemmen will, wenn nur die Kasse klingelt. Der wird auch nicht vor der Klagemauer halt machen. Wie er mir so gegenüber sitzt in seiner Altherren-Akkuratesse und dem stolzen Großvaterlächeln, das immer ein wenig einfältig wirkt in diesem vorgestellten Stolz, sehe ich einmal mehr, daß aus Hirnen wie diesem das Chaos entspringt. Nicht die Kopfgeburten in der verschwitzten Brokeratmosphäre der Börsen und nicht die Zahlenakrobatik, welche Hedgefondmanager hinter ihren Panoramafenstern über den Skylines der Metropolen treiben, gebären diese Probleme. Geschaffen wird so etwas nicht in den Dreckslöchern, wo das Drogengeschäft blüht oder in Palästen von südamerikanischen

Operettenregierungen; das sind lediglich die Auswirkungen solcher Direktiven, wie sie dieser alte Sack tagtäglich an seine sich gegenseitig ideologisierenden Politkasper ausgibt. Es sind die fixen Ideen von Egomanen, sich aus der Negation ein Profil kneten zu wollen, weil sie um jeden Preis ihren Fußabdruck der Ewigkeit aufdrücken möchten. Gott spielen noch oder gerade im Verhängnis. So verhängnisvoll können nicht einmal diese Raffkes und Pleitiers sein, die gewöhnlich die Wirtschafts- und Finanzsysteme in den Dreck reiten; das renkt sich immer wieder ein, solange diese arme Welt bestehen wird. Seelenlose Weltbeglücker wie dieser Gillig sind es, die in ihrem Wahnsinn die Axt an die Wurzel legen. Da endet das Denken nicht im Soll und Haben, in der einfachen oder übersteigerten Gier; ihr Irresein ist anders geartet. Krank aus Berufung hängen sie ihren Ideen psychopathisch an. Da ist es egal, ob sie sich der Massenarmut in Schwarzafrika bedienen oder den Ressentiments irgendwelcher Provinzschlächter. Die Pol Pots der zivilisierten Welt, das sind sie. Diamantenminen, Vorkommen seltener Erden, Gentechnik, Chip-Implantate, bargeldloser Zahlungsverkehr– alles schon seit langem Vorgeplante erschöpft sich irgendwann einmal, wie der Regenwald und die Fischbestände. Die idee fixe aber ist ein Fluch, der das Chaos noch in den Trümmern der Apokalypse zu neuem Leben erwecken möchte. Niemand verdient so unermeßlich viel elektronisches Geld, das bloß noch einen Nennwert hat, in einem ordentlich bestellten Gemeinwesen. Alle Welt weiß es. Erst das Chaos schafft das, worüber sich diese Heuschrecken definieren, selbst wenn sie verbreiten, ihre Selbstverwirklichungsphantasien seien altruistischer Natur.

Auf dieser trüben Erde gibt es keine Garantien, sage ich ausweichend, und ich bin um so vieles müder als dieser alte Mann mir gegenüber. Oder glauben Sie an Gott? Ich denke nicht in persönlichen Kategorien, sagt er und ich bin mir nicht sicher, ob ich jetzt eine humoristische Seite an ihm entdeckt habe. Diese Welt, Anselm, hat seit der industriellen Revolution ihre Unschuld eingebüßt; seit sich ihre Bevölkerung der Zehn-Milliarden-Grenze in Riesenschritten nähert, ihre Legitimation. Wissen Sie zufällig, wie hoch seriöse Wissenschaftler die verkraftbare Zahl an Menschen für diese Erde veranschlagen, fragt er. Eine Milliarde. Er will die Pause wirken lassen, ehe er fortfährt. Ich bin Pragmatiker; Sie sind der Träumer von uns beiden, Anselmus. Und ich weiß nicht, woraus sich Ihre Lebenslüge speist. Wenn Ihnen dieser ganze anthropozentrische Budenzauber zum Halse raushängt, und man über Möglichkeiten verfügt, das Verschwinden dieser janusköpfigen Kreation zu beschleunigen, dann bedarf es lediglich eines Etiketts, damit einem, nennen wir es: die Welt zuarbeitet. Ich bin nicht misogyn, ich liebe die Menschen, indem ich ihr unwürdiges Gastspiel in diesem Paradies, das sie so rückhaltlos ruinieren, zu einem Besseren befördere, als es sich selbst der gute Stephen Hawking in seinen letzten Tagen ausgerechnet hat. Die Heuschrecken, Anselm, sind keine Aliens, das sind wir. Wir sind nicht die auserwählte Spezies. Zwischen Althirn und Neocortex hat der Mensch eine Schraube locker. Sie sind doch nicht so uneinsichtig wie Pharao? Also lassen Sie die guten Leute ziehen, denn es gibt kein Gelobtes Land. Künstliche Intelligenz wird irgendwann jede sogenannte Elite ersetzen. Jede Rasse, jede Spezies.

Und der Mensch, frage ich, obwohl ich es sofort bereue, weil ich mich habe verleiten lassen, auf dieser Ebene zu reagieren. Wo verbleibt der Einzelne in Ihrem Plan? *Der* Mensch? vergewissert er sich ungläubig. All diese Existenzen, sagt er beinahe versonnen und blinzelt ins Sonnenlicht, werden ihre meist überflüssige Lebenszeit mit Überflüssigem totschlagen müssen. Sie mit Spielchen verbringen, mit luxeriösen Sinnlosigkeiten. Kolosseum, Sport-Arena, digitale Welt. Sie sind doch alle bereits mittendrin im simuliertem Leben, nicht wahr. Man wird Gelegenheiten finden, die in ihrer erschreckenden Einfachheit ein neues Maß an Einheitlichkeit erzeugen werden. Er lächelt, sich seiner Mission ganz sicher. Wahrscheinlich läßt er seine Vision Revue passieren. Weder symmetrische noch asymmetrische Einflußnahmen. Keine diplomatischen Querelen im Bereich der sogenannten Geopolitik, Anselm. Regulierung des menschlichen Faktors bei Ersetzung durch künstliche Intelligenz. So weit entfernt ist das nicht mehr. Er schließt dabei sogar für einen Moment seine zerknitterten Lider. Und ich mit meiner träumerischen Begabung für Assoziationen brauche im Augenblick keine digitale Spielwiese. Ich sehe diese eine Filmsequenz vor dem inneren Auge ablaufen, von seinem Wort erweckt: Schwärme von Heuschrecken. Weiß er, kann ich dabei nur im Hinterkopf denken, weiß er um unser Projekt, so klein es sich angesichts seiner Wahnsinnsvision auch ausnimmt? Der hält sich wirklich für so etwas wie die Nemesis oder für Luzifer. Dieser Möchtegern-Nihilist, den man zertreten sollte, wie einen vom Himmel gefallenen Plagegeist.

Julius Trautwein (60)

Kleine Welt! Wie lange ist es her, daß wir uns derart erwartungsvoll gegenübersaßen. Sicher, in all den Jahren seit der gemeinsamen Leipziger Zeit ist man sich über den Weg gelaufen, doch immer stets beschäftigt mit irgendeiner Sache, die keinen Aufschub duldete. Ich immer mit meinem politischen Kram und Leonard meist mit irgendwelchen Dingen, die er bei unseren zufälligen Zusammentreffen nur andeutungsweise beschrieb. Meist war es etwas mit Kultur, wie man den dürren Worten entnahm, die eher einem Ausweichen statt einer Erklärung gleichkamen. Aber da wir uns eine halbe Ewigkeit kennen, haben wir beide immer gewußt, wie der andere tickt. Schon im Studium galt Leonard Creutz als ein offenherziger Kauz, so paradox das klingt. Er plapperte immer drauflos, kaum daß er morgens in unserer Studentenbude die Augen aufschlug, gut gelaunt und spöttisch, das war sein Credo. Mir ist zeitig deutlich geworden, daß er zwar immer bereit war, so ziemlich jeden mit seinem Gequatsche zu unterhalten, aber je mehr er von sich gab, umso weniger Gehaltvolles war dabei. Frei nach dem Motto: Geredet haste, aber gesagt haste nichts. Dabei entfaltete er seine Monologe in kunstvoller Rhetorik, denn Zwiegespräche konnte man ihm beim besten Willen nicht unterstellen. In die geradezu barocken Erzählbögen seines Geschwafels flocht er originelle und witzige Metaphern ein und bediente so ziemlich alle stilistischen Register von leiser Ironie über trockenen Humor und unschlagbare Lakonie bis zu ätzendem Zynismus. Dabei kam das alles so daher, als sei es lediglich ein großer Spaß, um sich die Zeit in der Mensa zwischen den Lehrveranstaltungen zu vertreiben. Natürlich hatte er anfangs eine begeisterte Zuhörerschaft, die allerdings innerhalb des ersten Studienjahres rasch schmolz, weil Leonards Tiraden bei den meisten wohl das Gefühl hinterließen, daß sie in seinen allgemeinen Spott, den er literweise über die Menschheit ausgoß, durchaus inbegriffen seien. Da ich für seine Spitzfindigkeiten kein rechtes Organ hatte, amüsierte mich mehr die um sich greifende Verunsicherung unter seiner Jüngerschaft und ihre baldige Fahnenflucht. Diese Selbstgespräche hältst Du nur, damit Du Dich nicht langweilst, habe ich ihm irgendwann zu Anfang unserer Bekanntschaft auf den Kopf zugesagt. Man muß schließlich das Niveau halten, Jules, antwortete er mit einem unschlagbaren Grinsen, und so sind wir Freunde geworden inmitten der Leipziger Tristesse an dieser grauen Universität, deren Historiker und Germanisten in der Regel ihre Lehrstühle der Staatspartei verdankten und nur besoffen zu trauern wagten um jene glänzenden Jahre, deren Protagonisten schon vor Jahrzehnten die Segel gestrichen und sich Richtung Westen abgesetzt hatten. Selbst unsere unerwartete Freundschaft fiel in solchem geistigen Ambiente auf: Ich, der besonnen sich gebende, immer wortkarge und oft mürrisch aufgelegte Julius Trautwein, und er, der fast jedem Dozenten über den Mund fahrende Leonard Creutz, ein Ausbund an guter Laune und unerschöpflich im Erfinden von Streichen, die sauertöpfischen Akademikern und langweiligen Kommilitonen Zornesröte oder Fragezeichen ins Gesicht trieben, je nach Veranlagung. Du kommst voran, Du homo politicus, sagt er jetzt und schenkt einen großen Schluck Scotch in mein Glas. Dabei hast Du erst vor ein paar Jahren die Partei gewechselt. Bot sich an, nuschele ich und versuche, der mir nachgesagten Wortkargheit selbst ihm gegenüber gerecht zu werden. Mach Dich doch nicht immer kleiner als Du bist, grinst er mir beim Prosten zu. Vom Landrat als Mitglied einer abgewirtschafteten sogenannten Volkspartei zum Landtagsabgeordneten der aufstrebenden Kraft hier in Sachsen-Anhalt. Das finde ich schon beeindruckend, Jules. Ich glaube, Du bist damals mit Direktmandat in Magdeburg eingezogen. Und die Signalwirkung nicht zu vergessen, fügt er hinzu. Waren es nicht annähernd hundert Mitglieder, die Dir nach Deinem Übertritt in die neue Partei gefolgt sind. Neunundvierzig, sage ich und lasse den Abgang des Whiskys auf der Zunge wirken. Ja, sagt er mit seinem spöttischen Lächeln in den etwas weit auseinander stehenden Augen, neunundvierzig. Auch nicht schlecht. Und tremoliert nochmals, als ob es nicht genügte: Die Neunundvierzig! Hört sich beinahe wie ein Western an. Oder eine Partisanenschmonzette der Sowjetliteratur. Um das festzustellen, hast Du mich nicht hergebeten, sage ich. Obwohl dieser Scotch hier eine Dienstreise nach Naumburg rechtfertigen würde. Immer gern, feixt er und hebt die Flasche zum Nachgießen. Zum ersten Mal fallen mir seine feinen Fältchen um die Augen auf und die großen Tränensäcke, die sein Gesicht bei unserem letzten Treffen noch nicht aufwies. Kummer, frage ich unvermittelt. Er schaut immer noch so unschuldig wie im Leipziger Seminar, wenn er den Oberassistenten veräppelt hatte und sich obendrein für die anscheinend naseweise Bemerkung entschuldigte. Nicht mehr als Du mit dem Landesrechnungshof, falls es denn herauskommen sollte, daß Du Dich für diesen Engelspiss mit dem Dienstwagen durch Sachsen-Anhalt kutschieren läßt. Quatsch mit Soße; Naumburg ist mein Wahlkreis sage ich, und hier unterhalte ich mein Abgeordneten-Büro. Jules, sagt er besänftigend, und ich denke, wenn er mal wieder meinen Vornamen französisiert, wird es mit seinem Anliegen nicht so ernsthaft bestellt sein, mit dem er jetzt herausrücken muß. Jedermann weiß um Deine – spöttische Pause – Redlichkeit. Wiederum Pause, denn mit der Feststellung hat er ordentlich überzogen. Die Redlichkeit! Des Politikers! Alberner Kerl! Er lacht: Nennen wir es: Deinen Pragmatismus. Nun genehmigt er sich auch einen zweiten Schluck, der nicht gerade streng bemessen ausfällt. Du, mein lieber Jules, würdest nie über eine Kleinigkeit wie eine Privatreise im Dienst-BMW stolpern. Gott bewahre. Du warst, bei all Deiner Zurückhaltung, immer äußerst nüchtern, wenn alles um Dich herum der Euphorie verfiel. Oder der Angst. Hattest Du denn je Angst, höre ich mich fragen. Denn irgendwie schimmert unter dem bekannten Spott ein sentimentaler Zug hindurch, den ich bei Leonard nur selten beobachtet habe. Vielleicht zwei, drei Mal, wenn er wegen einem Mädchen in der Mensa oder im Studentenclub sturzbetrunken war. Seine Tränensäcke und diese beinah unmerkliche Spur von Wehleidigkeit, dazu sein Drängen zu diesem Kurzbesuch. Wir werden alt. Es müsse noch diese Woche sein, hatte er am Telefon geradezu gebettelt. Ein Verhalten, das ich von ihm nicht kenne. Aber Freundschaft bedeutet, daß man den Hammer fallen läßt und in die Gänge kommt, wenn der andere einen braucht. Zwar hat es bei uns nie so dramatisch geklungen, aber geholfen haben wir uns früher oft gegenseitig ohne große Nachfragen. Wegen mir ist er im Winter 78, als das Schneechaos der Ostwirtschaft den letzten Rest gab und ganze Armeeeinheiten in die Braunkohletagebaue abkommandiert wurden, um die vereisten Förderanlagen wieder einsetzbar zu machen, statt aus dem Urlaub in seine Kaserne zurückzukehren, zur Ostsee gefahren. Für mich! Um meine Herzensangelegenheiten sozusagen in Vertretung zu regeln. Vier Tage abgängig, auf Bahnhöfen kampiert wegen der massenhaft ausgefallenen Züge, nur um mir wegen so einer blöden Zicke zu helfen, weil ich keinen Urlaub bekam. Während wir irgendwo in der Lausitz Schienen abzutauen versuchten, versteckte er sich vor den Streifen der Militärpolizei, die sich glücklicherweise lieber drinnen als auf Bahnsteigen herumdrückten bei diesen Minusgraden. Die blöde Gans hat er in Schwerin nicht mehr angetroffen, die war schon mit dem neuen Lover ausgeflogen. Aber er ist dafür fast nach Schwedt gekommen. Beinahe Militärknast bloß für einen postpubertären Freundschaftsdienst. So sage ich auch jetzt nur: Wie kann ich Dir helfen, mein Alter? Gibt es vielleicht bei Dir Probleme, hier in Deinem postmodernen Fischbassin?

Ist gar nicht so transparent, zwinkert er Bescheid, trotz der schönen Glasfassade. Ach ja? Ich kann auch warten. Dein Zampano Bernstetter wird doch als ganz große Nummer mit Zukunft gehandelt. Und wie der Buschfunk verbreitet, bist Du sozusagen sein Adjutant. Obwohl ich persönlich nicht nachvollziehen kann, daß ausgerechnet Du in irgendwelchen EU-Kram involviert sein sollst. So etwas paßt nicht zu Dir. Er runzelt spaßhaft die Brauen. Sagt man das? Nicht direkt, weiche ich aus und versuche nachzudenken, ob Bernstetters Name irgendwann im Magdeburger Plenarsaal gefallen ist. Du selbst – halten zu Gnaden - stehst nicht im Rampenlicht, sage ich dann, aber Euer Laden hat intern bereits einen nicht gerade schmeichelhaften Ruf weg. Scheint ihm bekannt zu sein, denn er wirkt unbekümmert bei der Mitteilung. Ach weißt Du, Jules, das ist alles nur zur Tarnung. Ich nehme an, wir gelten bislang als treu transatlantisch und als verlängerter Arm der EU-Außenpolitik mit Blick auf finanzielle Ausrichtung in Richtung Osteuropa. Richtig? So in etwa, sage ich zögernd. Aber wieso bislang? Fährt denn Bernstetter nicht mehr diesen Kurs? Und was machst Du bei so einer Banker-Clique in Politik? Nun feixt er so unverschämt, daß ich meine, jetzt macht er sich lustig. Oder geht es wieder um eine Eulenspiegelei, wie damals bei diesem Kulturrat ... Nein, nein, wiegelt er ab. Es geht schlicht und einfach um die Planung einer gewissen Autonomie für die vor dreißig Jahren beigetretenen mitteldeutschen Gebiete. Wir machen hier nur Planspiele, allerdings nicht für den Brüsseler Wasserkopf oder für die Transatlantiker, sondern für uns. Für die deutsche Wirtschaft, für ein friedliches Miteinander mit Osteuropa und für die Bevölkerung. Und jetzt schimmert nicht der Funken von Spottlust in den grauen Augen, die mich nicht mehr loslassen. Falls er meine Reaktion auf diese Eröffnung sehen will, bitte sehr: Ich atme hörbar und trinke mein Glas aus. Wenn das jetzt ernsthaft gemeint war, Leonard, bin ich beeindruckt. Jemand wie Bernstetter ist so etwas durchaus zuzutrauen unter diesen Polit- und Finanzeunuchen. Der hatte schon immer Visionen, das sprechen ihm selbst seine eingeschworenen Feinde nicht ab. Planspiele, Separation, Auflösung föderaler Strukturen ... Ich weiß nicht. Ihr müßt sehr gut vernetzt sein, wenn ... Ich lasse den Satz unvollendet, er wartet etwas und fragt dann: Ja? Ich merke, wie ich die ganze Zeit das Glas in der Hand drehe, und so setze ich es – leider eine Spur zu hart - ab. Weißt Du, ich kaufe Dir so manches ab, mein Alter, sage ich tastend. Du bist ein verdammter Trickser. Und Deinen Bernstetter eilt kein schlechter Ruf voraus. Unsere Parteispitze handelt ihn bereits als Ansprechpartner, sollten wir in absehbarer Zeit in die Regierungsverantwortung gelangen. Jedoch – der letzte Satz, Leonard, das mit dem Schmus über die Bevölkerung. Das bist nicht

Du. Klingt wie eine Schallplatte. Was wollt Ihr hier wirklich bewerkstelligen mit Eurem gläsernen *think tank* im mitteldeutschen Dreiländereck, wo sogar die friedliebende Landbevölkerung schrumpft?

Weißt Du noch, sagt er und lächelt wieder. Als wir am 9. Oktober 89 kurz vor sechs unter den Arkaden des Leipziger Rathauses standen. Zaungäste des erwünschten Umbruchs, und aus allen Kirchen der Innenstadt strömten die Menschen zum Ring. Die Bevölkerung! Ich war beeindruckt, aber Du dachtest selbst in diesem Moment pragmatisch. Wenn die Bonzen in der Einsatzleitung geahnt hätten, hast Du gesagt, wie viele Leute die Straßen und Plätze füllen würden, hätten sie noch mehr Armee und Bereitschaftspolizei angekarrt, um diese Demonstration zu verhindern. Und Du hattest natürlich recht. Es war eine andere Situation als jetzt, sage ich. Wir wollten heraus, und heute schleusen sie massenhaft Leute aus Kulturkreisen in dieses Land, die hier nichts verloren haben und es als ihre Beute betrachten. Die soziale Differenzierung potenziert sich, und die Handlanger der Globalisierungsindustrie werden mit staatlicher Unterstützung diejenigen, von denen die größte Verunsicherung ausgehen wird, isolieren. Deinen Bernstetter übrigens auch. Der Prozeß ist ja bereits im Gange. Vierhundert Prozent, und es existiert kein Verbrechen, für welches das Kapitel... na, Du kennst das ja noch. Am besten fand ich Marx als Aphoristiker, sagt er etwas zu abgeklärt und mustert mich freundlich prüfend. Das ist alles so einfallslos heutzutage, sagt er und dreht das Glas auf dem Tisch im Kreis. Fremd orchestrierte Berufsdemonstranten mit ihnen zur Verfügung gestellten Losungen und Plakaten, die für den jeweiligen Anlaß angeliefert werden. Peinlich. Er sieht mein müdes Lächeln und schwenkt um. Du weißt noch, was der alte Herr uns ans Herz gelegt hat, als sich der Demonstrationszug formierte? Jungs, stellt Euch nicht in die erste Reihe, antworte ich. Sein Lächeln scheint unverwüstlich. Und ich habe gesagt: Keine Angst, wir haben Geschichte studiert. Wir wissen Bescheid. Da warst Du pragmatisch, sage ich. Du sahst, wie der Ring um die Innenstadt voll von Menschen war, und meintest, fürs Demonstrieren würdest Du Dich nicht noch anstellen. Zeitgleich brachte der Stadtfunk den Aufruf von Masur und Co, Ruhe zu bewahren und den Dialog mit der Staatsmacht zu suchen. Er schnaubt jetzt noch: Ein stromlinienförmiger Dirigent, der den Taktstock Vaclav Neumanns aufgehoben hatte, den der aus Protest gegen den Einmarsch des Warschauer Paktes in Prag dem Ulbricht-Regime vor die Füße geschmissen hatte, dazu zwei SED-Ortsfunktionäre, ein Stasi-Informant, getarnt als Theologe, sowie ein Kabarettist als einziger Lichtblick in der fragwürdigen Combo. Einer von den Demonstranten brüllte, ergänze ich, Leute glaubt denen nicht, die sind doch längst arriviert. Ein Ausdruck, den man heute selten hört, sagt er und schaut zur Decke als wolle er die Erinnerungen wegzwingen. Bei dieser Unbildung der Smartphone- und Playstation-Doofis. Die Frau, die ihr Kleinkind auf die Kühlerhaube des Autos mit den Polizisten stellte und rief, das seien seine Beschützer, erinnere ich mich. Er ist schon weiter. Alle Läden und Kneipen in der Innenstadt hatten vorzeitig geschlossen, eine richtige deutsche Feierabendrevolution eben. Wir sind dann durch die verlassenen Straßen hinterm Rathaus gezogen, vorbei an dort auf den Einsatzbefehl wartenden Uniformierten und haben die einzige Schenke gefunden, die offen war. Der *Blaufuchs*, nehme ich den Faden auf, und wir müssen beide lachen. HO-Tagesbar, bot Platz für ganz wenige Gäste. Ich glaube, es waren an diesem

Abend alles Schwule, die bei Wein und Mixgetränken saßen. Draußen begannen sich gerade die Verhältnisse umzukrempeln, aber hier war das kein Thema. Haben die sich überhaupt unterhalten, fragt er. Ich weiß es einfach nicht mehr, nur, daß wir einen der beiden trinkbaren Rotweine hingestellt bekamen, die es in der DDR zuweilen gab. Wer weiß, für wen uns der Barmann hielt, werfe ich ein. Ja, wer weiß, sagt er und versinkt plötzlich in Schweigen. Auch so eine Seite, die ich an ihm noch nie wahrgenommen habe. Darum spinne ich weiter. Nach zwei oder drei Schoppen sind wir dann zum Brühl. Ja, da kam uns dieser Naivling aus Deinem Laden entgegen, übersprudelnd vor Freude und erzählte, sie hätten gerade am Bahnhof die dort stehenden Kampfgruppen überzeugt. Friedliche Revolution auf Messers Schneide. Bei dem Wort Revolution zuckt er zusammen, sieht mich eindringlich an und sagt plötzlich sehr eindringlich: Du mußt mir helfen, mein Alter. Wir brauchen jetzt wieder ein paar kluge Leute, auch auf der Straße. In Erfurt, in Magdeburg und Dresden, die unsere Idee publik machen. Irgendwie schaue ich sehr ungläubig, denn er verzieht den Mund, als ich frage: Den Abfall Mitteldeutschlands? Das ist nicht Dein Ernst, wir stehen zu unserem Land, bekennen uns zu dem heutzutage als Schimpfwort kursierenden Begriff Patrioten. Nach mehr als einem halben Jahrhundert Ideologisierung in Doppeldeutschland auf so etwas wie Patriotismus zu setzen, entgegnet er wieder ganz der Alte, haben schon klügere Leute als Du und ich für reichlich grotesk gehalten. Nein, Jules, sagt er. Wir brauchen die Stimme der Bevölkerung in den Landeshauptstädten. Eure Partei bekommt wahnsinnig großen Zuspruch, je konsequenter die Innere Sicherheit, die Finanz- und Außenpolitik an die Wand gefahren werden. Du willst, daß ich meine Partei instrumentalisiere für eine

Schnapsidee Deiner finanzkapitalistischen Ideenschmiede und willst mir nicht einmal sagen, was hinter der Sache steckt. Verzeih mir, aber daß Du mich für so bescheuert hältst, beleidigt unsere Freundschaft, Leonard. Dich würde ich niemals instrumentieren, Julius, sagt er nachsichtig und das Lächeln ist aus seinem Gesicht weggewischt, als hätte es nie darin Platz gehabt.

Leonard Creutz (61)

Verloren wirkt der langgestreckte blassbraune Klinkerbau inmitten der verwilderten sogenannten Kulturlandschaft, einem verwachsenen Durcheinander aus Büschen und Hecken, überalterten Obstbäumen und verwitterten Zaunpfählen, die etwa zweihundert Meter hinter der alten Kieswaschanlage noch den einstigen Bahnverlauf säumen. Die Wolken hängen tief, als käme gleich ein Guß auf uns nieder; aber es wird nicht regnen. Es fallen wenig Niederschläge in der Leipziger Tieflandsbucht, die im Regenschatten des Harzes liegt. Jurkewitsch hat die demontierte Bahntrasse gleich entdeckt. Russen haben einen Blick für so etwas. Ich erzähle ihm von der mitteldeutschen Braunkohleförderung und der damit verbundenen Zerstörung ganzer Landstriche quer durch die politischen Zeitläufte. Auch hier sollte abgebaggert werden. Die Begehrlichkeit der Braunkohleindustrie erklärt sich aus den beträchtlichen Flözen, die unter uns liegen. Auch dieser Ort sollte noch vor wenigen Jahren von der Karte verschwinden. Glücklicherweise wäre der Bau einer neuen Autobahnstrecke zu teuer gekommen, da im Falle eines Tagebauaufschlusses auch die neue Südtangente um Leipzig den Baggern zum Opfer gefallen wäre. Also kann Nietzsche weiterhin neben seiner heimtückischen Schwester im Schatten der Kirche ruhen. Als ich ihm sage, daß der Fachbegriff für Rückbau *Devastierung* heißt, will sich Jurkewitsch glatt ausschütten vor Lachen, was wiederum unsere hübsche Begleiterin belustigt. Wie kann man aus Tel Aviv stammen und dann noch Judith heißen. Aber Jaweh sei Dank, sie hat sich ihre Haarmähne nicht blondieren lassen, was ganz sicher auch zu ihren schönen schwarzen Augen passen würde. Denn eine blonde Judith kommt in meiner pennälerhaften Phantasie, die ich mir an der Schwelle zum Alter als Privileg der Nonkonformität gerade noch zugestehe, einfach nicht vor. Darum habe ich Caravaggio die Rothaarigkeit seiner Kopfabschneiderin denn auch nie verziehen. Lena wird die schöne Jüdin heute abend schon kritisch beäugen. Hätte eigentlich gedacht, daß sie an unserer kleinen Spritztour teilnehmen würde, aber als sie sich endlich am Telefon meldete, klang sie sehr müde. Nein, es fehle ihr nichts, sie müsse nur schlafen. Ja, mit diesem Jurkewitsch hätte sie sich gern unterhalten über Rußland, schließlich sei sie so lange nicht mehr da gewesen. Aber als sie bloß das Ziel hört, winkt sie ab. Nietzsches Grab … wo? In Röcken? Wo das überhaupt läge. Auch die Aussicht auf eine bloß zwanzigminütige Fahrt durch eine sich im Dornröschenschlaf befindende, von den Industrieausläufern noch weitgehend unberührte Gegend wie vor nahezu hundert Jahren kann sie nicht locken. Was sie sonst immer mag, wenn ich ihr die Gegenden meiner Kindheit zeige. Ihre Augen leuchten dann, und sie entdeckt die bescheidenen Dorfflecken, die von der Landwirtschaft großzügig übersehenen Wäldchen und Feldraine, als finde sie lange verloren Geglaubtes. Wie damals, sagt sie dann, und ich weiß, daß sie die Brandenburger Gegend der siebziger Jahre meint. Komm, sage

109

ich, es ist ein samtweicher Spätsommertag, wir schauen uns das Dorf an und kehren auf der Rückfahrt irgendwo ein. Der Russe ist unterhaltsam, und die Dame aus Israel macht auch einen netten ersten Eindruck. Wir fördern die bilateralen Vorgespräche, und Du kommst auf andere Gedanken. Denn irgendwie bist Du bedrückt. Jedenfalls höre ich das aus Deiner Stimme heraus. Zudem wird das Wochenende bestimmt der reinste Streß. Jeden Abend dolmetschen, Du Arme. Morgen früh hast Du schon wieder die Kubaner auf dem Hals. Den letzten Satz hätte ich nicht sagen sollen, ich merke, wie sie plötzlich dicht macht. Fahrt Ihr mal allein, Leo, sagt sie, Du weißt doch, Deine Geschichten interessieren mich nur begrenzt, und was soll ich zwischen Euch sitzen, wenn geistreiche Anspielungen ausgetauscht werden. Und die kleine Schickse ist bestimmt eine Neunmalkluge, kommt von einem der renommiertesten Institute, Nummer Foreign Affairs, sicher mit Blick auf Felsendom und Grabeskirche. Da kann ich armes Bauchrednerpüppchen eh nicht mithalten. Lena, was redest Du nur wieder für einen Unsinn, im Jiddischen bedeutet das etwas ganz anderes und ihr Institut liegt außerdem nicht in Jerusalem; doch der Zug ist abgefahren. Sie will nicht. So schlendere ich nun links von Judith, Jurkewitsch sie rechts flankierend, das staubige Kopfsteinpflaster hin zur kleinen Wehrkirche, wo die russisch-israelische Freundschaft den Gräbern der Familie Nietzsche ihre Referenz erweisen wird. Da Judith selbstbewußt plappert und Jurkewitsch, dieser übergewichtige Recke, ihr gern den Hof macht, komme ich mir angenehm überflüssig vor und genieße die Rolle des pausierenden Hofnarren. Auch mal schön, wenn die anderen das Damenprogramm, wie ich die kleine Betreuungseinlage insgeheim nenne, selbst bewältigen. Dabei stelle ich fest, daß beide sich in deutscher Geschichte recht gut auskennen. Judith ist bemüht, mit ihren etwa vierzig Jahren nicht naseweis zu wirken, und Jurkewitsch legt eine Charmeoffensive vor, die ich diesem vierschrötigen Mushik niemals zugetraut hätte. So wandelbar sind also diese Jungs aus der Erbfolge Ilja Muromez'. Und ich will fürderhin Meister Caravaggio seine rothaarige Judith nachsehen, wenn unsere Judith wirklich nur Referentin für Schabbat und Kulturpolitik oder sonst welchen Tinnef ist und keine Mitarbeiterin des Mossad oder eines der drei Inlandsgeheimdienste ihres Landes. Es sind im Grunde genommen die Gesten und Blicke der beiden, die nicht stattfinden oder nicht stattfinden sollen, fast unmerklich. Und ich merke, daß sie merken, in welchen Bruder- und Schwesterschaften sie ihre Brötchen verdienen. Auch meine ich zu sehen, daß sie erkennen, daß ich erkannt habe. Was für ein schönes Abendessen steht uns jetzt bevor.

Warum haben Sie vorhin so gelacht, frage ich Jurkewitsch beim Zurückschlendern. Weil Sie im Russischen einen ähnlich schmucken Euphemismus wie *Devastierung* für die gnadenlose Zerstörung von Umwelt und Kultur pflegen? Ach was, sagte er und gluckst schon wieder, ich sehe diese geschundene und doch fast noch verwunschene Landschaft als reale Schnittmenge von Gestern und Morgen, höre die Geschichte dazu und muß an ein Wort des alten Herren denken, der hier begraben liegt: *Die Wüste wächst: weh Dem, der Wüste birgt!* Hört sich an wie ein Aphorismus aus dem Nachlaß, sage ich. Aus dem *Zarathustra*, sagt er. Wüst ist es in uns Menschen von ehedem. Wehe, wir geben das tote Innere frei. Trotzdem, sage ich und will ein wenig die Scharte auswetzen, sind wir Dank *Europens übertünchter Höflich-*

keit nicht alles Wüstlinge. Jurkewitsch versteht das in Judiths Gegenwart und spielt mit. Was bedeutet *übertüncht*? Ich erkläre es ihm. Schönes Bild, sagt er und hebt fragend die buschigen Brauen. Eine Anleihe von einem Dichter, auch ganz aus der Nähe, lege ich offen. Johann Gottfried Seume, Zeitgenosse von Goethe und Co, geboren in dem kleinen Ort Poserna, ganz in der Nähe, auf dem Weg von Lützen nach Weißenfels. Wallensteins Truppen sind dort durchgezogen, Napoleons Soldaten auch. Mir ist auch etwas eingefallen, sagt Judith, und sieht sehr konzentriert aus, wie sie in ihren schicken Pumps auf dem jahrhundertalten Kopfsteinpflaster der Dorfstraße stehend ein bißchen in Kleinmädchenpose deklamiert.

What is that sound high in the air

Murmur of maternal lamentation

Who are those hooded hordes swarming

Over endless plains, stumbling in cracked earth

Ringed by the flat horizon only

What is the city over the montains

Cracks and reforms and bursts in the violet air

Falling towers

Jerusalem Athens Alexandria

Vienna London

Unreal

Ich mag mich nicht wieder blamieren (oh Lena, Du hattest ja so recht) und mache auf bescheiden. Dazu würde mein Englisch noch reichen, und ich könne mich erinnern, daß nach *Nine Eleven* die Verse mit den *falling towers* ständig von irgendwelchen Intellektuellen bemüht worden wären, weshalb ich mich zu erinnern glaube, daß das aus T.S. Eliots *Waste land* stammt. Wir haben das in der Schule behandelt, sagt Judith, ist schon eine halbe Ewigkeit her, und lächelt kokett, so als sei es nicht nötig, wegen der Zeitvorgabe meinerseits Protest bezüglich ihres Alters einzulegen. Für uns war das damals einleuchtend, wegen Jerusalem. Und jetzt sind die vermummten Horden ja da, sagt Jurkewitsch wieder ernst geworden, Prophetie ist ein scheußliches Geschäft. Wissen Sie, nehme ich das Stichwort auf, mich hat immer beeindruckt, daß selbst die abgefahrenste Ideologie durch bedingungslose Konsumtion auf Dauer zerstört wird. Ein Lichtstreif der Hoffnung am gegenwärtigen dunklen europäischen Horizont. Wenn etwas dem bedingungslosen Glauben außer Kraft zu setzen vermag, dann bedingungslose Konsumtion. Ich erwähne das, auch wenn wir heute nicht von Geschäften sprechen wollen. Dafür ist in den nächsten Tagen noch genug Zeit, wenn die Experten unserer Häuser ihre Kalkulationen und Prognosen austauschen werden. Aber uns allen läuft die Zeit davon, sagt Judith, und ich staune über ihre Wandelbarkeit von einer symbolistische Dichtung rezitierenden Literaturliebhaberin zu einer nüchtern blickenden Beamtin. Sogar ihr suggestiv wirkender Blick scheint von Ernst umflort. Sicher, Geld ist fast alles, sagt sie und nimmt im Fond des Wagens Platz, wenn auch beinahe alles. Sie müssen den Menschen ihre Identität nehmen, dann werden sie zu den Horden, die, wie die Vögel von einem geheimen Kompaß getrieben, sich über die ganze Welt verteilen. Sie denken an diesen Migrationspakt der Vereinten Nationen, vergewissere ich mich, worauf der Russe bloß verächtlich schnaubt. Fast scheint sie ein wenig zu überlegen, denn sie zögert mit einer Antwort, aber ich bin mir sicher, daß sie genau weiß, wem sie zu welchem Zeitpunkt was sagt. Schließlich sind wir drei quasi die Adjutanten unserer Chefs für die Beratung im kleinsten Kreis. Bessere Taschenträger mit der Lizenz für die kurzen Dienstwege, wobei ich nicht einmal aus der Riege der Schlapphutträger stamme. Dürfte eigentlich als Faux pas gelten in den Augen unserer Gesprächspartner, aber da von uns die Initiative ausgeht und Bernstetter mir doch etwas mehr vertraut als den Pappnasen in seiner Vorstandsetage, was für die beiden sicher kein Geheimnis ist … *Why not*. Und meine schöne Jüdin gibt mir also einige Brosamen aus dem Schatz ihres geheimen Wissens. Wissen Sie eigentlich, Leonard, warum die Kubaner morgen wirklich mit am Tisch sitzen werden, natürlich wenn unsere Chefs mit dem Chinesen alles durchgesprochen haben. Heute scheine ich ziemlich oft an der Blamage vorbei zu schrammen, darum murmele ich so etwas wie finanziell vielversprechendes Investitionsgebiet. Sie schüttelt nicht einmal den Kopf, obwohl sie sich bestimmt wundert über so viel Ahnungslosigkeit von Bernstetters rechter Herzklappe. Mein Chef, sagt sie, hat von unseren Diensten belastbare Informationen erhalten, daß Kuba eine Art Spielweise für die UN-Remigrationspläne sein soll. Sozusagen die Blaupause für Europa. Und die USA, frage ich etwas verdattert. Was Europa schwächt, nützt *god's own country*, sagt sie. Aber Kuba ist ethnisch durchmischt, wende ich ein, obwohl ich bereits überzeugt bin, so naheliegend scheint mir der Plan dieser New Yorker Globalisten, falls es ihn wirklich gibt und er nicht nur als Desinformationsstrategie unserer israelischen Freunde existiert. Denn was weiß ich, wer ihr Chef ist. Es wäre nur eine weiterer Verfahrensvorschlag aus dem Experimentierkasten am Hudson River, zusammengebastelt fürs Weltgeschehen von den Strippenziehern in diesem Zukunftsspiel. Das wird ein Feldversuch, sagt Judith leichthin und läßt sich nonchalant Feuer von Jurkewitsch geben, dem das alles nicht unvertraut zu sein scheint. Das eben noch sozialistische Kuba, Leonard, verfügt über, wie Sie treffend bemerkten, eine durchmischte Ethnie bei einem relativ ausgewogenem Bildungsniveau. Das Land war weitgehend von Fremdeinflüssen abgeschirmt über zwei, drei Generationen. Hier wird durchgespielt werden, wie in der Alten Welt auf kleinere soziale Zielgruppen bestimmte Einflüsse ausgeübt werden müssen – sollen – können. Hinter jedem Verb macht sie eine Pause, und diese Pausen verbreiten in mir mehr Grauen als ihre Verse von vorhin. Sie werden aufpassen, sagt Jurkewitsch an mich gewandt, und es klingt wie eine Weisung. Diese beiden Kubaner wissen um die Sache, die auf ihre Insel zukommt. Egal, was sie wollen, ob eine schnelle Angliederung an Nordamerika oder irgendeine Form von Konföderation. Sie wissen, daß sie geschluckt werden, aber was sie nicht wollen, wissen sie auch genau. Sie wollen nicht die Laborratten für die Gilligs dieser Welt und ihrer plutokratischen Kofferträger sein. Sie müssen aufpassen, wenn sie karibische Naturen mit an unseren Tisch bitten. Und ich denke angesichts dieser wiederholten Ermahnung, daß dieser mausetote Castro mit seiner verlogenen Spielernatur den Russen noch immer in den Knochen stecken muß, seit er von Nixon zu Chrustschow schwenkte, und mir fällt nichts weiter ein, als dem Fahrer den Weg zum Dorfgasthaus zu weisen. Dorthin, wo der Dichter vor mehr als zweihundert Jahren von Europas

Höflichkeit faselte, und - das nehme ich mit einem In-
grimm wahr, der mich erschreckt und von dem ich an-
nahm, ihn altersgemäß bereits überwunden zu haben:
Diese Tünche werde ich bereit sein, ohne Zögern abzu-
waschen, wenn es notwendig sein sollte. Zwischenzeit-
lich prüfe ich im Seitenspiegel meine Konferenzmimik,
während das Dörfchen in einer Staubwolke hinter der
nächsten Kurve verschwindet.

Johannes Anstandt (90)

Jetzt kommen die schon im Doppelpack; als wenn mir
dieser Iwein nicht genügte. Aber den anderen hätte ich
gar nicht ins Atelier gelassen. So blasiert und hoffnungs-
los nichtssagend wie der die Landschaft verschandelt, in
der er rumsteht. Wenn der Iwein nicht so beharrlich an
der Tür gekratzt hätte, wäre die zugeblieben und ich
schon in Ruhestellung auf dem alten Kanapee. So eine
Roßhaarpolsterung ist immer noch das Beste für alte
Knochen. Denn so eine Tour steckst du nicht mehr weg,
Alter, selbst wenn das Taxi ein Schlachtschiff von Mer-
cedes ist. Und der junge Kerl war nett. Kein Murren bei
den vielen Pinkelpausen. Besser als jeder Pflegedienst.
Möchte ich ihm aber auch geraten haben – bei dem Preis.
Na, egal. Wenn der Iwein, dieser Lackaffe, schon mal da
ist, drücke ich ihm auch gleich die Spesenabrechnung
aufs Auge. Brauche ich keinen extra Schriebs aufsetzen
und die Kleine damit auch nicht zu belästigen. Zweihundert für den Tag und der Fahrpreis dürfte für diesen Mist-
laden direkt ein Schnäppchen sein. Oder sag ich dreihun-
dert? Die geben es ja mit vollen Händen aus, diese steu-

erfinanzierten Volksschädlinge. Was soll's! Drauf geschissen. Und das Püppchen wird mir ein bißchen Tischgesellschaft leisten in dem Naumburger Nobelschuppen, wo meist nur die Juristenknechte vom Oberlandesgericht ihre Rotary-Intrigen spinnen. Hat sie schließlich einem alten Mann in die Hand versprochen - als Bonus für die prompte Erledigung. Und als Strafe für die faustdicke Lüge mit dem angeblichen Vater, he! Als ich Iwein jetzt frage, ob er wegen dem Bild kommt, das sei noch nicht fertig, schüttelt er bloß den Kopf und wechselt so einen komischen Blick mit seinem Begleiter. Der aussieht wie ein Melkeimer. Käseweiß und blonde Augenbrauen, dazu ein Nichts von Ausdruck in der Visage. Wo rekrutieren die so was nur. Der ist so widerlich, daß ich Iwein nicht einmal fragen mag, wen er mir hier eigentlich in die Bude geschleppt hat. So was ist für mich einfach Luft. Die Luftnummer scheint das aber nicht zu kapieren, denn er stellt sich als Mitarbeiter des Staatsschutzes vor. Seinen Namen überhöre ich. Mit Neunzig beschäftigt man sich nur noch mit wesentlichen Fakten. Den Melkeimer scheint es ordentlich zu ärgern, daß ich ihn nicht mal ignoriere, und lieber den Verwaltungsheini frage, was ihn am späten Nachmittag zu jemand führt, der früh seine Ruhe braucht, weil Malen in diesem biblischen Alter Schwerstarbeit bedeutet. Es ginge um eine elektronische Sendung, die ich an Herrn Bernstetters Büro von Berlin aus gesendet habe, sagt Iwein, und Melkeimer nickt derart gemessen, als wäre ich grenzdebil. Der Iwein tut mir fast leid, denn ich will es ihm nicht allzu leicht machen und spüre dabei ein leichtes Drücken in der Magengegend. Komisch, das stellte sich früher immer ein, wenn ich mit den Stasifritzen zu tun hatte. In der Hochschule, der Akademie, ab und an auch privat. Hatte ich schon vergessen, aber jetzt ist es wieder da. Wahrscheinlich durch den leichten Schreck ausgelöst, weil ich mir gerade über die Kürze der Zeit klar werde, die sie gebraucht haben, um auf das Bildchen aufmerksam zu werden, das ich der kleinen Sobek habe zukommen lassen, und was es für einen Wirbel auslöst. Staatsschutz! Nicht, daß mich Melkeimer irgendwie in Angst versetzt. Da gab es ganz andere bei uns, die nicht so überkandidelt taten wie diese Flasche. Aber das mit den Dateinamen war eine ganz dumme Idee von ihr, und ich alter Esel, der es hätte besser wissen müssen, habe aufs Wort gehorcht. Verdammt, sie hatte ja das Gespräch unterbrochen, war wahnsinnig in Eile. Was sollte ich denn anderes machen, sie hätte doch die Sendung gar nicht gefunden zwischen all dem Kram, mit dem einer wie Bernstetter bestimmt täglich zugemüllt wird. Aber wie sie auf diesen idiotischen Betreff gekommen ist. Hat sie vielleicht von dem Bild gewußt? Umso fataler. Wahrscheinlich ist diese Geheimnistuerei in ihrem Glaspalast schon auf sie abgefärbt, oder sie wollte sich nur einen Spaß machen. Spaß ist aber gut, wenn ich's recht überlege! Melkeimer hat wohl eine andere Vorstellung von dem Gespräch, das mit ihm ja bislang nicht stattfindet. Denn ich wende mich Iwein zu und erkundige mich ganz unschuldig, was es mit dem kleinen Scherz auf sich hat. Nun bekommt der sich nicht mehr ein. Herr Anstandt, mit allem gebotenen Respekt für Ihr hohes Alter: Das ist keineswegs ein Scherz! Nicht mal ein übler! Er benimmt sich für meinen Geschmack etwas zu theatralisch, und ich mag keine hysterischen Männer, wie er so mit der Hand herumfuchtelt und augenrollend betont, das würde ich daran sehen, daß der Staatsschutz die Ermittlungen aufgenommen hätte. Welche Ermittlungen, ich verstehe wirklich nur Bahnhof. Melkeimer nimmt unaufgefordert mir gegenüber Platz. In wessen Auftrag ist Ihre Reise ins Akademie-Archiv erfolgt, fragt er unvermittelt und fixiert mich als ginge es um eine Porträtsitzung. Weil mich sein Albino-Blick schon wieder hart an die Kotzgrenze bringt, schaue ich nur Iwein an und sage mit so viel Aggressivität in der Stimme, die ich noch aufzubringen in der Lage bin, daß ich niemanden eingeladen hätte, schon gar nicht zum Sitzen in meinem Atelier. Ob das sein Kumpel noch in seinen Nischel kriegt. Denn Flegeleien kann ich auf den Tod nicht ausstehen, und entweder ich bekomme eine ordentliche Frage gestellt, oder sie können sich sofort davon scheren. Auch können sie sich ihre Gestapospielchen schenken, dafür bin ich eh zu alt. Selbst die Typen von Mielke hätten das viel besser draufgehabt. Wieder der Blickwechsel, worauf Melkeimer sich aber doch erhebt, mich nun eine Spur unsicherer ansieht und aus der Jackentasche ein Blatt Papier zieht, um es mir unter die Nase zu halten. Dieses Bild hat die Archivarin in Berlin zu dieser Zeit auf Ihren Wunsch – er tippt mit der anderen Hand, einer fleischigen Pfote, auf die Kopfzeile der E-Mail – an einen Account geschickt, der in Herrn Bernstetters Verantwortungsbereich liegt. Das wird doch nicht bestritten? Wird nicht bestritten, sage ich. Sie wissen aber schon, wessen Lichtbild Sie da haben abschicken lassen. Na ja, murmele ich, jetzt ist sie wohl doch schon ein bißchen in Jahre gekommen, wie ich immer in der Glotze sehe. Werden ja alle nicht jünger … Herr Anstandt, bitte, sagt nun fast flehend Iwein, und ich denke, jetzt müßte er bloß noch losheulen. Sicher weiß ich, wessen Jugendbildnis das ist, sage ich störrisch. Ist das strafbar, daß sie schon damals alles andere als fraulich war? Ästhetisch betrachtet. Darum habe ich es ja auch geschickt. Ich wollte einen Spaß machen, damit der Bernstetter was zu lachen hat. Wir können ganz gut miteinander, wissen Sie, und wenn er mich gelegentlich hier besucht, fachsimpeln wir über

Kunst und Politik, Gott und die Welt, und wir machen auch unsere Späßchen über das Berliner Bodenpersonal. Männerabend eben, falls hier jemand noch weiß, was das ist. Melkeimer scheint irgendwie verblüfft; darauf ist er wohl nicht gefaßt: Berliner Bodenpersonal, vergewissert er sich entgeistert. Na ja, Bodenpersonal, sage ich. Das Bodenpersonal hat auf dem Flugplatz den Dreck zu erledigen. Dafür ist doch auch die Politik da, oder sehen Sie das nicht so. Wir sind doch das Volk, die sind ... Schon verstanden: Bodenpersonal, sagt Melkeimer mit einem Zynismus in der Stimme, den ich ihm nie zugetraut hätte. Aber warum wählten Sie als Betreffzeile dann das Wort *Rosenholz*? erkundigt er hämisch. Warum nicht *Transitzone* oder irgendetwas, was mit dem sogenannten Bodenpersonal zu tun hat? Ist Ihnen nicht geläufig, daß dies die Bezeichnung für eine Sammlung von Daten des Ministeriums für Staatssicherheit ist, die sich zu großen Teilen noch in Obhut der CIA befindet? In Obhut ist gut, sage ich. Bitte beantworten Sie nur die Frage, erwidert er knapp. Na, wenn Sie darauf bestehen, antworte ich, schlucke meinen Widerwillen runter und strahle Melkeimer mit so viel Unschuld an, wie die alten Augen noch hergeben. War so eine Eingebung, das mit *Rosenholz*. Seine Staatsschutz-Larve ist eine einzige Frage. Mann, das war doch gerade der Witz, helfe ich ihm auf die Sprünge. Als ich letztens mit Bernstetter über die Tante geulkt habe, wurde viel gelacht über ihre Öffentlichkeitsarbeit. Irgendeiner von uns beiden meinte so nebenbei, das sei eine Geheimniskrämerei, schlimmer als bei der Stasi. Das war alles. Darum habe ich wohl die Datei so nennen lassen – damit Berni was zu lachen hat, wenn er sie sich anschaut. Und was war der eigentliche Grund Ihrer Reise nach Berlin? Wegen einem solch kleinen Spaß lassen Sie sich doch die Fahrt keine sechshundert Euro kosten. Melkeimer fährt seinen Kurs weiter. Den Preis für das Taxi wissen sie auch schon. Es ging um den Verbleib von sehr alten Skizzen, die ich zu Anfang meiner Arbeit in der Akademie hinterlegt hatte, erkläre ich etwas mühsam mit gehörigen Pausen, bin ja nicht mehr der Jüngste für so ein Verhör. Und weil Sie ja alles so genau wissen wollen: Es war eine Auftragsarbeit des damaligen Präsidenten, Jacob Setzepfandt. Der ist nun aber schon tot, die Herren. Tut mir leid. Die Vorarbeiten hat er damals archivieren lassen, weil der Ulbricht gestürzt worden war, und mein Projekt wurde, wie so vieles im Jahr 73, auf Eis gelegt. Iwein hört nicht mehr richtig zu, mir kommt es vor, als sei er erleichtert. Oder zerstreut. Dafür ist Melkeimer voll in Form. Was waren das für Vorarbeiten, und wozu wollten Sie die gerade jetzt haben. Wenn du denkst, Du kannst einen alten Kämpfer aushorchen, bist du schief gewickelt. Wie sie mich im Keller in Bilbao zusammenschlugen, habe ich mir versucht, bei jedem Schlag irgendein Detail auszudenken für die nächste Geschichte. Und wenn du meinst, dir platzt gleich der Schädel, so mußt du gerade nachdenken, das lenkt wenigstens ein bißchen von dem Schmerz ab. War ja noch blutjung, da hält man so was besser aus. So sage ich: Es war ein großes Wandbild für die Akademie. Ich hatte gerade begonnen, zu meiner graphischen Handschrift zu finden. Etwa fünfzig Blatt. Immer schön viele Einzelheiten bringen, das wirkt überzeugend. War alles noch weit vor Ihrer Zeit. Und das haben Sie für Herrn Bernstetter gesucht, hakt Melkeimer nach. Wohlleben, folge ich einer plötzlichen Eingebung. Der Witz mit dem Bild könnte mit oder ohne Bernstetters Wissen durchgehen, habe ja angedeutet, daß das als eine Art Überraschung gedacht war. Aber meine Blätter und Bernstetter, nö, nö. Das würde besser zu diesem Kulturleidtragenden passen. Wo er mir doch damals bereits, als wir das erste Mal über das Bild für das Roßbach-Dingsbums redeten, gleich eine Radierung aus dem Kreuz geleiert hat. Soll inzwischen eine der besten Sammlungen von DDR-Grafikern besitzen. Melkeimer notiert eifrig, was ihn nicht hindert, nachzufragen: Sie meinen Winfried Wohlleben, den Berliner Kultusminister? Genau den, sage ich gelangweilt. Der ist doch verrückt nach den Arbeiten aus der guten alten Zeit. Er hat Sie um die besagten Blätter gebeten? Ich glaube, Melkeimer hat es gekauft. Die Frage klang irgendwie bloß noch routiniert. Nein, sage ich unter leichtem Ächzen beim Zurücklehnen, weil sie langsam kapieren sollen, daß es Zeit für sie ist, den Abmarsch anzutreten. Der Wohlleben besitzt schon ein paar Lithographien von mir. Als er die damals gekauft hat, erkundigte er sich nach mehr. Aber zum Lithographieren taugen keine alten Augen und zittrigen Hände. Das letzte habe ich sicher vor mehr als fünfzehn Jahren gemacht. Irgendwann ist es mir eingefallen, das mit den Vorarbeiten für die Akademie, und daß Setzepfand die ins Archiv hat bringen lassen. Verstehen Sie, sage ich. Eine Radierung von mir geht zwischen tausend und zweitausend Euronen über den Tisch. Dazu sind das Grafiken für ein Projekt, das aus politischen Gründen nicht realisiert worden ist. So etwas mögen Sammler. Da gehen die Preise schon mal durch die Decke. Da kann ein alter Mann sich auch mal per Taxe nach Berlin kutschieren lassen. So, damit wäre das auch abgedeckt. Doch Melkeimer wechselt mit Iwein wieder diesen Scheißblick, der, seit Wohllebens Name fiel, deutlich mehr Interesse an meinen Lügenmärchen zeigt. Und, sagt Melkeimer und steckt seine Notizen dabei ein, haben Sie Ihre Blätter wiedergefunden? Das ist es ja, sage ich. Was hab ich mich geärgert. Hab wer weiß wie viel laufende Meter Deposite durchstöbert und Staub geschluckt. Aber meine

Blätter sind noch nicht wieder aufgetaucht. Und im Stillen ärgere ich mich, daß ich diesem Schnösel Iwein nun nicht mehr eine Rechnung aus der Lamäng aufdrücken kann, sondern alles für die kleine Sobek auflisten muß. Außer Spesen nichts gewesen – diesmal, sagte ich zerknirscht und ächze jetzt ein bißchen stärker. Da haben Sie die strapaziöse Reise also nur unternommen, damit Ihr Freund Berni was zu lachen hat, sagt Melkeimer, und aus dem kaltem Mitleid und strahlt wieder dieser Zynismus, der so gar nicht zu seiner milchigen Visage paßt. Das Ächzen wird nun fast ein Stöhnen – das habe ich gut drauf, denn diese Kuh vom Pflegedienst merkt sonst nicht, wie unbegabt sie ist – und ich gebe weiter den Bekümmerten. Ja, unterm Strich sieht's so aus, nicht, sage ich. Darum: Beim nächsten Mal besser, Kameraden. Ich werde sie schon noch finden. Oder finden lassen. Für mich ist das ja alles viel zu anstrengend. Trotz Taxi, und nun zwinkere ich Melkeimer zu, der irgendwie wütend schaut. So hatte Berni wenigstens was zu lachen. Oder amüsiert Sie dieses Jugendbildnis etwa nicht? Eines muß man Ihnen lassen, Herr Anstandt, sagt Melkeimer beherrscht, sie geben niemals auf, nicht wahr. Wäre sonst wohl kaum so alt geworden, sage ich, und weil mir klar wird, wie läppisch diese Antwort ausgefallen ist, mache ich noch auf großes Kino, indem ich die Fernbedienung für die Haustür drücke, die glücklicherweise diesmal fehlerlos aufspringt und den beiden Schleichern den Weg ins Offene weist, weshalb ich alter Knilch derart beflügelt, mich auch nicht entblöden kann, Ihnen noch ein *Farewell, gentlemen* draufzugeben.

Kaum noch Betrieb hier, aber mehr als eine Art aufgehübschter Feldflugplatz ist das ja noch nie gewesen. Wovon soll so ein Laden denn aufrechterhalten werden. Nicht von den paar Urlaubsfliegern, die in der Saison ab und an ein paar hundert Pauschaltouristen auf die Kanaren fliegen. Für Bernstetter und seine Gäste reicht das aber allemal aus, außerdem bleibt ihm ja auch noch Leipzig. Manchmal geht es von hier aber schneller, vor allem, wenn das Stückchen Autobahn von Sachsen her wieder schwer mit Baustellen vollgepflastert ist. Wo der nur diesen kleinen Flieger aufgetrieben hat. Das blaurote Firmenlogo am Rumpf habe ich noch nie gesehen, und mehr als zehn Leute sind nicht die Gangway heruntergestiegen. Ist ja auch schon dunkel. Werde besser zur Kutsche zurückgehen, er mag das nicht, wenn man dienstbeflissen am Ausgang steht. Obwohl er sich immer aufgeräumt gibt, ist er auf der Hut. Gelernt ist gelernt. Möchte da nicht den Eindruck erwecken, ich beobachtete ihn. Und seine Tasche trägt er allein. Werde etwas vorheizen. Wird bereits empfindlich kühl im Wagen, wenn die Sonne untergeht.

Lassen Sie ruhig das Radio an, Herr Miltitz, sagt er, und schwingt sich auf die Rückbank als sei er froh, schon wieder sitzen zu können. Ist aber der örtliche Staatsfunk, sage ich und drehe ein wenig die Lautstärke auf. Wir werden's überstehen, meint er und legt mir zur Begrüßung eine kleine Pappschachtel auf den Beifahrersitz. Den benutzen Sie künftig bitte. So jung sind wir beide nicht mehr, und eine Angina von Ihnen kann ich mir nicht leisten. Aber das schon, sagte ich ein bißchen peinlich berührt, weil ich sehe, daß auf der Schachtel, aus der ich einen Burburry-Schal ziehe, der Schriftzug von Harrods steht. Ich betrachte dies als eine gute Investition, sagt er und angelt sich eine Tonicflasche aus der Getränkebox. Wenn Sie brav sind und ein bißchen auf Ihren Hals achten, brauche ich Ihnen weniger Ausfallzeiten für vereiterte Mandeln bezahlen. Den Dank bügelt er mit dem Hinweis ab, der Bummel im Duty-Free-Shop hätte ihm die Wartezeit vertrieben. Ich solle das jedoch um Himmels Willen für mich behalten, weil es nicht gut ankäme, falls bekannt würde, daß sich Männer unseres Alters beschenkten. Ein einseitiges Vergnügen, schränke ich ein. Ziehe ich von Ihrem Pensionsanspruch ab, sagte er und trinkt die Tonicflasche in einem Zug leer. Dann hätten wir beide jetzt ein gemeinsames Geheimnis, sage ich und versuche es nochmals mit einem dankbaren Grinsen in den Rückspiegel. Harald, sagt Bernstetter, und er klingt immer ganz geschäftsmäßige Noblesse, wenn er in seiner norddeutschen Art die Leute beim Siezen mit Vornamen anspricht. Ich gehe davon aus, daß Iwein nicht mehr Informationen zukommen, als das Fahrtenbuch hergibt. Selbstverständlich, sage ich, biege von der Zufahrtsstraße ab und beschleunige, obwohl urplötzlich Nebel aufkommt. Ist eben alles verdammt flach hier bis zur Autobahnauffahrt. Da wir nie einsilbig kommunizieren bei unseren Fahrten, ergänze ich, Dr. Iwein hätte sich auch diesmal nicht ausdrücklich für die Gäste interessiert. Soll heißen, fragt er. Nichts, sage ich. Er schreibt wie gehabt seine Berichte, und ich denke nicht, daß ihm jemand entgangen ist in den letzten zwei Wochen. Sie meinen, er weiß um die einzelnen Identitäten? Ich muß jetzt ein bißchen aufpassen, denn die Nebelschwaden werden urplötzlich selbst für die Scheinwerfer nahezu undurchdringlich. Ich mache das blaue Schild auch fast zu spät aus, biege noch rechtzeitig ab und kann ihm jetzt auch antworten. Bei zwei, drei Personen hat er wohl Bilder in

Auftrag gegeben und sie zur Identifizierung nach Bonn geschickt. Lachen Sie nicht, Harald. Sind nicht alle durch so eine Schule gegangen wie Sie. Er stiert auf die weiße Wand hinter der Scheibe. Ihnen ist nicht entgangen, wer das für ihn übernimmt. Der Gleiche wie beim letzten Mal. Mitte dreißig, eins achtzig, neunzig Kilo, Brille im Retro-Stil, Stirnglatze, trägt mit Vorliebe Tweed und drückt sich erbärmlich ungeschickt auf den Flughäfen herum. Vorgestern ist ihm vor Aufregung sein Smartphon aus der Hand gefallen. Hätte fast ausgeholfen beim Fotografieren. Er lacht, wenn auch nicht ganz ungezwungen. Ich danke Ihnen, sagt er, wir agieren ja alle unter Aufsicht. Da ist noch etwas, sage ich. Dr. Iwein hat seit heute Vormittag einen Dauergast. Habe ich hier noch nie gesehen. Er hat sich gerade meinem Blickwinkel entzogen, weil er in der Ecke lehnt, doch ich spüre, daß er ganz Ohr ist. Etwa fünfundvierzig, semmelblond, geradezu krankhaft blaß, ein Albino-Typ würde ich sagen. Sehr unhöflich, grüßt nicht, sehr von sich überzeugt. Einer von Fibius' Leuten, mutmaßt er. Eher nicht, sage ich. Auch keiner aus Dr. Iweins Behörde; die geben sich anders. Ich tippe auf Militärischen Abschirmdienst, Staatsschutz vielleicht irgendeine Brüsseler Behörde. Ausländer? Süddeutsche Mundart. Ganz leicht eingefärbt. Jetzt finde ich wieder seinen Blick. Hat nur zwei, drei Sätze von sich gegeben am Empfang, sage ich erklärend. Ich merke, daß es ihn beschäftigt. Und er bleibt stumm. Auf Iweins Besucher kann er sich im Moment keinen Reim machen. Er bricht einfach das Thema ab. Bloß keine Gedanken preisgeben. Auch er beherrscht das Handwerk. Iwein unterläuft das klassische Muster, und das verstimmt ihn. Der unbekannter Kontakt paßt nicht ins Bild. Es wird ihn zu schaffen machen, daß es ausgerechnet der Mann ist, den er sich beim Verfassungsschutz selbst ausgesucht hat, als es darum ging, einen offiziellen Aufpasser im Center zu installieren. Iwein ist zwar klug, jedoch ausrechenbar, seine Reaktionen absehbar. Bis jetzt. Selbst bei der Geschichte mit der Sobek hat er sich so verhalten, wie Bernstetter es erwartet hat. Nur das Verhalten ihres *lovers* hat er bestimmt nicht hinterfragt. Doch mich spricht er nur auf Iwein an. Creutz läßt er außen vor. Alte Faustregel, wie üblich: Jedem nur Teilinformationen zukommen lassen. Eigentlich will ich nicht glauben, daß Bernstetter als alter Fuchs nicht weiß, wo die feuchte Stelle im Apparat ist. Creutz ist unkonventionell, hat scheinbar keine Berührungsängste und gibt sich offen. Dabei ist gerade seine Offenheit die beste Tarnung. An seiner Vita scheint einiges jedenfalls nicht koscher. Diese Schalk-Golodkowski-Episode – laut Aktenlage sauber. Die beiden Gewährsleute merkwürdigerweise bereits verstorben. Ansonsten nur Papier … Schließlich diese World-Trade-Center-Geschichte. Die Blaupause für revidiertes Leben, wie bei einigen hundert anderen auch. Nur nachweisen kann man es ihm nicht. Und Bernststetter wacht eifersüchtig über ihn wie eine Ehefrau. Wo wollen wir abfahren, wende ich mich nach hinten. Bei dem Wetter sollten wir so weit wie … Moment, sagt er plötzlich. Drehen Sie bitte das Radio lauter. Vor lauter Konzentration auf das Fahren hatte ich kein Ohr für die Nachrichten. Er scheint aber doch nicht so vergrübelt zu sein, wie ich angenommen habe, denn er hat aufmerksam zugehört. … *hat der Vorsitzende der Landtagsfraktion, Dr. Julius Trautwein, im Rahmen seiner Anfrage das Aufgabenprofil der Roßbach-Centers, einer staatlich finanzierten überparteilichen Denkfabrik, ursprünglich gedacht als Beitrag zur europäischen Kulturförderung, hinsichtlich ihrer jetzigen Aktivitäten in Frage gestellt und gefordert …* Verdammt, sagt Bernstetter. Wieso kommen diese Hinterbänkler gerade jetzt damit auf den Plan? Und wer ist dieser Trautwein. Irgendwo habe ich den Namen schon gehört. Sie haben ihn gelesen, sage ich und kann mir das Gefühl innerer Befriedigung nicht verkneifen. Warum hört er nicht auf andere; wir können mehr als nur rapportieren. Was habe ich, fragt er. Gelesen. In Creutzens Akte – höchstwahrscheinlich, sage ich. Julius Trautwein ist sein Studienfreund gewesen. Ein bißchen kann er noch vertragen. Sie haben sich gerade getroffen. Im Center. Creutz und Trautwein. Will aber nichts besagen: Die Domstadt ist Trautweins Wahlkreis. Nun sucht er meinen Blick im Rückspiegel. Gleich zwei dubiose Besucher in ein paar Stunden. Das kann ihm nicht gefallen. Wenn er sich jetzt auf das Thema Creutz einläßt, dann hab ich ihn vielleicht. Aber er übt sich in rhetorischer Selbstversicherung. Was will diese Aufbruch-Partei denn aufbrechen, Herr Militz? Den Staat? Du liebes Lieschen! Das ist doch nicht die kleinkarierte DDR? Heute wird doch ein ganz anderes Spiel gepflegt. Politische Marionetten sind rasch ersetzbar. Na ja, sage ich etwas skeptisch. Wenn man sich ein Vierteljahrhundert nur mit Dealern und Knechten umgibt, dünnt die Personaldecke halt aus. Er läßt das nicht gelten, schüttelt den Kopf, murmelt etwas von „Lobbyisten" und ist in Gedanken wieder bei seinen beiden treulosen Adjutanten. Ist kein leichter Abend für ihn, denn es braucht eine Zeit, bis ihn die alte Lässigkeit wieder anfliegt. Ich bereue nicht, Sie damals eingestellt zu haben, Herr Miltitz, beginnt er, als wir die Autobahnfahrt hinter uns haben. Hätten Sie Lust, etwas mehr für mich im Center zu arbeiten? Seien Sie mir nicht böse, sage ich. Ich habe beim Finale schon mal auf der falschen Seite gestanden und habe in ein paar Monaten das Rentenalter erreicht. Ich fühle mich geehrt, aber –

nein, danke. Er stiert wieder in die Nacht und atmet hörbar aus. Bitte seien Sie aufrichtig; ich frage Sie auch aufgrund Ihrer Lebenserfahrung: Glauben Sie, daß unser Unternehmen nicht groß genug ist, auch internationale Politik zu thematisieren? Sie haben sich mit Zivilisten umgeben, sage ich vorsichtig tastend. Hätten wir straffe Strukturen, gäbe es weniger Unwägbarkeiten. So eine Denkfabrik ist letztlich nur eine Quasselbude. Verzeihung, Sie wollten eine ehrliche Antwort. Einige der Leute mögen konspirative Erfahrung haben und Kontakte mit wem auch immer, und ich kenne Ihre genauen Ziele ebenso wenig. Aber Sie haben aus Sicherheitsgründen auch den einen oder anderen Seiteneinsteiger ausgewählt für Ihr Team, und solche sind nie hundertprozentig ausrechenbar. Sie mögen Creutz nicht, stellt er fest, enthebt mich damit einer Antwort und versinkt scheinbar wieder in Gedanken.

Nach einer ungewohnten halben Stunde Schweigen sind wir fast am Ziel, und ich gebe ihm noch etwas mit auf den Weg. Gestern kam die Nachricht aus Berlin, daß mehrere Akten im Archiv der Kunstakademie durchgesehen wurden. Welche Akten, sagt er zerstreut. Zu Jacob Setzepfandt, sage ich. Er wirkt ungläubig und für seine Verhältnisse beinahe nachdenklich. Ach wirklich, sagt er, scheint aber keineswegs beunruhigt. Eher erstaunt. Sie wissen natürlich, welche Akten von wem dort durchgesehen wurden, Harald. Die siebziger Jahre, sage ich. Bis hin zu seiner Absetzung als Präsident und zu dem Hausarrest. Es war der alte Maler, dem Sie den Auftrag für das Bild im Vestibül gegeben haben. Anstandt. Ist natürlich davon auszugehen, daß er im Auftrag gehandelt hat. Soweit bekannt, unterhält er keinerlei frühere Kontakte. Er lächelt beinahe versonnen. Soweit bekannt, wiederholt er und sagt Danke, schaut ein wenig ungläubig und auch wieder spöttisch und deutet eine Art Neigung des Kopfes an. Solche alten Geschichten und so ein alter Mann. Und der hat sich auf die Reise zur Kunstakademie begeben. Er rafft Mantel und Tasche zusammen und steigt aus. Denken Sie, daß Berlin darin involviert ist? In seinen Augenwinkeln nistet aber doch etwas Besorgnis, registriere ich. Nicht anzunehmen. Das hätten sie billiger haben können. Er nickt, und wir gehen über den Parkplatz zur gläsernen Eingangstür, die als einzige Fläche an der Südfassade dieses Glaskastens angestrahlt wird. Ich schlafe in einem der Gästezimmer, teilt er mir überflüssigerweise mit. Schon die Klinke in der Hand und in Erwartung, daß der Sicherheitsdienst von innen die Tür entriegelt, feixt er mich an. Zweifellos haben Sie recht. Wer einen Neunzigjährigen von hier aus in Marsch setzt, um Altbestände durchschnüffeln zu lassen, gehört gewiß nicht zur Firma. Und ganz sicher nicht zum Team dieser – unmerkliches Räuspern - Frau. Anstandt ist als alter Parteisoldat und aufgrund seiner Vergangenheit sicher zugangsberechtigt. Dazu sitzt er hier in unserer unmittelbaren Nähe, in seinem Atelier in Großjena. Also kommt nur jemand aus unserem Haus in Frage, nicht? Schickt ihn von hier aus in die Spur. Unglaublich.Es sieht so aus, als käme er heute aus dem Kopfschütteln nicht mehr heraus. Der Summer ertönt, die Tür gibt nach und Bernstetter signalisiert mit der Hand, die Mantel und Tasche hält, dem Wachmann ein Dankeschön. Einen Neunzigjährigen, wiederholt er beinahe ungläubig. Da muß jemand sehr bestechende Argumente gehabt haben, Harald. Oder, und auch das Grinsen will nicht mehr weichen, sehr beeindruckend sein.

Was ist los mit Dir, Lena. Er ist beinahe wütend. Ich kenne diesen Punkt bei Leo, wenn Uninformiertheit ihn zornig werden läßt. Er möchte helfen, und ich will ihm die Samariterrolle beileibe nicht zugestehen. So bleibt ihm im Moment nichts anderes übrig als grimmig zwischen Schreibtisch, Sitzecke und Blumenkübel herumzutigern, den einen oder anderen unschuldigen Papierstoß in die Ablage zu knallen und schließlich am Panoramafenster angekommen mit den Fingern einen rasanten Wirbel zu trommeln. Achtung, verheißt dieses Trommeln, gleich platze ich, und dann, liebe Lena, kann ich für nichts mehr garantieren, dann werden keine Gefangenen gemacht, wenn mich, den weißen Ritter, der heiligen Zorn packt. Ich biete Dir meine Hilfe an, will lediglich verstehen, und Du läßt mich ins Leere laufen. Wo ich doch so gut helfen, verstehen und organisieren kann. Improvisieren, wenn's nötig ist. Ja, ja, mein Herzensschöner. Alles das beherrscht Du in Perfektion. Du kannst eine verfahrene Situation wippen, Du hast es drauf, die schlimmste Ausweglosigkeit als einen Sieg zu verkaufen. Wenn man Dich bloß läßt. Ach, Leo, hierfür, mein Liebster, bist Du einfach nicht zuständig. Ich hatte es ja selbst schon so tief begraben, daß ich es fast vergessen hatte. Und was soll es auch bringen, wenn Du davon weißt, wo ich selbst nicht mehr sicher bin, ob es nicht nur ein Albtraum aus längst vergangenen Tagen war. Überflüssig wie ein Kropf wäre dieses Wissen für Dich. Es spielt überhaupt keine Rolle mehr. Ich habe vor zig Jahren aufgehört, mich daran zu erinnern, weil es müßig ist, die Pasta in die Tube zurückbekommen zu wollen. Bin gestern bloß erschrocken, wie dieses Relais im Kopf doch so funktioniert nach der langen Zeit. Und diese ekelhafte

Nähe im Fahrstuhl. Alles war wieder da: Die Gerüche und der Schmerz, dieses furchtbare Minderwertigkeitsgefühl und die Scham. Was für ein Unsinn sind diese Erinnerungen, die doch gar nicht mehr mir gehören, sondern Teil eines fremden Menschen sind, der ich nicht mehr bin.

Bring mir bitte nicht die Vorlagen für die Vormittagssitzung durcheinander, sage ich stattdessen, als erstes sind die Chinesen dran, und die sprechen ausgezeichnet Englisch, so daß ihnen das *handout* genügt, um die einzelnen Punkte durchzugehen. *Handout*, artikuliert er verächtlich, denn er kann dieses Büro-Denglisch nicht ausstehen, und ich habe den richtigen Trick angewendet, um die Luft aus dem Kessel zu nehmen. Wenngleich ich mich jetzt noch ein bißchen anstrengen muß, damit er meine Gemütsverfassung endlich vergißt. Sag mal, Leo, diese Leute, die haben doch nicht ernsthaft etwas mit Kultur zu tun. Dem Russen würde ich das zur Not ja noch abkaufen, wenn er nicht so etwas von einem Sicherheitsbeamten an sich hätte. Aber der ältere Chinese dagegen, der gestern nur in dem kleinen Konferenzraum gesessen, ständig telefoniert und Börsenberichte verfolgt hat. Und der andere, dieser Kultur-Attaché, der die ganze Zeit mit seinem Laptop beschäftigt ist. Als er sich mal an mich wandte wegen irgendwelcher Mail-Eingänge habe ich gesehen, daß auf seinem Bildschirm auch nur Börsenindexe flimmerten... Er schaut schon wieder ganz freundlich und hört mit der Trommelei am Fenster auf. Hat Robert nie mit Dir darüber ausführlich gesprochen, fragt er und schlendert auf die Sitzgruppe zu. Hoppla, wenn er ihn Robert nennt und nicht Dr. Schlapphut-Wichtig, habe ich eine richtige Saite zum Klingen gebracht. Was ich weiß ist nur, daß die Kulturdinge, die man hier bespricht, von Bernstetters Haus finanzpolitisch begleitet werden. International. So steht es ja auch in etwa auf unserer Seite im Netz, sagt er und versucht, mir nicht ironisch in die Augen zu schauen. Doch funkelt es bei ihm schon wieder warm, und ich versuche, innerlich nicht hinzuschmelzen. Robert redet nie über die Arbeit, im Gegensatz zu einem gewissen Leonard Creutz. Aber der labert dafür nur allgemeines Zeug. Und bis vor etwa zwei Wochen hat mir das auch genügt, diesen ganzen Kulturkrimskrams zu dolmetschen und ab und an mal ein paar Ausländer auf Sightseeing-Tour zu begleiten. Du weißt, daß ich an mich halten kann, Hals über Kopf in jede Kirche zu stürzen, auch wenn ich Kunst liebe. Aber diese Leute, die sich seit Tagen hier die Klinke in die Hand geben und um die ein Aufhebens gemacht wird, obwohl jeder zweite Name von denen Incognito lautet, verstehe ich nicht. Und das habe ich auch irgendwie nicht verdient, mein Leo, der so gut brüllen kann. Und das, echot er, willst Du alles jetzt wissen, gerade jetzt, wo es Dir so dreckig geht. Es lenkt mich vielleicht ab, wenn ich ein bißchen besser nachvollziehen kann, wobei ich mittue, sagte ich ertappt und etwas trotzig. Ich kann auch mehr, als für alte Genossen den Köder spielen. Er fragt nicht, wovon ich abgelenkt sein möchte, beißt sich stattdessen auf die Lippe und starrt zum Fenster hinaus in die Saalelandschaft mit den Weinbergen nach Großjena hin zum Klingerberg und weiß im Moment wohl nicht, wie komprimiert der Vortrag nun auszufallen hat.

Hat Miltitz seinen Durchgang heute morgen auch hier gemacht, fragt er und meint die tägliche Kontrolle unserer Büros auf Abhörgeräte oder so etwas. Seit vier Wochen beginnt der Büroalltag nicht eher, bis dieser unangenehme Typ von der Fahrbereitschaft mit seinen technischen Gerätschaften hier durchgegangen ist. Hat alles passiert, pünktlich wie immer, sage ich. Glaube nicht, daß er Wanzen oder ähnliches in meinem Büro gefunden hat. Gefunden nicht, sagt er kaum hörbar in mein Ohr, gibt sich einen Ruck und erhebt sich. Komm! Wir machen einen kleinen Spaziergang. Die Luft draußen ist allemal besser als in diesem Aquarium. Wenn Miltitz morgen kommt, sag ihm doch bitte, daß die Air-Condition unbedingt repariert werden muß. Nicht zum Aushalten hier. Das finde ich zwar nicht, aber es klingt derart überzogen, daß ich verstehe, daß er nicht in diesem Raum weiterreden will. Für Technik hat sich Leo zudem noch nie interessiert, also sind es Vorbehalte gegen Bernstetters Kammerjäger, die er mit mir teilt. Aber was bedeutet: Gefunden nicht? Heißt daß, es ist etwas plaziert worden? In Bernstetters Auftrag? Doch was geht's mich an, ich hab mich um den Job nicht gerissen. Mag er das mit Robert ausmachen, wenn er meint, ich müsse von diesem Unsympath überwacht werden. Und ich schlucke den Unmut im Fahrstuhl herunter.

Draußen kündigt sich ein herrlicher Spätsommertag an. Schade nur, daß der an mir vorübergehen wird in unserem Glaskasten. Nehme ich mir also vor, die nicht geplante Pause besonders zu genießen. Wir schlagen den kleinen Feldweg zur Saale ein und schlendern, als ob Sonntag wäre. Meinst Du, Bernstetter läßt uns überwachen, Leo. Wer weiß, antwortet er und dämpft selbst hier unter freiem Himmel seine Lautstärke, daß meine Stimmung schon wieder futsch ist. Denn die Situation ist einfach surreal, weil seine Anspannung beim Reden nicht zu unserem Spaziergang in der Vormittagssonne passen will. Die Russen und die Chinesen arbeiten schon lange daran, den Dollar als Leitwährung zu ersetzen, beginnt er. Dazu bedarf es stabiler Zentralbankensysteme in den betreffenden Ländern, auch eigener Regularien zur Überwachung des Zahlungsverkehrs, will man das von den Amerikanern kontrollierte SWIFT-System umgehen. Er schaut mich prüfend an, wie ich reagiere. Das geht seit Jahren durch die Wirtschaftsmedien, erwidere ich gelangweilt. Dafür muß man aus diesem *think tank* für europäische Kulturpolitik doch kein konspiratives Banker-Nest machen. Nein, sagt er nun beinahe flüsternd. Dafür nicht. Unser Kulturklimbim, wie Du immer zu formulieren beliebst, liefert lediglich die Tarnung für Bernstetters Ambitionen, im großen Spiel mitzumachen, besser, es mit anschieben zu helfen. Offiziell machen wir in Kulturpolitik. Eine Camouflage. Anders operieren die meisten Denkfabriken weltweit auch nicht. Inoffiziell sind wir ein relativ unbeobachteter Ort in der tiefsten Provinz, wo die Emissäre derjenigen Staaten Gelegenheit haben, sich zwanglos zu versammeln für ihre Beratungen, die an der, nennen wir es geostrategischen Schwerpunktverschiebung Richtung Eurasien arbeiten. Informeller Austausch und flache Hierarchien, wie es so schön heißt. Russen, Chinesen, er senkt die Stimme, Israelis und wohl auch die Iraner versucht Bernstetter im gemeinsamen Gespräch zu halten. Alles gegen den Strich der sogenannten weltpolitischen Verlautbarungen betrieben. Berlin und Brüssel werden herausgehalten. Ich nehme an, daß ich ziemlich ungläubig aus der Wäsche gucke, denn er setzt hinzu: Das heißt, Bernstetter hofft das mehr als er wirklich glaubt, daß sie noch nichts wissen. So versuchen wir, immer einen halben Schritt Zeit zu gewinnen gegenüber den Regierungen und global agierenden Spekulanten. Darum spielen wir hier europäisches Subventionstheater einzig mit dem Ziel, es abzuschaffen. Dafür hat er mich ins Boot geholt. Einen ohne jede Beziehung zur Finanzwelt. Ein Kulturclown für die Nebelkerzen, die wir ständig setzen müssen.

Du, ein begnadeter Spötter vor dem Herrn, der sich über alles und jeden lustig macht? Der den Ruf hat, sich über alles und jeden lustig zu machen, präzisiert er. Und, ergänzt er nicht ohne Stolz, der über die nicht so häufig anzutreffende Fähigkeit verfügt, jedem so ziemlich alles anzudrehen, was in der Sonne glänzt. Oder damit wenigstens für genügend Ablenkung zu sorgen weiß. Gute Ideen gepaart mit Bluffer-Qualitäten sind rar, Prinzessin. Dafür hat Dich Bernstetter verpflichtet, sage ich und kann nicht verhindern, daß ich enttäuscht klinge. Ihn scheint es nicht zu stören. Dafür und für noch andere Taschenspielertricks. Manöver in der anhaltinischen Sandkiste, die den Schlapphüten kurzfristig Ereignisse vorgeben, mit deren Aufklärung sie eine Weile zu tun haben. Du gegen den Rest der Welt? Selbst mein Unglauben vermag ihn nicht zu erschüttern. Unser Plus besteht darin, daß wir weder auf Vorschriften noch auf Geschäftsgänge angewiesen sind. Wir sind völlig frei beim Improvisieren. Illegale Sachen, kriminelle Dinge? Und wer ist wir, frage ich. Du und Robert? Er schüttelt den Kopf. Ich habe ein paar Leute, die mir zur Hand gehen. Technische Mitarbeiter, wenn Du so willst. Die Nebelkerzen sind einzig meine und Bernstetters Angelegenheit. Mit Kriminalität hat es nichts zu tun, nur mit Täuschung und Desinformation. Auch wenn heute jeder Depp von *fake news* plappert und nicht weiß, was das eigentlich bedeutet. Ich will bloß hoffen, daß ich nicht auch nur ein Utensil in Deiner Trickkiste für den großen Anselm bin. Er schüttelt den Kopf und streicht mir sanft über die Wange. Bernstetters Bank soll als Supervisor fungieren beim Aufbau multilateraler finanzpolitischer Stabilitäten einer neuen Ordnung. Ihr meint aber auch das Land, sage ich nun doch etwas erschüttert, weil ich aus seinen volkshochschulreifen Monologen bei Tisch und im Bett immer herauszuhören glaubte, daß da ein zwar verbitterter Moralist schwafelt, aber eben ein Moralist und kein kalter Zyniker. Wie klug Du bist, Prinzessin, sagt er mit ehrlicher Bewunderung. Es geht hier um durchaus nationale Gegenbeiträge angesichts des international verordneten globalen Chaos. Wenn wir, also wenn Bernstetters Bank, eine der wichtigsten Schaltstellen im Rahmen dieser neuen Finanzordnung besetzen kann, wird Deutschland eine ausgezeichnete Chance haben, in der zukünftigen Europa-und Weltpolitik mehr als nur wie bisher die Rolle des Zahlmeisters zu spielen. Irgendwann muß dieses Dauer-Versailles ja mal ein Ende haben. Aber für so ein Projekt braucht man doch Hunderte von Leuten, die eingeweiht sein müssen, das rechnet doch Bernstetter nicht kurz vorm Schlafengehen am Nachttisch durch. Und was ich überhaupt nicht kapiere: Wie kannst ausgerechnet Du, der weder Bilanzen zu lesen versteht noch das Geringste vom Kapitalmarkt weiß, da mittun. Nicht mal Trinkgelder kannst Du richtig geben – immer zu viel. Na ja, ich bin eben von Natur aus großzügig, räumt er ein, um gleich wieder ernst zu werden, als er sieht, wie zornig ich bin. Eingeweiht hat Bernstetter kein halbes Dutzend Leute. Ich zum Beispiel stelle kein Risiko dar, weil ich keine blasse Ahnung von dem ganzen Finanzrummel habe, das siehst Du völlig richtig. Ich bin eigentlich ein Niemand. Irgendein Zwerg inmitten dieser Bankgiganten und Politmonster. Ich tauge nicht mal zum Alberich, der den Nibelungenhort bewacht und mehrt, ich bin bloß der Hofnarr, der die Tarnkappe reicht, damit Bernstetter in Ruhe seine Ränke schmieden kann, um es mal poetisch auf den Punkt zu bringen. Und er grinst in die Sonne.

Sprich nicht mit mir wie mit einer Idiotin, fahre ich ihn an. Ich will eine einfache Antwort. um zu verstehen, und Du fabulierst irgendwelchen Quatsch zusammen. Du sagst, Du hast mich lieb und kommst jetzt mit dieser Geschichte um die Ecke. So etwas bleibt doch nicht im kleinen Kreis verborgen. Glaub mir, Lena, sagt er fast bittend, die Leute, die Bernstetter in Frankfurt alle paar Tage mit neuen Zahlen füttert, damit sie Risiken und Prognosen berechnen, wissen nichts damit anzufangen. Für die sind das Programme und Zahlen, Wahrscheinlichkeitsrechnungen und anderes, worin sie keinen finanzpolitischen Zusammenhang ableiten können. Mathematiker, Banker, Prognostiker für wer weiß welche Kursbewegungen, Programmierer halt. Bernstetter und seine eingeweihten Leute, die er vor Ort hat, passen da auf. Aber das sind doch nicht alles Fachidioten, dem einen oder anderen wird doch irgendwann etwas auffallen, sie müssen doch konkrete Szenarien simulieren. Oder etwa nicht? Er kneift die Augen zusammen und legt mir den Arm auf die Schulter. Laß uns umkehren, wir haben noch eine halbe Stunde ehe das Rendezvous mit den Russen und Chinesen beim Chef beginnt. Und ich muß Dr. Schlapphut-Wichtig vorher noch ein bißchen füttern, damit er nicht auf dumme Gedanken kommt. Wieviel weiß er davon, frage ich. Nur einen kleinen Teil, sagt er. Nichts Grundsätzliches. Das ist Bernstetters Arbeitsprinzip. Jeder seiner Leute weiß etwas, aber nur einen kleinen Teil, womit er nichts anfangen kann. Ich bin bloß für die kulturelle Tarnkappe verantwortlich, seine Leute in Frankfurt, die ich auch nicht kenne, werkeln an der finanzpoli-

tischen Tarnkappe – von wegen einem plötzlich auftre-
tenden Anfall von politischer Intelligenz unter den Fachidioten in der Frankfurter Bank. Meine Laune ist endgültig im Keller. Tarnkappe hier, Tarnkappe dort – entschuldige bitte, aber kann es sein, daß ich gerade Zeuge eines
Anfalls von Unzurechnungsfähigkeit bin. Oder von Grö-
ßenwahn. Oder beidem? Ich frage mich ja seit Wochen,
wie Bernstetter und Du es miteinander halten, aber ich
wäre eher darauf verfallen, daß ihr ein spätes Liebespaar
seid, als in Euch die Retter einer neuen Weltwirtschaft zu
sehen. Es ist nicht zu glauben. Du erzählst hier eine ha-
nebüchene Story, die ich blödes Schaf einfach glauben…

Abrupt bleibt er stehen und hält mich an beiden Armen gepackt. So kann er zumindest eindringlich auf mich
einreden. Hoffentlich sieht uns niemand vom Institut hier
stehen. Ein Ehekrach könnte wohl nicht besser in Szene
gesetzt werden. Und er herrscht mich an, ich solle keinen
Stuß reden. Bernstetter hätte in den Siebzigern für den
Verfassungsschutz gearbeitet. Als finanzpolitischer Berater. Zielgebiet Ostdeutschland. Sie haben damals, noch
bevor Franz Josef Strauß der DDR-Regierung den Milliardenkredit offerierte, an einem Putsch gearbeitet, in den
führende ostdeutsche Intellektuelle einbezogen werden
sollten. Was glaubst Du, warum er dieses Center hier von
Berlin in den Schoß gelegt bekam? In dieser kurzen Zeit.
Warum er seine Leute ausnahmslos selbst aussuchen
kann? Warum keine abgehalfterten Parteichargen hier
rumfläzen? Darum schickst Du mich zu diesem alten
Kommunisten, pariere ich mit einer Gegenfrage, denn
nun platzt es auch aus mir heraus. Darum sollte mich als
Tochter dieses toten Funktionärs ausgeben? Was hast Du
gedacht, das die Suche in dem Berliner Archiv zutage
fördert? Bernstetters Sündenregister? Das dürfte doch in

Bonn liegen, oder bist Du dort nicht fündig geworden? Lena, bitte, sagt er und hebt besänftigend die Hände. Aber nun bin ich einmal in Fahrt, mein Herzensschöner, und Du sollst nicht denken, daß ich nicht auch schlußfolgern kann. Oder bist Du Dir bei Deinen Welteroberungsplänen mit dem großen Anselm Bernstetter doch nicht so sicher und suchst Belastungsmaterial, um Dich rückzuversichern? Ich bin so in Fahrt, daß ich einige Bruchteile von Sekunden benötige, ehe ich verarbeitet habe, wie er ganz einfach sagt: So ist es. Es wird daran liegen, daß ich von einem Augenblick zum anderen emotional in der Luft hänge, denn die Anspannung vermag ich nur mit Weinen zu lösen. So heule ich mich wie ein Schloßhund in seinen Armen aus, auch wenn ich mich dafür hasse, und fühle mich, seit wir in die Sonne getreten sind, trotzdem zum ersten Mal gut. Sein Streicheln in meinem Haar genieße ich, ebenso seine erschrockene Stimme als er sagt, er lüge mich nicht an. Und was Bernstetter betrifft, habe ihn das Leben gelehrt, gerade denjenigen zu mißtrauen, die einem viel Vertrauen entgegenbrächten. Sehr schmeichelhaft, sage ich wütend. Schönen Dank auch. Nein, nein, versucht er sich zu erklären. Nicht Du. Laß uns umkehren, wiederholt er. Ruh Dich etwas aus. Der kubanischen Attaché hat gefragt, ob Du mit Ihnen heute ihre Gesprächsrunde vorbereiten kannst, wegen der Papiere …

Es muß dieses unerwartete Gefühl der Geborgenheit sein, das mich die Kontrolle vergessen läßt, denn ich hören mich sagen, daß dieses Dreckschwein seine Vorbereitungen allein machen soll. Ich bin gleich wieder still, der Mund war nie geöffnet. Ihm hat es genügt. Wir stehen am Rande des Feldwegs, der Fluß glitzert durch die Pappeln, und die Sonne wärmt mir den Scheitel. Und ich wünsche mir, die Worte wären nicht gefallen. Vielleicht habe ich es mir eingebildet, vielleicht hat er gar nicht begriffen, was ich in meiner Heulerei von mir gegeben habe. Du sprichst jetzt, sagt er so ernst, wie ich ihn noch nie erlebt habe. Nicht einmal vorhin, als er vor mir die wirklichen Pläne dieses Centers ausgebreitet hat. Ich will ihm gar nichts sagen, aber es spricht aus mir, weil ich fühle, daß dies der einzige Platz auf der Welt ist, geborgen in seinen Armen, wo ich noch einmal darüber reden kann. Die Erinnerung an die Studentenbude in Woronesh vor so vielen Jahren ist wieder da. Es ist der Abend des Ersten Mai. Ich sitze mit Vera und Natascha, meinen russischen Zimmermitbewohnerinnen und den drei Südamerikanern auf dem alten Knüpfteppich im Kreis. Zwischen uns die leeren Flaschen, die Teller mit Gurken und Broten, und irgendwo aus der Ecke plärrt ein Plattenspieler. Ich weiß nicht mehr, wann ich am nächsten Morgen wach geworden bin, sage ich und meine Schläfen beginnen zu schmerzen, als hätte ich mit einem imaginären Kater zu kämpfen. Eines der Mädchen lag im Bett und schnarchte. Der Chilene war nicht zu sehen, Natascha, die Strebsame, war bestimmt schon in der Vorlesung. Die beiden Bolivianer waren wach. Der mit den schrägstehenden Augen, die mich den ganzen Abend angeschmachtet hatten, hatte sich einen Rest Wodka in eine unserer Keramiktassen gegossen. Ich spürte nur den Schmerz, merkte, daß ich als einzige Person nackt war. Der Hintern auf dem Gurkenteller, und die schrägstehenden Augen waren eine einzige Verachtung. Ich weiß nicht mehr, was ich gefragt habe. Nur was dieser Chico in seinem schlurfenden Spanisch sagte: Wenn Du ein Kind haben solltest, wundere Dich nicht, falls es so aussieht wie ich. Ob ich Kraft hatte zur Erwiderung, ob ich wirklich geschrien habe: Was hast Du getan ... oder etwas in der Art, ich weiß es nicht. Wir hatten auf die internationale Solidarität getrunken, ich hatte mich von diesem Che Guevara-Verschnitt anflöten lassen und bin vollkommen besoffen irgendwann gegen drei Uhr morgens eingepennt. Vielleicht habe ich mich wie eine Schlampe benommen, mein Leo, aber an diesem Abend gab es nicht einmal einen Kuß. Wir hatten nur Spaß, zuviel in der Krone und die Begeisterung für den antiimperialistischen Kampf in Südamerika. Ich war bestimmt zu laut, zu euphorisch, aber ich war nicht splitternackt, bevor ich eingeschlafen bin. Als ich mir irgendetwas umhing, vielleicht eine Decke, schaute er mich beinahe angewidert an, nur um sich mit den Worten zu verabschieden, die er gestern im Fahrstuhl gebrauchte, als ich gegen ich stieß: *Uno se acostumbra a todo*. Leo ist ganz still, kenne ich nicht von ihm. Er streichelt ganz sanft meine Wange. Was heißt das? Das ist eine Redewendung. Man gewöhnt sich an alles. Ich weiß nicht, wie lange er schweigt. Dann sagt er mit Blick auf den Fluß: Er ist Kubaner, kein Bolivianer. Bist Du Dir sicher, daß es sich um den Kerl von damals handelt? Leo, sagte ich mit bitterem Lachen. Selbst wenn ich nicht sprachbegabt wäre. Der Typ ist kein Kubaner. Sein Spanisch unterscheidet sich grundlegend von dem seines Chefs. Und, verzeih, so etwas vergißt eine Frau nicht.

Wir sind schon fast an unserem Glashaus, da bleibt er stehen. Paß auf, Prinzessin, sagt er gepreßt, aber mit Nachdruck, hält meinen Arm fest, und ich sehe, wie dunkel seine Augen sind. Folgendes wird passieren. Leo, nein, wehre ich ab. Das ist vergessen. Ich habe es längst, und Dich bitte ich lediglich darum, auch nicht mehr daran zu denken. Nie mehr. Ich will nur nicht mit dem Kerl allein in einem Raum sein. Übermorgen sind sie ja wieder weg. Er schaut mich an, als wolle er meinen Gefühls-haushalt taxieren. Leo, bitte, es ist vorbei... Unheimlich sacht legt er mir den Finger auf die Lippen, sicher zum Ergötzen des Wachmanns hinter dem Tresen. Lena, ich habe das absolut verstanden. Wir werden niemals mehr darüber sprechen. Und für Dein Vertrauen danke ich Dir, aber ich muß wissen, wen wir uns mit diesem Fidelito eingekauft haben. Er rüttelt mich ganz leicht, als müsse er mich aus irgendeiner Trance erlösen. Es ist ganz ein-fach, sagt er, blickt den Wolken nach und hat seinen Tüf-telblick aufgesetzt, wie ich es immer nenne. Wir haben Kubaner eingeladen, keine Bolivianer. Vielleicht hat er Karriere gemacht in den letzten Jahren, ist ein hohes Tier geworden in Havanna. Keine Sorge, wir kriegen das und sonst nichts heraus. Er lächelt, aber ich glaube ihm nicht, weil ich meine, seine Anspannung zu spüren. Wenn wir in Deinem Zimmer sind, sagt er und nickt dem Haustech-niker zu, der an uns vorübereilt, werde ich zwanglos das Gespräch auf die Kubaner bringen. Und Du sagst, daß er Dich an den Che Guevara aus Woronesh erinnert. Ja, daß er Dir schon einmal begegnet ist. Damals war er bolivia-nischen Austauschstudenten mit marxistischem Hinter-grund. Und dann erzählst Du mir eine ganz andere Ge-schichte.

Anselm Bernstetter (64)

Ich kann das gar nicht glauben, Herr Bernstetter, sagt dieses Loch in der Natur und blättert die Tischvorlagen, für die Creutz enorm viel Phantasie aufgebracht hat, flüchtig durch, um sie als kleinen Stapel exakt auf Kante zwischen uns zu drapieren. Es soll womöglich souverän aussehen, wirkt aber nur erbärmlich. Niemand in unserem Haus und – ich mag es kaum glauben, der Herr Staatssekretär verdreht sogar etwas die Augen – sie auch nicht. Mein Gott, dieses Schmierentheater, welches das Fernsehsehen allabendlich serviert, scheint diese Bande derart inkarniert zu haben, daß sie überhaupt keinen Abstand mehr zu ihrem Tun und Lassen haben. Eher Lassen. Ewig her, seitdem wir uns gesehen haben, Herr Dr. Fibius, sage ich und, daß ich auch einiges kaum glauben möchte. Zum Beispiel die obszöne Notwendigkeit dieses Blitzbesuchs. Also klären Sie mich bitte auf, was so dringlich ist, daß Sie mich quasi durch die Hintertür in aller Hergottsfrühe am Schreibtisch heimsuchen. Vielleicht klärt sich dann auch dieses vorgebrachte Berliner Unverständnis. Er sieht, daß ich alles andere als *amused* bin über sein Kommen, das mir Iwein vor fünf Minuten in geradezu unverschämter Weise untergejubelt hat. Ihn als Hintertür zu bezeichnen, ist noch das Netteste, was mir gerade einfällt. Soll er seine verschnarchten konspirativen Treffen mit Fibius durchziehen, wo und wann er will. Aber mich hat er damit zu verschonen. Und als wäre dies noch nicht genug, kommt er in Begleitung dieses Albinos, den Miltitz gestern ziemlich treffend beschrieben hat. Er bitte um Entschuldigung, aber gerade sei Staatssekretär Fibius in einer nicht aufschiebbaren Angelegenheit aus Berlin gekommen. Und da es, wie ihm bedeutet worden sei, um eine Frage der nationalen Sicherheit ginge, würde er im Auftrag des Generalbundesanwalts gern den ihn von Bonn avisierten Herrn Röschling vom Staatsschutz am Gespräch mit Herrn Fibius teilhaben lassen. Ich wundere mich nur noch, daß eine Vokabel wie national plötzlich wieder salonfähig zu sein scheint bei den Herrschaften und unterdrücke die Frage, seit wann er mit Bundesanwaltschaft und Staatsschutz derart schnelle

Absprachen trifft und sage ihm nur, daß mich diese Art anwidert. Nicht enttäuscht – anwidert. Bei all dem Stallgeruch, der ihm anhafte, solle er doch nicht jenes Mindestmaß an Loyalität vermissen lassen, daß er mir als seinem Chef schuldig sei. Seine Lider flattern immer noch ein wenig, jetzt, als er mir mit diesen Begleitern gegenüber Platz genommen hat. Sie fänden mich außerordentlich beschäftigt vor, eröffne ich. Darum wolle ich im Augenblick Abstand nehmen, weiter mein Befremden zu äußern, weshalb Kultusministerium und Staatsschutz im trauten Verein über meinen Verwaltungsdirektor zu solch ungewöhnlichem Stelldichein drängen und bitte also, auf weitere Präliminarien zu verzichten und sofort zum Punkt zu kommen. Unsere Zeit in dieser beschaulichen Menagerie ist begrenzt, meine Herren, gerade an diesem Wochenende, und wir müssen sie gut nutzen. Doch das alles, lieber Herr Staatssekretär, weiß auch Dr. Wohlleben, den ich gegen Mittag erwarte. Zudem ist unsere heutige Tagesordnung sehr eng gefaßt. Darf ich diese Tagesordnung vielleicht einsehen, wirft Fibius zaghaft ein, und da er mir gegenüber schon immer jegliches Selbstbewußtsein vermissen ließ, haftet auch dieser Bitte etwas Unterwürfiges an. Die hämische Bemerkung, ich dächte, er würde auch im Verteiler berücksichtigt, muß ich unbedingt anbringen. Denn wenn er meine Tagesordnung sehen will, geht es um die MAG-Scharade, wofür er mein Papier zum Abgleich möchte. Denkt er wirklich, ich hätte das gleiche Ding hier liegen wie sein Chef auf seinem Schreibtisch? Aber wenn Fibius als Erstes nach der Tagungsordnung fragt, heißt das, sie haben sich bereits auf Wohlleben eingeschossen. Darum jagen sie diesen Botengänger in aller Frühe hierher in die Provinz. In die Knochen muß es ihnen gefahren sein, so wie Creutz es vorausgesagt hatte. Sogar den Generalbundesanwalt haben sie hinzugezogen. Na, dann bitte. Ich händige ihm kommentarlos das Papier aus, trinke Kaffee und sehe, wie gierig er die Ordnungspunkte überfliegt. Kein MAG zu finden; ich sehe, daß es in ihm arbeitet, weil er mir nun den Grund seines Kommens darlegen muß. Also bitte, Herr Dr. Fibius, aus den Zahlen für Ihren Minister mögen Sie die Dringlichkeit Ihres Anliegens wohl nicht ableiten; Kalkulationen und Ausgaben bewegen sich in einem sehr moderaten Rahmen. Sie bekommen doch sicher auch regelmäßig über Herrn Iwein die Berichte. Einen weiteren Klaps für diesen Leisetreter, den ich mir nicht verkneifen kann. Und Iweins Lider werden heute wohl nicht mehr zur Ruhe kommen. Die Zahlen sind es nicht, Herr Bernstetter, sagt er, und seine Blässe, die sich der seines Bonner Begleiters annähert, ist schon erschreckend. Er deutet auf den Stapel Konzepte aus Creutzens Reich der kulturellen Phantasie und schüttelt bekümmert sein im Dienst ergrautes Haupt. Das ist alles in Ordnung, Ihre Arbeiten mit den europäischen Kontaktleuten und den Asiaten finden großen Anklang. Ich sehe, wie er sich immer noch windet, denke, daß ihnen allen in Berlin die Finte mit der MAG auf den Magen geschlagen sein muß. Das freut uns natürlich, Herr Staatssekretär, sage ich und versuche, Ungeduld in die Stimme zu legen, aber was verstehen Sie und auch die Dame dann nicht, wo doch Herrn Dr. Wohllebens Haus, das ja auch Ihr Haus ist, seit Anfang an für alle inhaltlichen Belange, welche die kulturpolitischen Aktivitäten des Roßbach-Center betreffen, mitzeichnet. Sein Gesicht ist ein einziges Fragezeichen. An solch eine Blickleere kommt nach meiner Erinnerung lediglich die Molluske heran. Aber Sie wissen es noch nicht, sagt er mit brüchiger Stimme, und sein Blick schweift unstet im Büro herum, als suche er etwas. Es kam bereits in den Morgennachrichten. Winfried Wohlleben ist tot. Und er schaut hilfesuchend zu Iwein. Den Staatsschutz-Typ, der jede meiner Gesten aufsaugt, läßt er aus. Also kennen die sich nicht. Dann schaut er zu mir. Nur wird er aus meiner Miene bestimmt keine Unterstützung herauslesen. Tot, wiederhole ich durchaus überrascht und unterdrücke die Nachfrage, denn er wird die Antwort gleich nachliefern. Auf der Rückreise von Rußland. Er hat noch einen Zwischenstop in Warschau eingelegt und wollte gestern Abend in Berlin ankommen. Herzversagen, haben die Ärzte festgestellt. Dann ist er unterwegs gestorben, frage ich. Unterwegs, sagt Fibius und reicht mir mechanisch das Tagungsprogramm zurück. Sie haben Herrn Wohlleben für heute erwartet, nicht wahr? Er wollte an einem Rundtischgespräch hier im Roßbach-Center teilnehmen. Wie ich schon sagte, bekräftige ich. Schrecklich. Dr. Wohlleben behielt sich immer vor, bei dem einen oder anderen Symposium dabei zu sein und ab und an Vier-Augen-Gespräche für sein Ministerium zu führen. Wir fanden das ganz praktisch. Schon aus Zeitgründen, und es gab nie einen Dissenz, erläutere ich. Er war immer mit viel Herzblut dabei. Verzeihung, besinne ich mich, das war etwas unpassend. Fibius schaut mich zweifelnd an; zwar hat mich Wohllebens plötzlicher Tod getroffen, aber eine Trauer-Revue abzuziehen, erschiene gegenüber Iwein und diesem Staatsschützer nicht ratsam. Dafür sind beide schon durch die Arbeit bei ihren Diensten zu abgebrüht. So bleibe ich dezent erschüttert und geschäftsmäßig unterkühlt, als er mir ein weiteres Blatt reicht mit der Bemerkung, dies sei Wohllebens Tagungsprogramm und ob ich es mit meinem vergleichen wolle. Auf mein gespieltes Unverständnis hin zeigt er mir die inkriminierte Stelle mit dem MAG-Kürzel. Und spult alles das ab, was ich mit Creutz in den letzten Wochen auf den Weg gebracht habe. Die Prognosen für die Börsengänge und die kryptischen E-Mails. Natürlich gibt es keine Rückverfolgung zu uns. Nur Mutmaßungen, Verdachtsmomente, Verunsicherung. Armer Wohlleben, wer hätte das gedacht. Denn es sieht ganz manierlich aus für ein derart dämliches Täuschungsmanöver. Da mußten einige Hintern einige Zeit auf ihre weichen Sessel verzichten. Und wir haben dadurch etwas Zeit gewonnen, vor allem mit den Chinesen. Und jetzt wird das Irrlicht entsorgt. So lehne ich mich – die Ruhe selbst – zurück, verziehe etwas mokant die Mundwinkel und sehe sie etwas ungläubig an. Etwas sehr spektakulär, meine Herren, sage ich an alle drei gewandt. Sind Sie überhaupt nicht auf den Gedanken gekommen, daß Sie jemand mit dieser Sache – Mitteldeutsches Autonomes Gebiet, richtig? – gefoppt hat. Vielmehr, die Arbeit des Centers in Mißkredit bringen will? Da werden von hier bis Übersee Scharen von Wirtschaftsanwälten gegen unser Frankfurter Haus und seine Tochtergesellschaften in Marsch gesetzt mit Unterlassungsklagen, exorbitanten Forderungen, Verleumdungen aufgrund falscher Zeugnisse. Und Sie ziehen das nicht einmal in Betracht? Warum sollten sie nicht auch einmal gegen diese kleine Denkfabrik, quasi unser jüngstes Produkt, vorgehen. Ich möchte mich nicht bedeutender darstellen, als ich bin. Aber Sie wissen schon, daß mir die zweifelhafte Ehre zufällt, zum einen der bestgehaßten Männer der internationalen Bankenwelt avanciert zu sein seit meiner Davoser Rede zur Entschuldung der Dritten Welt. Jede meiner Unternehmungen wird seitdem mißtrauisch beäugt und verzeichnend kommentiert. Haben Sie in dieser Richtung überhaupt ermittelt, wende ich mich an diesen Röschling. Sie haben recht, sagt er und nickt gemessen wie einer, der sich zu jeder Zeit die Absolution selbst erteilt. Selbstverständlich haben wir auch daran gedacht, Herr Bernstetter. Und bestimmt hätten wir es in ein paar Tagen, wenn wir die Möglichkeit gehabt hätten, uns mit Minister Wohlleben zu unterhalten, zu den Akten gelegt. Es ist nicht strafbar, Wirtschaftsprognosen in Auftrag zu geben, sagt er beinahe entschuldigend. Doch ist es etwas anderes, diese in einen unmißverständlich diskriminierenden Kontext zu stellen, kontere ich scharf. Und sei der auch noch so dümmlich. Noch eine Woche, denke ich dabei. Vielleicht zwei wären sie mit Wohlleben beschäftigt gewesen, wenn er nicht gestorben wäre. Die könnten wir gut gebrauchen. Zudem, sage ich laut, will mir überhaupt nicht einleuchten, daß einem – zugegeben osteuropa-affinem – Kulturpolitiker wirtschaftspolitische Partisanenmethoden unterstellt werden. Ja, ja, sagt Röschling und lächelt ein wenig aasig. Das fragen wir uns natürlich auch. Und da ist noch etwas, was der Klärung bedarf, Herr Bernstetter, fährt er fort. Wie wir erfahren haben, wurden angeblich in Minister Wohllebens Auftrag in einem Berliner Archiv Recherchen durchgeführt, die in durchaus kompromittierender Absicht erfolgt sind. Kompromittierend für wen, frage ich, wiederum für mich? Wie man es nimmt, sagt er, und ich bin ganz Ohr, als er mir eröffnet, Anstandt habe eine Datei mit dem Betreff *Rosenholz* an eine meiner Frankfurter E-Mail-Adressen versendet. Gestern Nacht war ich mir meiner Einschätzung sicher. *Cherchez la femme!* Aber nun: Wohlleben, dieses rheinische Weinfaß als Strippenzieher im Geheimdienstgeschäft? Als ich, hoffentlich lautstark genug, erkläre, daß ich nun genug habe von solchem Unsinn wie Mitteldeutsche Sezession und Stasi-Versand, bittet Röschling lediglich um Verzeihung und verweist auf meinen Verwaltungsdirektor.

Denn dieser wäre nicht nur Zeuge bei der Einvernahme des Anstandt gewesen, er hätte auch den elektronischen Versandweg festgestellt. Ich erhebe mich, fange Iweins unsteten Blick auf, und betone lautstark mit dem besten Gewissen der Welt, daß ich ebenso wenig vom Versand einer Stasi-Datei wisse wie von einem bevorstehenden Abfall einiger ostdeutscher Bundesländer, womit sie es belassen müßten, denn auf mich warte ernsthafte Arbeit. Zwar wüßte ich zu gern, was diese ominöse Datei enthält, aber diese Frage wäre ein Fehler. Ich will die drei heiligen Könige einfach ihrem Schicksal überlassen, sehe über die Schulter noch Iweins bedauerndes Gestikulieren wegen der Unhöflichkeit seines Chefs und weiß, wer mir Auskunft über diese Datei geben wird, da erhebt sich Röschling ebenfalls und bittet um einen Augenblick Geduld. Die grobe Erwiderung bleibt mit im Hals stecken, als sich im Gehirn realisiert, was er gerade sagt. Herr Anstandt hat uns gegenüber zwar vorgegeben, daß er in Herrn Wohllebens Auftrag nach alten Entwürfen gesucht hat, die er im Auftrag eines ehemaligen Akademiepräsidenten anfertigte. Aber dann ist mir aufgefallen, daß Sie in den siebziger Jahren im Rahmen ihrer damaligen Bonner Tätigkeit mit jenem Akademiepräsidenten an einem Projekt gearbeitet haben, das finanzpolitischen Charakter trug, Herr Bernstetter. Und eine durchaus staatspolitische Dimension enthielt. Genau gesagt, von West-Berlin aus. Er schaut etwas unschlüssig von mir zu Fibius und Iwein und sagt dann wieder zu mir gewandt: Wenn Sie mir vielleicht noch ein wenig Ihrer Zeit für ein Vier-Augen-Gespräch zugestehen wollen. Lediglich zehn Minuten. Ich hätte wirklich nur ein, zwei Fragen zu der alten Sache. Und da ich einfach nicht in der Lage bin, irgendeine Geste zu signalisieren, sagt er, nun fast behutsam: Zur Akte Setzepfandt.

Beinahe spöttisch in einer sehr unnachahmlichen Art quittiert er die Frage, die ich ihm zwischen zwei Zügen stelle: Ob man hier einen Moment ungestört sein könne. Ich nehme nicht an, daß dieses Interesse mich zu Hoffnungen berechtigt, entgegnet er. Ungestört bedeutet doch sicher ungehört, nicht? Richtig geraten, sage ich, und begleite dies wenigstens mit einem Lächeln. Er steht inmitten eines Provisoriums von Raucherecke, schaut sich theatralisch um und dann auf seine Uhr, um lapidar festzustellen: Hier jedenfalls nicht, Judith. Wir haben eine knappe halbe Stunde, ehe unsere Leistungsträger zu Ende konferiert haben werden und sie uns sicher wieder irgendwie benötigen. Ob das genüge. Fünfzehn Minuten, sage ich. Unter diesen Voraussetzungen würde ich Sie in den zweiten Stock entführen. Nicht, daß uns der russische Casanova noch in die Quere kommt. Seine Chefs sitzen bis gegen zwei mit den Chinesen. Und ich weiß nicht, wo Towaritsch Jurkewitsch herumstreicht, voll Sehnsucht nach den schönsten Augen des Heiligen Landes. Nun drosseln Sie mal den Lobgesang, Sie Panegyriker vor dem Herrn, sage ich. Er gluckst vergnügt ob solcher Ausdrucksweise. Und ich bewundere ihn für seine Gabe, aus jeder Belanglosigkeit einen Auftritt zu zelebrieren. Heute ist Samstag, sagt er, fast alle Mitarbeiter von der Verwaltungsetage haben frei. Es gibt da einen Technikraum, wo es möglich ist, ein Störsignal auszulösen. Störsignal? Technikraum? Ich muß mir das Lachen verkneifen, denn ihm ist es fast peinlich. Ich habe mir das von einem der Haustechniker zeigen lassen. Das gehört zur Grundausstattung für die Sitzungsräume. Dann entführen Sie, sage ich und drücke die Zigarette aus. Ich mag ihn, und Ari hätte mich nicht so drängen müssen, daß ich mich um ihn kümmern soll. Wir bräuchten Bernstetter. Mit den anderen Vorständen könne man ja kaum über Grundsätzliches reden, so unbedarft seien die in ihrer Arroganz. Noch dazu ein Großteil Nichtdeutsche, denen es egal ist, auf welchem Platz des Globus sie ihre Boni quittieren. Bernstetter mit seinen Plänen ist für Israel ein Glücksfall, Judith. Ari ist Idealist. Ein wenig so wie Bernstetter. Ein Nationalromantiker an den Schalthebeln der israelischen Zentralbank. Seine Eltern müssen sich schon bei seiner Geburt sicher gewesen sein, daß er sein Land über alles stellen würde. Damals hätten sie Ariel Scharon fast angebetet, hat er mal erzählt, Für sie war Arik der wiedergeborene König David. Und sein Namensvetter scheint in seinem Laden ebenso durchzugreifen, wie der Held so ziemlich aller jüdischen Offensiven der Neuzeit. Wenn es sein muß, würde Ari notfalls mit der gleichen Insubordination auf Kurs gehen wie der General. Einer wie Ari würde niemals ein finanzpolitisches Masada akzeptieren, egal wie es mit Bernstetter ausgehen wird. Mit knapp Fünfzig eigentlich unwahrscheinlich jung für den Posten. Konservativer als seine Partei, in der er gefürchtet ist, und dabei erklärter Sprecher des säkularisierten Flügels in seiner Vorstandsetage. Als die Ultraorthodoxen begannen, die Frauenporträts auf den neuen Geldscheinen zu verstümmeln, um beim Bezahlen keine Weiber ansehen zu müssen, ist er bis zum Ministerpräsidenten gegangen. Ich bin mir nicht sicher, wie oft er wegen seiner Zusammenkünfte mit Bernstetter diese Tour schon auf sich genommen hat. Ohne Rückendeckung ist das, was er hier vorantreibt, auch für einen Mann wie ihn kaum denkbar.

Inzwischen betreten wir eine Art Abstellraum für die Haustechnik, und ich stelle fest, daß das meine Erwartungen um Größenordnungen übertrifft. Leonard schließt die Tür, und der Charme dieses fensterlosen Raumes, vollgestellt mit überfüllten Regalen, drückt meine Stimmung regelrecht nieder. Weiß der Himmel, für welche Rechner, Server oder irgendeinen technischen Krempel diese Abstellkammer reserviert ist. Klaustrophobisch sollte man jedenfalls nicht veranlagt sein. Er fummelt an einem der hinteren Geräte herum, ein Monitor flimmert auf und zeigt eine Kurve mit Zahlen an. Scheinbar darüber zufrieden, deutet er noch einmal entschuldigend auf die Umgebung. Hier könnten wir wenigstens reden. Ich verbeiße mir die Bemerkung, daß einem hier durchaus das Wort im Halse stecken bleibt, weil ich sehe, wie stolz er auf seine technische Vorsorge ist. Sind Sie sicher? Ich höre nichts, kein Signal. Vielleicht hat der Techniker nicht richtig verstanden, was Sie wollten. Es hat mit der Frequenz der Sprechstimmen zu tun, gibt er etwas verärgert Auskunft. Wir können unbesorgt reden. Hui, ist er empfindlich. So ein freundlicher Zyniker, aber so sensibel. Benutzen Sie das gleiche Verfahren für den kleinen Konferenzraum, wo heute getagt wird? Ich habe Ari und seine beiden Kollegen zwar mit etwas Ähnlichem ausgestattet, das in jede Tasche paßt, und Bernstetter und die anderen Teilnehmer werden auch Vorsorge getroffen haben. Aber es ist gut zu wissen, daß die Deutschen die gemeinsamen Runden auch zentral abschirmen. So lege ich noch etwas beim Lächeln zu, denn für einen Seiteneinsteiger macht er einen guten Job. Die Tür ist zu, und ich kann mir nicht helfen, ich mochte ihn von dem Augenblick an, wo er uns begrüßt hat. Es ist die Chemie, die stimmt, denn ich habe seine Augen gesehen. Warme Augen, die Melancholie gut abgeschirmt vor fremden Blicken. Ein bißchen Körperkontakt kann nie schaden, denn ich bin mir sicher, daß er es nicht als Aufforderung interpretiert. Er schaut denn auch ein wenig unglücklich auf meine Hand, die seine ergreift. Denn er möchte schon. So gehe ich ganz nah an sein Ohr und flüstere, Signal hin oder her: Kommen Sie Ihrem Chef jetzt nicht in die Quere. Nicht jetzt. Er ist zu wichtig für uns alle. Sieh an, er scheint durchaus einen ausgeprägten Sinn für Balance zu haben, denn er reibt seine Wange an mir, der Frechdachs. Dabei fährt er aber die zurückhaltende Tour, denn seine Intimität wirkt eher wie ein Nasenstüber unter Eskimos. Warum bin ich seinem Ohr auch so unstatthaft nahe gekommen. Das tue ich nicht, sagt er tonlos und zieht meinen Duft ein. Eine Frühlingsreminiszenz. Sehr blumig. Ich hab mir sagen lassen, daß frühmorgens die Wüste blüht. Vielen Dank, sage ich. Mit der orientalischen Metaphorik ist es aber bei Ihnen heute wirklich nicht weit herbei, Sie Lawrence von Arabien. Falsche Assoziation Ihrerseits, grinst er, und drückt nun doch meine Hand, die noch in der seinen liegt. Verzeihen Sie bitte. So war es nicht gemeint, und er drückt mir seine Lippen auf die Schläfe. Ich bin ja nicht schwul. Nein, bestimmt nicht, murmele ich. Sie sammeln Informationen. Über ihn und gerade jetzt. Er schaut mich sanft an und versucht, weil er weiß, daß Leugnen sinnlos ist, den Ernst des Vorwurfs zu entkräften. Nur eine Rückversicherung. Nun beherrsche ich den sanften Augenaufschlag auch ganz gut. Das nennen Sie Rückversicherung, sage ich und strahle ihn in diesem Halbdunkel zwischen Blechgehäusen und Kabelbäumen an, denn er soll nicht merken, daß ich mir keinen Reim auf diese Antwort machen kann. Wozu benötigt er Informationen über Bernstetter. Er müßte doch alles bekommen haben, damals unmittelbar vor dem 11. September in Manhattan. Von den Amerikanern. Alle Informationen über Setzepfandts stasidurchsetzte Reformpartei. Und über das Setzepfandt-Projekt, das Bernstetter quasi geleitet hat. In den Siebzigern von West-Berlin aus. Hat doch alle Welt kolportiert, daß in der Filiale, welche die CIA in den Twin Towers unterhielt, alles kurz vor dem Kollaps der Türme abgeholt worden ist. Von einem deutschen Kurier. Unterlagen. Legitimationen waren dann keine mehr da. Eine deutsche Quelle, glaube ich, hieß es, habe den Verbleib des Materials einem ehemaligen Mitarbeiter der Stasitruppe von der Kommerziellen Koordinierung zugeordnet. Von den drei Namen, die damals gehandelt wurden, war einer Creutz. Oder aber … Ich zwinge die Gedanken in die richtige Bahn, und es wird mir plötzlich klar, daß Leonards Spielernatur für jeden Dienst ein Restrisiko bedeuten muß. Diese Mischung von Moral und Bluff in einem kommt so selten vor, daß da keine psychologischen Fallbeispiele weiterhelfen. Dabei ein Amateur. Das kann nützlich sein, weil sie für jede Seite nicht gänzlich ausrechenbar sind. Oft von Emotionen und affirmativen Verhaltensweisen bestimmt. Aber bei Joungleuren und Roßtäuschern bleibt immer ein unkalkuliertes Restrisiko. Das ist so wie bei einem Doppelagenten mit dem Hang zur Selbstverleugnung. Verstecktes Ego. Ein Dorftrottel, der alle narrt. Mir persönlich sympathisch, weil sogar ein wenig dem jüdischen Humor verwandt. Ich ziehe also seinen Kopf zu mir heran, was ihn schwer atmen läßt, gebe den tiefen Blick zurück und lächele so verliebt, wie ich nur kann. *The falling towers* …, sage ich fast tonlos. Ja, erwidert er mühsam. Sie waren niemals dort, Leonard, sage ich und gebe ihn frei.

Jedenfalls nicht an jenem 11. September. Folglich verfügen Sie über diese Informationen nicht, wenn auch alle Welt das Gegenteil annimmt. Wir halten beide Vorsicht für die Mutter der Porzellankiste und vertrauen dem Störsender doch nicht so recht, denn auch er vermeidet konkrete Formulierungen. So sagt er bloß: Alle Welt? Ich will nicht so sein, denn er ist ein netter Kerl mit dem Potential, in so ziemlich jeder Firma Karriere zu machen. So viel wir wissen, sage ich, nehmen das alle an, die berufsmäßig damit zu tun hatten. Es wird ihn doch stolz machen, denn neben Ost- und Westdeutschland waren damals auch KGB und CIA aufmerksam geworden. Für unsere Leute waren diese Informationen nur Abfallprodukte. Israel war in den Siebzigern so mit sich beschäftigt, daß es ziemlich uninteressant war, einen regional geplanten Umsturzversuch unter deutschen Intellektuellen zu beobachten. Erst als es hieß, Langley hätte Informationen über eine ostdeutsche Reformpartei durchgestochen, die ein einziges Stasisammelsurium gewesen sei. Denn einige dieser Leute säßen nun recht zentral in der Regierungspartei des neuen Deutschland. Und dieses Material befände sich merkwürdigerweise in Privathand. Ein Bürgerrechtler hieß es anfangs, später ein ostdeutscher Überläufer. Irgendwann sind sie dann auf die Kommerzielle Koordinierung gekommen. Und irgendwann ist es dann still geworden um die Sache, denn der letzte, den sie in Verdacht hatten, kam bei einem Verkehrsunfall auf einem Zebrastreifen in einem Schweizer Kurort um. Ein kalter Fall. Setzepfandt hatte längst das Zeitliche gesegnet, Bernstetter war zum Vorstandsvorsitzenden des größten deutschen Bankhauses aufgestiegen. Und als er anfängt, wieder in Politik zu machen, taucht Leonard Creutz auf. Unauffällig in der zweiten Reihe agierend, dabei stets alle Erwartungen unterlaufend.

Was wollen Sie von ihm, antworte ich mit einer Gegenfrage. Er streicht, und es kommt mir vor wie eine Abschlußgeste unseres konspirativen, beinahe erotischen Kammerspiels, eine Haarsträhne aus meiner Stirn, und da ist es wieder, dieses leise spöttische Lächeln. Sie überschätzen mich, Judith. Ich möchte mich nur absichern. Wirklich. Und ich weiß nichts von einer Datei. Verraten Sie es mir? Tut mir leid, sage ich. Vielleicht fragen Sie die hiesige Nummer Zwei. Und vermeide es, Iweins Namen zu nennen. Oder sind Sie das? Ach nein, sicher nicht. Sie sind keine Nummer. Auch kein *sidekick* Ihres Chefs. Sie sind eines der sympathischsten Schlitzohren, die ich kenne. Er lächelt und dankt. Und ich denke insgeheim, hoffentlich, mein Freund, arbeitest Du nicht auf eigene Rechnung. Denn das würde Dir den Hals brechen. Wissen Sie, sage ich, denn das wenigstens bin ich ihm schuldig mit meiner kleinen Anmache. Sie haben so einen offenen und dabei doch alles in Frage stellenden Blick. Der disqualifiziert Sie eigentlich für jedes Bewerbungsgespräch. Wie haben Sie es bloß geschafft, alle diese Leute um den Finger zu wickeln. Er weiß, daß ich nicht nur Bernstetter und die Bonner Behörden meine, die ihn durchleuchtet haben. Auch seine Ansprechpartner, die er in New York gehabt haben muß. Denn der Kontaktmann für die Amerikaner – Twin towers hin oder her - war zweifelsohne er damals. Ich würde gern sehen, wie Sie vor dem Mauerfall ausschauten. Inwieweit Sie die dreißig Jahre verändert haben. Bedauere, sagt er. Ich besitze keine Bilder. Nur Erinnerungen.

Robert Iwein (57)

Verschonen Sie mich mit Ihrem Ossi-Gehabe, Creutz, sage ich. Mag sein, daß ich emotional nicht so beteiligt herüberkomme wie manch einer dieser verspäteten Entwicklungshelfer zwischen Elbe und Oder. Oder Neiße, unterbricht er, und ich benötige einen Moment, um mich wieder zu sammeln. Meinetwegen, sage ich. Er ist ja weidlich bekannt dafür, einen mit Albernheiten aus dem Konzept zu bringen. Und sofort stellt sich wieder diese Müdigkeit ein, was immer dann geschieht, wenn ich mit ihm derart fruchtlose Diskussionen zu führen habe. Sie kommen zu mir, ausgerechnet zu mir und wollen Klartext reden. Dann müßten Sie allerdings etwas entgegenkommender sein und nicht ständig den überlegenen Schnösel herauskehren, nicht wahr. Er legt die Stirn in Falten und stößt sich von dem Aktenschrank ab, an dem er lehnte. Ihr Fehler, Doktor, sie sind immer so bierernst, hinterfragen jede Geste Ihres Gegenübers. Ist langweilig, sage ich, schon klar. Das gehört jedoch zu meinem Beruf, und ich versuche, mich wieder den Unterlagen auf meinem Schreibtisch zu widmen, denn ich weiß wirklich nicht, wohin das führen soll. Sie sollten sich etwas mehr Spaß gönnen, setzt er nochmals an. Ich mag es nicht, wie er sich dabei auf die Schreibtischplatte stützt, den Oberkörper knapp über den Akten, mich leicht von oben musternd. Mensch, Iwein, wir sind doch beide im Dienst an der deutschen Einheit ergraut. Wir sind beinahe ein Jahrgang. Sie scheinen eine etwas perverse Vorstellung von Ihrem eigenen Lebenslauf zu pflegen, entgegne ich. Es sei denn, Sie verwechseln die Grauzonen, in denen Sie sich bewegen und bewegt haben, mit Ihrer aktuellen Haarfarbe. Durch den Kakao ziehen lasse ich mich von

so einem nicht. Aber diesmal will er keine Witzchen machen. Er feixt nicht einmal über die grobe Entgegnung.
Grauzonen – und das von Ihnen. Ich bitte Sie, sagt er. Nur
diese eine Auskunft. Wohlleben ist tot, und vielleicht
sind wir alle nicht ganz unschuldig daran. Wir alle? Das
dicke Fragezeichen steht wie eine Kampfansage im
Raum; ich habe es ihm förmlich entgegengespien. Was
gehen mich plötzlich seine und Bernstetters Kungeleien
mit diesem faulen Sack an, den es nur etwas vor der Zeit
getroffen hat. Fibius war nie eingeweiht, von Wohlleben
ist nie auch nur ein Wort gekommen, was er mit denen
hier gesponnen hat. *Osteuropäische Kulturerweiterung* –
da lachen ja die Hühner. Was habe ich Bernstetter meine
Hilfe angetragen. Fibius befand er nicht mal eines Ge-
sprächs würdig, dem Lachsack Wohlleben konnte er ja
viel besser das Geld aus dem Kreuz leiern. Nun hat er
ausgelacht. Und überhaupt: Die letzten Wochen kann ich
nicht beiseiteschieben. Dafür hat es zu weh getan. Sicher,
Lena kann treiben, was sie mag und mit wem sie es will.
Aber mit diesem Clown... Daß das auch ein Seitenhieb
auf unsere Beziehung war, hatte ich schon verstanden.
Wenn ich auch nicht so verkaspert bin wie dieser Gauner.
Never fuck in the same office. Creutz in seiner Selbstge-
nügsamkeit scheint gar nicht auf die Idee zu kommen,
wie demütigend seine bloße Anwesenheit für mich ist. Er
wirft sich denn auch in den nächstbesten Sessel, wirkt
aber genervt, weil ich ihn auflaufen lasse. Was hat er sich
vorgestellt. Läßt mich mit seinen Aktionen, die er mit
Bernstetter spinnt, völlig außen vor, lästert bei jeder Gelegenheit über meine Arbeit, spannt mir die Frau aus und
will mich jetzt noch anzapfen. Arschloch. Hören Sie, Robert, sagt er, und ich registriere, wie seine Intimitätskurve
ansteigt. Doktor – Iwein – Robert. Was schlägt er als
nächstes vor. Blutsbrüderschaft? Lassen Sie's. Warum

sollte ich Ihnen entgegenkommen? Jetzt, auf einmal, nur weil Sie mich plötzlich brauchen können? Fragen Sie Bernstetter. Der wird Ihnen sagen, was so brisant an dieser Bilddatei ist, - Pause - Leo. Das hat gesessen. Er zuckt sogar zusammen, daß ich Lenas Anrede für ihn kenne. Eigentlich habe ich eine Reaktion wie „alter Spitzel" oder so etwas erwartet. Aber nichts dergleichen geschieht. Er schüttelt nur den Kopf. Es geht doch nicht um Bernstetter und seine Geschäfte. Sie wissen genau, daß Wohlleben mit dieser Dateigeschichte nichts zu tun haben kann. Sie haben doch sicher die Sendeprotokolle bereits durchgesehen und mit den Zugriffsdaten für Bernstetters Account verglichen. Wahrscheinlich haben Sie schon diesen blaßgesichtigen Armleuchter darüber in Kenntnis gesetzt, und der freut sich garantiert, mit jemandem wie Bernstetter jetzt Katz und Maus zu spielen. Bekommt er ja nicht jeden Tag auf dem Tablett serviert – so eine Nummer wie ihn. Sehen Sie es doch richtig. Der Staatsschutz ermittelt gegen einen Mann, der nicht nur Visionen hat, sondern mehr als jeder von diesen Politikstümpern international dafür kämpft.

Geben Sie es auf, Creutz, sage ich bloß. Ich weiß selbst, in welcher Liga der Chef spielt. Da braucht er niemanden, der ihm den Rücken frei hält. Am allerwenigsten … Nun, Sie wissen schon. Es prallt an ihm ab. Er sieht beinah traurig aus, wie er mich anschaut. Es geht doch nicht um Bernstetter und mich, sagt er zögernd. Ich weiß, redet er weiter, und ich kann sehen, wie er sich überwinden muß, daß ich für Sie bestimmt der Letzte sein sollte, der es anspricht. Aber denken Sie doch auch an Lena. Sie hat damit nichts zu tun. Er springt wieder auf, wandert im Zimmer herum und schaut aus dem Fenster. Meinen Blick kann er wohl gerade nicht ertragen. Denn Rache ist bekanntlich süß, und ich stelle darin leider keine Ausnahme dar. Nur bin ich nicht so gefühllos, wie er sich das ausmalt. Und nicht so hirnlos. Was sind Sie bloß für erbärmliches Stück Dreck, sage ich. Sie halten die Leute anscheinend für noch dümmer, als Sie es Ihnen in Ihrer unnachahmlichen Arroganz so nebenbei vermitteln. Glauben Sie wirklich, mir wäre nicht deutlich geworden, wer diesen steinalten Kommunisten für die Fahrt ins Berliner Archiv mobilisiert hat? Ich habe Sie damals beobachtet, als Anstandt eingeladen wurde, das Vestibül in Augenschein zu nehmen, wo sein Bild hängen soll. Sie mögen ein ganz passabler Schauspieler sein, aber die Abneigung gegenüber diesem Greis, die sie damals regelrecht ausströmten, haben sie schwerlich zu kompensieren vermocht. Sie lehnten ihn rigoros ab, diese ganze schmuddelige Großkotzigkeit war Ihnen zuwider. Nein, nach Großjena zu diesem *dirty finger* haben Sie Lena geschickt, nicht wahr. Für eine wunderbare Frau vergißt sogar mancher Neunzigjährige schon mal sein Zipperlein.

Ihr Bild vorm inneren Auge habe ich mich ziemlich in Rage geredet, was ich gar nicht will. Vor allem nicht diesem Typ gegenüber, der mich gerade mit einem Blick mißt, als spreche ich über Dinge, von denen ich keinen Schimmer hätte. Lena ist klug genug, um nicht nur als reizender Köder aufzutreten, entgegnet er schon wieder mit solch schnodderiger Frechheit, daß mir entfährt, darum wäre ihr wohl auch nichts Passenderes eingefallen, als Anstandt einen Dateinamen vorzuschlagen, der im Filter so ziemlich jeder Sicherheitsbehörde hängenbleibt, und wo dann garantiert alle Alarmglocken läuten. Es nützt nichts mehr, daß ich mir auf die Lippen beiße, denn meine unbedachte Bemerkung hat ihn herumfahren lassen. Ja ja, lege ich nach, ein Dateiname, für dessen Gebrauch sich sogar die Generalbundesanwaltschaft erwärmen muß. Muß! Wie schnell wird jemand ungewollt so zur Mata Hari, Herr Creutz. Er schaut, als hätte ihn der Blitz getroffen. Hat er nicht erwartet, daß sie diesen Patzer nicht ihrem Meisterspion sondern dem langweiligen Aktenhengst gebeichtet hat. Seine anmaßende Art ist wie weggeblasen. Er kommt wieder zum Schreibtisch zurück, und obwohl wir beide wissen, daß Miltitz seine Abhörtechnik pflegt, fragt er leise, was genau passiert sei. Lena war heute morgen bei mir, gebe ich Auskunft, und es bereitet mir nun doch irgendwie Befriedigung, die Wirkung der Worte auf ihn zu beobachten. Anstandt wollte wissen, wie die Datei bezeichnet werden soll, damit Lena sie im Posteingang findet; er war sich scheinbar sicher, daß das Bild eine gewisse Brisanz besitzt. Sie hatte irgendeinen Schlager im Kopf gehabt, und ihm gesagt, er solle die Sendung *Rosenstolz* nennen. Ein Neunzigjähriger hört zuweilen schwer, soll vorkommen. Und Anstandt ist auch alles andere als blöd, aber er versteht nun einmal *Rosenholz*, brüllt in den Hörer, daß das gar nicht ginge, doch unsere Lena hat bereits aufgelegt und ist nicht mehr erreichbar. Was soll der alte Kämpfer mit seinem Senioren-Handy nun anfangen, denn er will das Ding aus dem Archiv für seine schöne Auftraggeberin haben, und schickt so das Bildchen auf die große Reise. Rein in Bernstetters großen Postkasten. Hübsch, nicht wahr? Keine Reaktion. Irgendwie dauert er mich sogar, denn sein Lena-Bild hat doch eine arge Schramme abbekommen. Seien Sie unbesorgt, setze ich hinzu. Noch weiß niemand davon, falls, und ich wende den Kopf zur Decke, Kollege Miltitz dichthält. Anstandt hat Röschling gesagt, daß er für Wohlleben alte Grafiken gesucht hat in der Akademie. Aber einen Server kann ich persönlich nicht beeinflussen. Röschling nimmt im Moment noch an, daß der Chef die Datei selbst in Empfang nehmen wollte oder genommen hat. Lassen wir ihn in dem Glauben, schlägt Creutz vor, und es hört sich für mich wie eine Bitte an. Von mir aus gern, sage ich. Aber Lena hat sie unglücklicherweise auf ihren Rechner heruntergeladen. Die digitale Spur kann ich nicht manipulieren, verstehen Sie. Er nickt und mich beschleicht, obwohl ich mich dafür hassen könnte, beinahe die Spur eines kameradschaftlichen Gefühls. Auch wenn es schmerzt, merke ich, daß er sie wirklich mag. Na schön, bringen wir es zu einem Ende. Soll ruhig alles auf den Mitschnitt, den Miltitz für Bernstetter wöchentlich anfertigt. Und, wollen Sie es noch wissen? Er wirkt wie ausgewechselt. Bitte, sagt er schlicht, was enthielt die Datei? Nur ein kleines schwarzweißes Paßbild. Ein Porträtfoto der, wie nennt der Chef sie immer, ja, Sie wissen schon, der besagten Dame aus Jugendzeiten im Osten. Warum sollen Sie's eigentlich nicht wissen. War doch eh für Sie bestimmt. Nur Lena die heißen Kartoffeln aus dem Feuer zu holen... Also wissen Sie, Leonard, sage ich, genußvoll ihn beim Vornamen nennend. Etwas chevaleresker hätte ich Sie schon eingeschätzt. Danke für Ihr Schweigen, sagt er kleinlaut. Er scheint wirklich angeknockt. Habe ich gewiß nicht für Sie gemacht, sage ich. Aber ich meinesteils möchte gern verstehen, warum Stunden später hier der Staatsschutz ermittelt. Wegen einem Jugendbildnis, das sie bestimmt nicht zu Miß Ostdeutschland gemacht hätte. Ich nehme seinen erstaunten Blick auf. Blödeln zu unpassender Zeit kannst nicht nur Du, denke ich. Es gab doch bei Ihnen Miß-Wahlen? Obwohl das doch zur kapitalistischen Unterkultur gehörte, nicht? Das erste Mal, daß ich erlebe, daß er keinerlei Reaktion auf den Spott eines anderen zeigt. Also zurück zum Thema. Verstehen Sie das, Herr

Creutz? Ich schreibe auf ein Blatt Papier, winke ihn zum Lesen heran. Es geht doch ausschließlich um den Kontext, oder? sage ich noch, reiche ihm das Geschriebene herüber und lege den Finger an den Mund. Nachdem er es überflogen hat, gibt er es zurück, wirkt jedoch nicht überrascht. Liege ich richtig, frage ich nach, weil er schweigt. Das paßt, sagt er schließlich. Das ist folgerichtig, genau wie ihre Partei. Ich lege nochmals den Finger an die Lippen und nicke. Quid pro quo, Herr Creutz. So, und jetzt erklären Sie mir bitte, wobei Ihnen Ihr Studienfreund zur Seite steht. Er möchte überlegen, aber darauf lasse ich mich nicht ein. Ich muß es wissen, jetzt ist nicht mehr die Zeit, Graue Eminenz zu spielen. Wer, denken Sie, soll dem Chef den Rücken freihalten, wenn sich hier die Behörden die Klinke in die Hand geben werden. Die werden schon alarmiert sein, daß die Partei Ihres Freundes unser Haus ins Visier genommen hat. Kam ja bereits in den Medien. Nicht vergessen: Ich bin im Club Mitglied, Sie nicht. Das verschafft dem Center einen gewissen Spielraum, wenn es offiziell politisch werden sollte. Das verstehen Sie doch sicher. Er nickt. Lassen Sie uns auf den Freisitz der Cafeteria gehen, schlage ich vor. Frische Luft, nicht vollklimatisiert wie in diesen Räumen. Er nickt wieder, und im Spiegel der Glasfront sehen wir beide wie ganz normale Kollegen aus, was mich dazu verleitet, etwas dusseligen *small talk* zu treiben, wofür ich mich im Grunde meines Herzens geniere. Vielleicht, Herr Creutz, finden wir doch zu einigen Gemeinsamkeiten für einen Menschen, dem unser beider Sorge gilt. jetzt, fast am Ende unseres gemeinsamen Weges. Er sieht mich etwas unsicher an. Wie Sie sich wieder ausdrücken, entgegnet er stirnrunzelnd, und ich befürchte, daß er dabei ist, sein Formtief etwas zu rasch zu überwinden. Hielten Sie es denn für zielführend, wenn ich Lena in der Archiv-Sache entlaste, fragt er aber doch. Nur für den Fall, daß ... Er zuckt mit den Achseln. Oder wenigstens für eine gute Idee? Ich gewähre ihm den Vortritt am Fahrstuhl. Zumindest für opportun, sage ich schon wieder verärgert über das Schnöselhafte seiner Formulierung und versuche, meine wiederaufsteigende Abneigung zu unterdrücken.

Leonard Creutz (61)

Sie halten das für was? herrscht Bernstetter mich an, und ich erschrecke doch etwas über diesen Gefühlsausbruch bei ihm, auch wenn ihm solche Art rhetorischer Nachfrage mehr dazu dient, nicht die Beherrschung zu verlieren. Genauso gut hätte er fragen können, ob ich nicht mehr alle Tassen im Schrank hätte. Aber das ist nicht seine Sprache, nicht einmal in derartigen Situationen. Statt mit meinem neuen Kumpel in Sachen Lena Kaffee zu trinken und zu besprechen, wie der Flurschaden zu bereinigen ist, sitze ich Bernstetter wie ein Schuljunge gegenüber. Vorhin, als er mich *par ordre du mufti* mit einem bislang unüblichen Sofort! einbestellte, war mir klar, daß ihm bewußt sein mußte, wer hinter der Archiv-Sache steckt. Er ist ja alles andere als ein hartleibiger Denker. Und trotzdem: In diesem unwirschen Ton ist er mir noch nicht begegnet. Er ist im Moment zu angespannt, zu beteiligt, um die Dinge so voneinander trennen zu können, wie es ihm zu anderer Zeit sicher möglich gewesen wäre. Einerseits das gemeinsame Projekt, andererseits meine persönliche Vorsorge, vom großen Anselm nicht irgendwann als Bauernopfer entsorgt zu werden, wenn alles laufen sollte, wie er es sich vorstellt. Das Rad, an dem er dreht, ist derart groß, daß es ihm geraten sein muß, notwendigerweise Sündenböcke bereitzuhalten für die eine oder andere Komplikation, die es garantiert geben wird. Deshalb hätte ich ihm eigentlich mehr Abgeklärtheit zugetraut mit Blick auf meine Lage. Schließlich kennt er die Regeln aus seiner Berliner Zeit. Aber vielleicht hat er mir gegenüber wirklich etwas zu viel Nähe zugelassen, was mir Lena und Iwein in so verschiedener Weise immer wieder begreiflich zu machen versuchten.

Es war ein Fehler, Ihnen derart vertraut zu haben, sagt er da auch schon und wischt damit meine Bemerkung, ich hielte es für angemessen, Lena wegen der Bilddatei aus der Schußlinie zu nehmen, mit einer fahrigen Geste beiseite. Auch scheint er sich wieder soweit im Griff zu haben, daß kein Wutausbruch zu erwarten ist. Es war ein dummes Mißgeschick, versuche ich es noch einmal. Ein Übermittlungsfehler am Telefon mit einem schwerhörigen Neunzigjährigen. Er wollte uns, das heißt Frau Sobek, nicht mit leeren Händen entgegentreten. Halten Sie endlich einmal Ihren Mund, Creutz, zischt er dazwischen, sonst überlege ich es mir noch und rufe diesen widerlichen Kerl hinzu. Was haben Sie sich dabei gedacht, Lena Sobek auf diesen Greis anzusetzen, einen verbohrten Altkommunisten, der in meiner Vergangenheit schnüffeln soll. Ausgerechnet die Frau, die mein Büro zu besorgen hat und obendrein die Ex meines Verwaltungsdirektors ist, eines vom Verfassungsschutz extra von mir für diesen Laden ausgeborgten Beamten, der eigentlich dazu da ist, jede interne Ermittlung quasi im Keim zu ersticken. Aber dank Ihnen macht es sich gerade jetzt der Staatsschutz auf meiner Couch gemütlich und Iwein bleibt nichts weiter übrig, als, weil das ja von ihm erwartet wird, Handreichungen zu machen. Und jetzt, nachdem das Porzellan zerschlagen ist, markieren Sie noch den Ritter, um Ihre Dame herauszuhauen. Habe den Mut, Dich Deines Verstandes zu bedienen, so lautet doch die Maxime, nicht Deines Schwanzes, Sie Geisteswissenschaftler! Oha, von wegen, nicht seine Sprache. Wenn er stilistisch derart abgleitet, muß ihm der Hintern ziemlich auf Grundeis gehen. Er ist auch nicht fertig. Meinen Sie, das wäre eine goutierbare Angelegenheit, mir von so einem Typen wie diesem Röschling oder welchen Namen der Kerl gerade mißbraucht, Lichter aufstecken zu lassen, auf daß ich erkenne, daß ausgerechnet meine rechte Hand unter Zuhilfenahme meiner Büroleiterin in dilettantischer Weise gegen mich konspiriert. Ich verstehe: Im Grunde seines Herzens ist er beleidigt, daß jemand, dem er, der große Mann Vertrauen geschenkt hat, ihm so stillos in den Rücken fällt. Daß ich das ein wenig anders zu sehen gezwungen bin und mich seine ästhetische Befindlichkeit einen feuchten Kehrricht interessiert, einfach, weil es um mein Fell geht, bleibt einer strategischen Denkweise von solch hoher Warte natürlich verschlossen. Muß ich bei seinem zweifelhaften Hierarchieverständnis ansetzen. Nur nicht zu zaghaft, denn was für eine Bedrohung kann er im Augenblick schon darstellen. Könnte er mich jetzt entsorgen, würde er nicht diesen Theaterdonner veranstalten. Im Moment kann er die Fäden nicht durchschneiden; wir hängen beide an einem Strang. Ob ihm Wohllebens Tod nervös macht? Ganz sicher.

So verstiegen bin ich nicht, mich als Ihre rechte Hand zu betrachten, sage ich also, um etwas Luft herauszunehmen. Ich war Ihnen von Nutzen bei einem gemeinsamen Traum, der gerade beginnt, sich sehr real zu gestalten.

Was aber, wenn dieser Traum vor der Zeit zerplatzt. Daß Sie von diesen Politamateuren öffentlich zur Verantwortung gezogen werden, ist ja kaum möglich. Außer... Außer, ich fahre eines Tages mit einer Haftmine unterm Auto los. Sie denken doch nicht, daß die mir das durchgehen lassen werden, egal wie es laufen wird. Er beugt sich vor, und ich sehe, wie die Ader an seiner Stirn pulsiert. Die Wut ist keineswegs abgeklungen. Mich werden sie ins Fadenkreuz nehmen; Sie sind denen völlig egal. Verzeihen Sie, falls das mit Ihrer Eitelkeit schwer zu vereinbaren sein sollte, aber bei all Ihren Verdiensten, die ich immer gewußt habe zu schätzen: Sie sind für die nicht relevant. Sie müssen nur nicht im Weg stehen, sollte es zu einer Situation kommen, wo die Handlungsbedarf sehen. Man schaltet die Schlüsselfiguren aus. So wird das gemacht. Und die Mitwisser, ob sie nun zufällig im Wege stehen oder nicht, ergänze ich; er soll sich nicht aufspielen wie der Großmeister beim Schachturnier. Habe doch nicht so falsch gelegen, als ich mich als Bauernopfer nicht ausgeschlossen hatte. Rock und Weste, nicht wahr. Doch er ist gerade mit Erinnerungen beschäftigt, an denen er mich teilhaben lassen möchte. November 1989, der Eiserne Vorhang war gerade Geschichte geworden. Erinnern Sie sich? Er war ein Ausnahme-Banker und ein real denkender Mensch an der Spitze der deutschen Wirtschaft dazu, für den der Nationalstaat noch kein Hindernis im globalen Planen bedeutete. Sie haben ihn für weniger getötet als wir bereits eingeleitet haben. Weil auch die Schlapphüte vor dreißig Jahren in gewisser Weise noch prognostisch handeln konnten, versuche ich, ihn von seiner imaginierten Ahnengalerie weg und auf unsere gegenwärtige Situation hin zu lenken. Heute ist die Welt auch für die Strippenzieher und ihre Erfüllungsgehilfen schnelllebiger geworden. Prognostisch handeln, echot er höhnisch. Sie formulieren noch eleganter als seinerzeit der BND. Dieser Mann wäre eine Schlüsselfigur bei der Neuordnung Europas gewesen, sagt er und wird leise. Ich bin ihm in meinen ersten Frankfurter Jahren begegnet; meine Arbeit für die Behörden hatte ich beendet. Eine zweite Karriere direkt in seiner Bank. Er war eine Art Leitbild für mich. Ein Mord von der Dimension des Kennedy-Attentats. Das haben die Amerikaner selbst verlautbart. Na ja, und jetzt wird es eben eng für mich.

Das Schweigen, das nun einsetzt, dehnt sich. Es ist eine von Bernstetters Stärken, die Phasen, in denen er angestrengt nachdenkt, vor seinem Gegenüber nicht zu kaschieren. Hat mit zur Schau gestellter Eitelkeit, über die man sich bei so vielen anderen amüsieren kann, nichts zu tun; er besitzt lediglich ein unerschütterliches Selbstbewußtsein. Schließlich lehnt er sich zurück und betrachtet mich, als wolle er das Gespräch noch einmal beginnen, diesmal jedoch sehr kontrolliert. Was, Herr Creutz, haben Sie erhofft, über mich zu finden? Ich muß zugeben, daß das seine bislang beste Frage ist. Irgendetwas über Ihre Rolle in der Setzepfandt-Affäre, sage ich ihm kurzentschlossen auf den Kopf zu, weil es jetzt auch keine Winkelzüge mehr braucht. Es hat überhaupt nichts mit unserem, Pardon: Ihrem Projekt zu tun. Es war so begrenzt hiesig gedacht, ähnlich wie Kissingers Ausspruch über die Molluske, daß es sich nicht um eine *transcendence figure* handele, sondern um etwas, das *very local* sei. Verstehen Sie recht, sage ich, da ich schon beim Sprechen merke, daß ich mich gerade zu einem Fauxpas habe hinreißen lasse, weil es mir auf die Nerven geht, wie er seine Bedeutung feiert. Es hatte nichts mit dem Center zu tun, nur mit meiner persönlichen Perspektive.

Nicht der beste Versuch, das Gesagte zu entschärfen, repliziert er sofort und sieht angesäuert aus. Nicht Ihr Tag, Creutz. Sehr schmeichelhafter Vergleich. Schön, daß Sie mir jetzt auch noch Provinzialität andichten und mich mit dieser von jeglichem politischen Sachverstand verschont gebliebenen Gestalt vergleichen. Ja, ja, es war der falsche Ansatz. Und er wird auch gleich wieder schneidend im Ton. Sie haben es immer noch nicht kapiert, sagt er. War Ihnen nicht klar, daß Sie, wenn Sie diese alten Sachen anrühren, etwas ganz anderes beschwören werden als die Schatten meines damaligen Tuns. Wir waren in den Siebzigern guter Dinge, daß nach Ulbrichts Sturz in Ostdeutschland ein wirtschaftliches Vakuum entstehen würde. Obwohl ein Moskauer Satrap, war der Spitzbart nicht gänzlich so ein Apparatschik wie sein politischer Ziehsohn Honecker. Er dachte noch mit einem gewissen Stolz an sein halbes Land, dessen Potential er gegenüber dem Kreml wohl einmal zu oft herausstellte. Das haben die Russen rasch kapiert, darum bekam Honecker von Breshnew auch grünes Licht, den Alten in den Ruhestand zu versetzen. Mit Setzepfandt hatten wir Großes vor. Die DDR hatte damals schon gewaltige wirtschaftliche Probleme, und was Strauß später mit seinem Milliardenkredit auf den Weg gebracht hat, die mittelfristige ökonomische Abhängigkeit des Regimes, stand mehr als zehn Jahre vorher auf unserer Agenda. Unser Handeln, Herr Creutz, war staatlich gedeckt. Was also glaubten Sie in den Akten zu finden? Daß ich Setzepfandt fallen gelassen habe, als die Staatssicherheit begann, seine nächsten Vertrauten zu verhaften? Ich habe als blutjunger Finanzexperte für die Bundesrepublik gearbeitet, nicht für irgendwelche ostdeutschen Menschenrechtler. Aus dem zuckenden Mundwinkel schließe ich, daß er mir ansieht, wie ich mich fühlen muß. Wissen Sie auch, daß dieser Jacob Setzepfandt sowohl unter den Nazis als auch unter den Kommunisten mit schöner Regelmäßigkeit Leute denunziert hat? Seine Glorifizierung durch den Westen war reine Propaganda. Sie haben ein bißchen Dreck gesucht, gut. Irgendetwas, das vielleicht als Reassekuranz für Sie taugen könnte, falls es meinerseits Absetzbewegungen gäbe, nicht wahr? Da ist aber nichts zu holen, Creutz. Die Person Setzepfandt war lediglich legitime Spielmasse bei unseren Überlegungen. Mehr nicht. Wenn es geklappt hätte, wäre er vielleicht Ministerpräsident geworden. Seine Basis war aber zu schwach. Ein windiger Charakter dazu, dem das Lavieren und die Großsprecherei zur zweiten Natur geworden waren, nicht viel mehr. Und der mit Hausarrest davonkam. Und daraus wollten Sie Belastungsmaterial gewinnen.

Ich werde ihm nicht den Gefallen tun, darauf zu antworten. Sein Blick ist scheel. Sie müssen nichts sagen, natürlich nicht. Nicht hier und nicht jetzt, wenn Sie nicht mögen, sagt er und schaut zur Decke. Doch falls Sie sich um Militiz' Abhöraufgaben sorgen sollten – der Raum hier wurde gesondert gesichert. Eine auswärtige Fachkraft hat sich der technischen Vorsorge angenommen, nachdem wir die Räume des Centers durch unsere Leute präpariert hatten. Stört mich nicht im Geringsten, sage ich patzig. Außerdem sind Sie auf der falschen Fährte, Herr Bernstetter. Ach ja, sagt er, und es klingt schon beinah belustigt. Dann sind wir das wohl beide gewesen. Und schüttelt ungläubig den Kopf. Also haben Ihnen bloß Ihre Nerven einen Streich gespielt? Hätte ich nicht von Ihnen gedacht. Irgendwie will er das Thema beenden, doch er wirkt dabei unschlüssig, was ich an ihm noch nie beobachtet habe. Lassen wir es, sagt er und gibt sich merklich einen Ruck.

Ich weiß, daß ich nun improvisieren muß, darum versuche ich noch einen Ansatz. Ich bin nie ernsthaft an Ihrer Tätigkeit in den Siebzigern interessiert gewesen. Aber umso mehr an Setzepfandts Partei zur Wendezeit. Sie meinen diese Kleinpartei, der die Dame ihren sensationellen Aufstieg verdankt? Er scheint nunmehr wirklich Spaß an meiner Erklärung zu finden. Drei von fünf führenden Mitgliedern dieser Partei werden innerhalb von weniger als einem Jahr als Agenten der Stasi enttarnt, halte ich ihm entgegen. Drei von fünf! Das ist nicht lustig unmittelbar vor den ersten ostdeutschen Wahlen und kurz vor der deutschen Wiedervereinigung, wo man natürlich kräftig mitmischen möchte. Doch diese Dame wird durchgereicht. Beinahe die einzige Person aus der Führungsriege, deren Weste weiß bleibt. Na sehen Sie, wirft er spöttisch ein, und ich ignoriere es. Sie ist dabei, entgegne ich, findet einen Platz in der neuen, nach außen hin gesamtdeutschen Regierungstruppe. Während Sie Ihre zweite Karriere im Frankfurter Bankenviertel starten. Zwanzig Jahre später, Ihre Zerwürfnisse mit dieser Dame, die ebenso wie Sie mittlerweile an die Spitze der Macht geklettert ist, sind bereits legendär, und – Wunder, oh Wunder – gerade ihre Stimme gibt jetzt den Ausschlag für Ihre Kandidatur, als nächster Chef in die Europäische Zentralbank einzuziehen. Wobei Sie so ziemlich jede Gelegenheit nutzen, Ihre Verachtung für diese Person zu publizieren. Jetzt grinst er wieder sein altes Grinsen. Welche Koinzidenz der Ereignisse, Herr Creutz, sagt er nun schon aufgeräumt und lehnt sich überlegen zurück. Das war es? Das nährt Ihre Befürchtungen, ich könnte Sie

zu gegebener Zeit fallen lassen? Und das ist das Drachen-
blut für Ihr Bad, um unverwundbar zu werden? Jetzt ist
er unter seinem Niveau, so daß ich nicht reagiere. Er
merkt es selbst und zwingt sich, ernst zu blicken. Ich
möchte nicht unter die Räder kommen in diesem Spiel,
sage ich einfach. Das Foto dieser Dame, weswegen sie
wahrscheinlich alle möglichen Behörden in Alarmbereit-
schaft versetzt hat, gewinnt seine Brisanz nur aus dem
Kontext seiner Archivierung. Anstandt hat es in einer
Ablagemappe gefunden, die nicht zu den Akademieakten
gehört, sondern für die Staatssicherheit gedacht war. Es
steckte in einem Konvolut von Fotodokumenten derjenigen Personen, die mit der Überwachung Setzepfandts be-
auftragt waren. Junge Leute, Kämpfer an der sogenannten unsichtbaren Front, die den Hausarrest abzusichern
hatten, zu dem er verurteilt war. Wenn sie dort Dienst ge-
schoben hat, dann hat sie irgendwie zur Firma gehört. Als
junge Freiwillige, so eine Art Volontär, wie man heute
sagen würde. Selbst das scheint ihn nicht sonderlich zu
beeindrucken. Mit hochgezogenen Augenbrauen mustert
er mich wieder so ungläubig wie vorhin. Ich verstehe Sie
immer weniger, sagt er. Habe ich mich so in Ihnen ge-
täuscht. Was ist denn daran spektakulär? Die Spatzen
pfeifen es von den Dächern. Die einzige, die regelmäßig
durchdreht, wenn das offiziell zur Sprache kommen
könnte, ist diese Person selbst. Wahrscheinlich träumt sie
Tag und Nacht von ihrer Seligsprechung oder dem Frie-
densnobelpreis. Was mich aufbringt, Herr Creutz, ist allein die Tatsache, daß durch Ihre unsinnige Aktion meine
Person gerade jetzt ins Visier der Dame gerät. Er wendet
sich zum Fenster und vollführt mit der Hand eine weg-
werfende Geste. Sie entwerfen dieses wunderbare Troja-
nische Pferd, wir bauen es in Null-Komma-Nichts auf der

grüne Wiese auf, Sie erfinden irrwitzige Ablenkungsma-
növer, während die Verhandlungspartner sozusagen me-
taphorisch im Bauch unseres Instituts verschwinden –
und der arme Wohlleben tut uns noch den Gefallen, Sie
entschuldigen den Ausdruck, es ist kein Zynismus, rechtzeitig das Zeitliche zu segnen – und dann ziehen Sie die
Aufmerksamkeit dieser machtgeilen Trine vor der Zeit
auf unseren kleinen exklusiven Zirkel hier in der hinters-
ten Provinz. Die Hand klatscht auf die Schreibtischplatte.
Und alles nur, weil Sie anscheinend paranoid werden.
Und dann noch etwas. Er legt eine kleine Kunstpause ein,
und ich kann mir nicht helfen: Es wirkt ungemein bemüht. Seine berühmte Lässigkeit, der von oben herab de-
monstrierte Dünkel scheinen ihn verlassen zu haben. Dieser neue Bernstetter wirkt in seinen Einwänden kleinlich.
Ich weiß, daß Sie ein Streuner sind, Creutz, wenn Sie mir
einmal diesen Ausdruck hinsichtlich Ihres Verständnis-
ses von Disziplin nachsehen wollen. Aber es gibt klare
Regeln. Daß Sie vor kurzem Kontakt mit Ihrem Studienfreund aus Leipziger Tagen hatten, haben Sie mir ver-
schwiegen.

Nun ist es an mir, die Hand zu heben, und ich komme
aus dem Staunen nicht heraus: er verstummt tatsächlich.
Nichts gegen Generalabrechnungen, Herr Bernstetter,
doch die Idee, Trautweins Partei für das Projekt einzu-
spannen, haben wir gemeinsam erwogen. In den Parlamenten und an den Stammtischen erheben diese Leute
jetzt ihre Stimmen, auch, daß Sie nächster Präsident der
EBZ werden. Natürlich ist es für Julius Trautwein und
seine Leute eine zweischneidige Sache, einerseits den
Euro in den Orkus zu wünschen und andererseits mit
Ihnen gegenzusteuern, daß der Euro-Laden nicht ausei-

nanderfällt. Es bleibt nur zu hoffen, daß Länder wie Italien oder Frankreich nicht vor der Zeit aus dem Ruder läufen; die Leute dort sind etwas heißblütiger als die deutschen Fische. Denen kann man, trotz Clemenceau und Mussolini, nicht den Nationalstolz austreiben. Fällt die Euro-Zone vor der Zeit, werden auch Ihre Partner aus Moskau und Peking von der neuen Leitwährung Abstand nehmen. Zumindest von einem Mediator, der mit leeren Händen dasteht und den man erst recht nicht Tel Aviv oder Teheran vermitteln kann. Er schaut mir eine Spur zu ungläubig aus. Sie scheinen ja geradezu besessen von meiner Chance für die Zentralbank. Auch gäben Sie einen prima Finanzstrategen ab, wenn Sie was vom Finanzgeschäft verstehen würden, Sie *artist of framing*, wie meine Kollegen in der Lombard Street formulieren würden, sagt er aufgeräumt.

Wenn er damit seine Reserviertheit mir gegenüber bekunden will, fällt sie aber einen Gran freundlicher aus als vorhin. Vielleicht, weil er glaubt, jetzt, seinen Hofnarren wieder gefunden zu haben. Paranoia paßt ja auch nicht zu einem Spiegelhalter. Ich bin Historiker, entgegne ich, da läuft der Fälscher immer ein bißchen mit, wie beim Geldverleiher. Nur nehme ich lieber den schlimmsten Fall an, als daß ich mir ein X für ein U vormachen würde. Ach, Creutz, sagt er nun endlich irgendwie aufgeräumt. Vom Geldverleiher haben Sie nun wirklich nichts zu befürchten. Und von diesem Bleichgesicht erst recht nicht, setzt er hinzu und versucht, in den alten Tonfall zu finden. Der kann uns nicht an den Skalp. Der sondiert nur wegen meiner Vergangenheit. Wie Sie – und feixt wieder. Wir beide können nicht von der Fahne gehen. Nicht jetzt! Die Messen sind gesungen. Nächste Woche noch eine Runde mit den Russen und mit diesem unternehmungslustigen Juden aus Tel Aviv. Dann gehen wir in die Simulationsphase. Er lauscht dem letzten Satz für den Bruchteil einer Sekunde nach, schnauft und schlägt die Dokumentenmappen zu. Hätten Sie mir heute nicht noch die letzten Nerven gekostet, sagt er mit einem Seufzer, der irgendwie abschließend wirken soll, hätte ich Frau Sobek längst aus der Schußlinie geholt. Fast versöhnlich klingt das, während er die Unterlagen verstaut. Selbst dieses Gespenst vom Staatsschutz würde erkennen, daß jemand wie sie überhaupt keine Ambitionen besitzt, eine eigene Tour zu fahren. Dann ein etwas komplizenhafter Blick zu mir. Sagen Sie, haben Sie vielleicht schon Ihren Busenfreund für diese Rettungsaktion im Zeichen der Ritterlichkeit gewonnen? Vorstellen könnte ich es mir. Iwein hat nichts weitergegeben, antworte ich widerstrebend, und er nickt. Ja, die Zauber der Liebe binden lange. Und er hebt wie zur Beschwichtigung vorbeugend die Hand. Sie können sich auf mich verlassen, ich regele das mit diesem *spooky*, diesem Röschling, falls er diesbezüglich doch irgendetwas gefunden haben will. Dafür bitte ich Sie um den Gefallen, mich am Montag in Berlin zu vertreten. Es wird eine kleine Pressekonferenz geben, die ein Sprecher des Kultusministeriums moderiert. Ja, ja, bekräftigt er, als er meinen fragenden Blick sieht. Ihr Freund Trautwein hat bereits beträchtlichen Wirbel ausgelöst mit seiner Aufbruchspartei. Wir müssen den Fragen zum Roßbach-Center zuvorkommen, ehe die uns täglich durch die Medien zerren. Sie als Historiker und meinetwegen Kulturphilosoph sind der ideale Vertreter, werden über europäischen Dimensionen unserer Kulturarbeit referieren, Fragen beantworten zu unserem Anteil bei den Überlegungen für ein gesamteuropäisches Konzept und zu Fragen kultureller Synergien. Bla, bla, Sie wissen schon. Ich sollte da nicht unbedingt als Vertreter des deutschen Finanzkapitals den Kopf aus dem Fenster lehnen. Wollen ja keine schlafenden Hunde wecken. Sie können das viel besser, ist ja auch Ihr Metier, nicht meines. Fibius würde ich noch instruieren, bevor er dann wieder zurück nach Berlin fährt. Ist nach Wohllebens Abgang leider der neue Ansprechpartner. Da können Sie gleich nach der Presse-Sache mit ihm essen gehen und ein wenig auf gut Wetter machen. Er sieht, daß ich alles andere als begeistert schaue. Ich kümmere mich um die Sobek, versichert er nochmals. Sie glätten die Wogen in Berlin. Ein medialer Sturm im Wasserglas ist so ziemlich das Letzte, was das Center im Moment gebrauchen kann. Ebenso wie eine zu großer Nähe zu dieser Partei. Für wann ist die Konferenz denn anberaumt, frage ich. Fibius soll das für Dienstagvormittag organisieren, dann sind alle Gäste hier weg. Und Sie müssen spätestens morgen Mittag mit denen los, damit Sie den Flieger erreichen, der abends von Leipzig abgeht. Oder wollen Sie Montag in aller Hergottsfrühe aufbrechen, um sich den halben Tag auf der Bahn um die Ohren zu schlagen?

Die Biologin (65)

Wie kann man bloß tagein, tagaus diesen kartoffeligen Akzent verkraften, mit dem die einen die stolzen US-Bürger derart auf die Nerven gehen. Und dabei ein Selbstbewußtsein verbreiten, daß einem übel werden kann. Die sind doch alle gleich sozialisiert, egal ob Sie im Großstadtghetto aufgewachsen sind oder in einem dieser blankgeputzten Vorstadtbezirke, wo der Rasen kurzgehalten wird und die Hausfrau mit Cocktails ruhig gestellt. Und nicht einmal trotz ihrer Millionen haben es Leute wie Dorothy Stanton nötig, ein bißchen ordentliches Englisch zu lernen. Oder gerade deshalb. Nun reißt sie noch das falsche Gebiß zum Strahlen auseinander, und ich sehe, wie sich ihre Falten seit unserem letzten Treffen in Washington vermehrt haben. Ist auch nicht mehr die Jüngste und kann froh sein, daß sie die eigene Altersvorsorge so glänzend mit ihrer Stiftung gelöst hat. Ist man erst weg vom Fenster, fallen alle vom Glauben ab. Dazu hat Dorothy bis heute nicht dieses College-Getue abgelegt. Wenn ihr Charme nicht mehr zieht, läßt sie gern das kleine Mädchen mit dem großen sozialen Herzen raushängen. Konnte man sogar im Fernsehen beobachten, als sie auf dem Weg zum Untersuchungsausschuß von ihren angeblich liebsten Freunden total geschnitten wurde. Sie denkt wahrscheinlich, daß dieses Getue in Berlin noch Wirkung zeigt. Wenn sie sich da mal nicht irrt. Die Klatschhasen der Atlantikbrücke werden zwar wieder die Jubelperser stellen, aber daheim ist sie bloß noch ein Auslaufmodell. Und falls die im Senat mich auch dafür halten, sollen sie sich warm anziehen. Warum sonst schicken sie mir Dorothy Stanton vorbei. Der Oppositionsführer wäre das Mindeste gewesen, wenn sich diese Snobs von der FED schon zu schade sind, mit uns ins Gespräch zu kommen. Oder ihr alter Kumpel Gillig steckt dahinter. Das wird es wohl eher treffen. Jedenfalls schlürft sie ihren grünen Tee und plappert derart drauflos, daß der Dolmetscher seine Mühe hat, das Gewäsch von ihrem eigentlichen Anliegen zu trennen. Nachdem sie irgendwann zum Punkt kommt, bin ich mir hundertprozentig sicher, daß Gillig sie geschickt hat. Warum sonst schlägt sie mir vor, daß ich mich für diesen Holländer stark machen soll. Franzosen, Belgier, Italiener, so gut wie jeder hat schon einen EZB-Präsidenten gestellt. Nicht verwunderlich, daß uns die Briten von der Fahne gehen. Außerdem wären wir jetzt dran. Bernstetter ist zwar eine Zumutung. Aber im Gegensatz zu diesem Bankrotteur aus Utrecht, den sie vorschlagen, beherrscht der wenigstens sein Fach und würde niemals so liebedienern vor den Amerikanern wie dieser schiefgesichtige Italiener mit seiner desaströsen Zinspolitik. Aber der ist so korrupt, daß er das kleinere Risiko darstellt. Bernstetters Käuflichkeit muß erst noch bestimmt werden. Der erste Schritt dafür war der Staatsschutz. Daß die ihn heimsuchen, dort, wo er denkt, als kleiner Napoleon Weltpolitik spielen zu können, hat seiner Eitelkeit garantiert einen Schlag versetzt. Meinetwegen kann er dem Dollar das Wasser abgraben, wenn er sich nur an die Spielregeln hält. Soll er diesen aufgeblasenen Millionären ruhig das Fürchten lehren. Außerdem bin ich es, die ständig den Haß auf sich zieht, während diese Netzwerker nur noch hahnebüchenen Unsinn hinterm großen Teich verbreiten. Allein gelassen haben sie mich mit diesen Feiglingen und Quertreibern in Brüssel. Jetzt guckt sie irritiert zum Dolmetscher, denkt, er hätte falsch übersetzt, und dabei sticht ihr Finger, den sie so gern beim Sprechen nach oben hält, planlos in die Luft. Ja, liebe Dorothy, ich wiederhole es noch einmal. So gern ich Euch den Gefallen getan hätte, aber um eine deutsche Präsidentschaft kommen wir angesichts der angespannten Lage im Euro-Raum im Moment wohl kaum herum. In Frankreich rebelliert der Mittelstand, auch Spanien und Italien stehen kurz davor, daß die Geringverdiener auf die Straße gehen. Wenn wir jetzt in Frankfurt das falsche Signal setzen, war Griechenland das kleinste Problem in der Geschichte des Euro-Raums. Ein deutscher Banker an der Spitze der EBZ wird Vertrauen schaffen, damit sich der Währungsverbund stabilisiert. Meinen Sie, in Paris oder Madrid reichen sie das Tafelsilber an den IWF so schnell weiter, wie das die griechische Regierung praktiziert. Darauf hat sie keine Antwort. Woher auch. Ihre Lobbyarbeit gestaltet sich wesentlich einfacher als unsere Aufgabe mit Athen. Rüstungsaufträge und Schmiergelder, das ist ihr Metier. Aber eine Infrastruktur bei laufendem Geschäftsbetrieb umzubauen, das ist nicht das Vorgehen von Leuten, denen in Krisenzeiten lediglich immer nur *regime change* einfällt. Jetzt scheint sie sich doch noch auf ein Argument besonnen zu haben. Sie redet wild auf den Dolmetscher ein und ihr Finger kiekst schon wieder gefährlich in der Luft herum. Dieser Bernstetter, sie sagt Börnstöttör, arbeitet gegen die Walstreet, *my dear*. Er konspiriert damit auch gegen die Institution, die er repräsentieren möchte. *What a bloody shame.* Er scheut sich nicht einmal, mit einem Regime wie Teheran Kontakt aufzunehmen, würgt sie hervor. Wir haben Beweise. Er verhandelt mit einem Schurkenstaat, gegen europäische und amerikanische Interessen. Sie schaut etwas zögernd zum Dolmetscher, dann ergänzt sie: Und im Gespräch mit Tel Aviv ist er auch schon. Wenn die irgendeinen Weg finden, wo sie mit den Russen und Chinesen zu einem Punkt kommen, an dem es kein Zurück geben wird … Sie sagt wirklich *point of no return* und rollt mit ihren von Krähenfüßen umflorten Augen, so als könnte Bernstetter in seiner anhaltinischen Provinz den Dritten Weltkrieg entfesseln, weshalb ich es mir nicht verkneifen kann, diesbezüglich nachzufragen, was sie wunderbarer Weise erst recht aus der Fassung bringt. Denn Beweise haben sie ja immer zur Hand, hatten sie auch, um in Bagdad einzufliegen. So frage ich, welchen Punkt sie meint. Ob das nicht auf der Hand liege, sprudelt sie ungläubig heraus. Sie konspirieren gegen den Dollar, *my dear*. Von Finanzspekulationen verstehe ich nicht genug, doch kann ich mir nicht denken, daß Bernstetter so töricht ist, den Euro ernsthaft als weltweite Alternative in Erwägung zu ziehen, sage ich trocken zu ihr und stelle mir dabei die Gesichter nebenan im Finanzministerium vor. Alle unsere Verbindlichkeiten, und damit meine ich die Verbindlichkeiten der Europäer, liebste Dorothy, gehen in Euro über die Bücher. Giralgeld, sagt sie derart geringschätzig, als habe es Bretton-Woods nie gegeben und für ihren Dollar bestünde nach wie vor die Goldbindung. Sie versteht noch weniger vom Bankwesen als ich dachte. Europa ist exportorientiert. *Das* ist der Punkt, sage ich darum nur. Bei uns steht - ebenso wie bei Euch - ein Wirtschaftsraum mit klar definierten Vorgaben dahinter, und für eine Abkehr vom internationalen Zahlungsverkehr braucht es mehr als einige separatistische Spinnereien. Wir haben auch hier einen Finanzwirtschaftsraum zusammenzuhalten, und, weiß Gott, wie schwer ist es, gegen alle Abweichler in Brüssel den Kurs zu bestimmen und zu halten. Ich glaube, der Dolmetscher hat Abweichler mit Deserteure übersetzt, denn sie schaut mich noch erschreckter an. Soll sie doch, vielleicht wird ihnen endlich einmal bewußt, was es heißt, hier ganz nüchtern eine Politik durchzusetzen, die ihnen nur in die Hände spielt. Und wenn uns der Laden nicht in den nächsten zwei Jahren um die Ohren fliegen soll, meine Liebe, denn niemand vermag den Ausfall einer Volkswirtschaft von der Größe Italiens zu kompensieren, muß jemand wie Bernstetter gegensteuern. Sie müßte eigentlich begreifen, daß es die Politik ihrer FED ist, welche 2008 nach Europa geschwappt ist, weshalb wir seitdem von systemrelevanten Banken sprechen müssen. Sie guckt so entgeistert aus der Wäsche, daß ich Mühe habe, zu verbergen, was gerade in mir vorgeht. Wie es aussieht, versucht sie noch einen letzten Vorstoß. Mit seinem Vorhaben einer Vermittlung, sagt sie und verbessert sich gleich: mit solch einer Art von Mediation wird diese deutsche Bank unsere Sanktionen überbrücken, die wir im Nahen und Fernen Osten durchzusetzen versuchen. Das ist Politik. Und sie macht wieder lange Zähne. Dazu lassen wir es nicht kommen, sage ich schnell, denn das wäre in der Tat ein heikles Terrain, und wenn ich ihr hier nicht sofort den Wind aus den Segeln nehme, bringt sie es fertig, vorab im Kongreß gegen mich Stimmung zu machen, wenn sie noch über den Atlantik schwebt mit dem Telefon in der Hand. Und wer weiß, wie viele Schmierfinken von der *Post* oder vom TV im Schlepptau mit ihr reisen und auf ihrer Gehaltsliste stehen. Das ist ein Gesichtspunkt, liebste Dorothy, der weder meine Duldung hätte noch typisch für diesen Mann ist. Er ist unangenehm eitel, ja. Bis zur Grenze der Unverfrorenheit. Beleidigend, aber unkonventionelle Denkweisen sind in der aktuellen Situation willkommen. Und ich weiß, daß er ihren amerikanischen Bankern gern in den Lauf grätscht, wenn er nur kann. Doch mit politischen Egotrips hat er noch nie etwas am Hut gehabt. Falls es diese Ideen in seinem Umfeld wirklich geben sollte, sage ich beschwichtigend zu ihr, dann gehen wir dagegen vor, Dorothy. Das verspreche ich Euch, meine Liebe.

Judith Schamoni (43)

Da sitzen wir nun wieder beieinander wie nach unserem Ausflug zu Nietzsches Grab vor zwei Tagen. Nur war es in dem Dorfgasthof, wohin uns Leonard gelotst hat, erheblich gemütlicher als hier auf diesen Cafeteria-

Stühlen, wenn auch der Blick zum Fluß hin für die sterile Atmosphäre entschädigt. Boris, dem ohnehin die westliche Kaffeekultur ein Gräuel zu sein scheint, hat sich Tee bestellt und noch kurzem Zögern noch einen Hochprozentigen. Leonard bewältigt gerade sein zweites Bier und blickt verbiestert in die Landschaft. Mit unserem Intermezzo in diesem Kämmerchen hat seine Laune, da bin ich mir ziemlich sicher, nichts zu tun. Er lächelt mich zwar freundlich an und frotzelt wie gewohnt mit Jurkewitsch. Doch schweifen seine Gedanken immer wieder von unserer Runde ab. Es sind nur Momente, und er wirkt auch nicht erschöpft. Nur unkonzentriert. Eher mit einer anderen Sache beschäftigt, als mit unserer kleinen Abschlußrunde. Ari und Boris' Boss sitzen noch bei Bernstetter. Die Chinesen sind mit der aparten Assistentin zu einem kleinen Nachmittagstrip in die Stadt aufgebrochen. Für die Erkenntnis, daß Leonard etwas mit der Dame hat, bräuchte ich gewiß kein Dossier. Und jetzt könnte er sich eigentlich entspannen, denn bis auf den Beamten aus Bonn, scheint alles gut gelaufen zu sein.

Ob er sich Vorwürfe macht wegen dieser Bilddatei? Die Zentrale meint, das würde nicht ausreichen, Bernstetter von Berlin aus zu attackieren. Denn wie es aussieht, wird der voraussichtlich nächsten Monat nach Tel Aviv kommen. Vorhin, als ich Leonard dazu gratulieren wollte, auch zu diesem Wochenende, dessen reibungsloser Ablauf zu großen Teilen auch sein Verdienst ist, treffe ich ihn im intensiven Gespräch mit diesem schlaksigen Kerl vor dem Wirtschaftstrakt. Ich will ihm lediglich Bescheid geben wegen unserem kleinen Abschiedstreffen mit Boris, doch er schaut angestrengt weg, so daß ich die Einladung auf später verschiebe. Komisches Verhalten, wenn man bedenkt, daß er sich ausrechnen dürfte, wie wir uns vorbereiten, also auch über das Personal, welches für das Center arbeitet, uns vorab informieren. Das gehört zum Standard, ist eine Gepflogenheit. Da stellen die technischen Angestellten keine Ausnahme vor. Und bestimmt nicht, wenn es sich um den persönlichen Chaffeur des Chefs handelt. Der Mann mit dem Creutz so dringlich gesprochen hat, ist auch nicht nur als Bernstetters Fahrer einzustufen. Er mimt das Faktotum in diesem Laden. Und er und Bernstetter kennen sich aus Berlin. Ehemaliger Offizier des MfS, letzter Dienstgrad Hauptmann, Spezialist für Nachrichtentechnik belehrt mich das elektronische Dossier, als ich kurz nach dieser Begegnung nachschaue. Nachdem ich den Laptop zugeklappt habe, brauche ich noch eine Weile, weil ich das Gelesene und meine Beobachtungen nicht gleich zusammen bekomme. Einerseits ist es schon augenfällig, daß Creutz und dieser Miltitz wenig miteinander gemein haben dürften. Ihre Körperhaltung bei diesem Gespräch verdeutlichte es. Gegenseitige Abneigung. Andererseits redete Creutz sehr dringlich auf diesen Miltitz ein. Was mag er wollen von einem ehemaligen Stasimann, der wahrscheinlich seinem Chef über seine Fahrkünste hinaus gefällig ist. Das Dossier vermerkt, daß Bernstetter ihn persönlich eingestellt hat. Vor Jahren schon für seine Frankfurter Zentrale. Dann hat er ihn hierher mitgebracht. Will Creutz weiterhin über Bande spielen, um Bernstetter in gewisser Weise kontrollieren zu können? Dann würde er sich aber nicht am hellen Tag auf dem Gelände des Centers mit dem Mann sehen lassen.

Sie fragen sich bestimmt, was ich mit dieser alten Stasinase zu besprechen hatte, kommt Leonard mir frech zuvor, und das so überraschend, daß ich für Sekundenbruchteile perplex bin. Nein, in diesem Amateur sollte man sich nicht täuschen. Also verziehe ich den Mund zu meinem aufrichtigsten Lächeln, das mir zu Gebote steht, und proste ihm zu. Erwischt, sage ich. Was haben Sie also mit der alten Stasinase besprochen? Das Bild, das der Maler aus den Akten in Berlin gefischt hat, sagt er, und ich sehe, daß er lügt. Dieser Miltitz hat noch genug Verbindungen zu seinen alten Kameraden, die genau wissen, ob der Fund für die besagte Dame ein Stolperstein sein könnte. Und da wollten Sie mal nachfragen, spiele ich mit, denn er soll nicht denken, daß ich auf der Wurstsuppe hergeschwommen bin, wie mein Berliner Großvater noch zu sagen pflegte, als er schon Jahrzehnte in Haifa wohnte. Da das ins Hebräische schlicht unübersetzbar war, hat er es mir beigebracht. Er liebte seine Muttersprache und ihre Dichter und haßte koscheres Essen. So blieb ihm wenigstens mit der Wurstsuppe noch die Erinnerung. Leonard trinkt das Glas in einem Zug aus und winkt der Bedienung. Miltitz wird sich erkundigen. Es war einfach dumm von mir, das mit Anstand und dem Archiv, setzt er hinzu und merkt, daß ich es nicht gekauft habe.

Boris schaut der hübschen Kellnerin erwartungsvoll entgegen, um zu zeigen, daß er an unserem Gespräch nicht interessiert ist. Wissen Sie, wie Bernstetter mit diesem Mann vom Staatsschutz verfährt, frage ich ganz offen. Sie haben doch einen Schuldigen, sagt Creutz und schaut beinahe noch finsterer drein. Ja, sage ich, den toten Kultusminister. Wohlleben, hilft er aus. Das sollte ihnen reichen. Man braucht immer einen Schuldigen. Jurkewitsch hat einen zweiten Wodka geordert. Kennen wir doch alles aus der Geschichte, sagt er mit seinem gutturalen Akzent. Aus der alten wie aus der neuen. Wir sinnen eine Weile jeder seinen eigenen Gedanken nach. Das finde ich an unserer Runde gut; wo findet man dieses

Vermögen bei drei Leuten auf einmal. Es gibt wenige Konstanten in der Geschichte, auf die man sich verlassen kann, nimmt Jurkewitsch den Faden wieder auf. Die Sache mit den Sündenböcken, die man in die Wüste jagt, gehört dazu. Und die Lüge auch, ergänze ich, weil niemand auf die Vorgabe eingestiegen ist, und sehe Leonard tief in die Augen. Der Lüge, meint Joseph Conrad, haftet der Makel der Todesnähe an. Sie stiftet aber auch viel Gutes, sagt Creutz leichthin und nimmt sein neues Bier in Empfang. Würden Sie das auch vom Verrat behaupten, setze ich nach. Wissen Sie, was der französische Minister Talleyrand, übrigens ein Diener vieler Herren, dazu einmal zu Ihrem Zaren gesagt hat, Boris? pariert er mit einer Gegenfrage. Jukewitsch lächelt. Was hat er denn gesagt? Creutz pliert in die Wolken und nimmt bedächtig einen Schluck, bevor er antwortet. Er sagte, der Verrat, Sire, ist lediglich eine Frage des Datums.

Lena Sobek (54)

Es ist schön hier. Die Frühnebel liegen noch über den Feldern unten im Tal, so daß man den Zusammenfluß von Saale und Unstrut dort vermuten kann, wo der Dampf über den Wassern aufsteigt. Etwas zu kühl für Anfang Mai, das Wasser ist wärmer als die Morgenluft. Der Winter war mild und lau. Kaum Schnee, dafür sehr regnerisch. Es scheint, als wolle der Frühling die fehlenden Frostnächte nachliefern. Rechts hinter dem Höhenzug, wo gerade ein Zug entlangfährt, liegt Naumburg. Wenn ich seine Fahrtrichtung verfolgen würde, könnte ich mit etwas gutem Willen die glänzende Westfassade des Roßbach-Centers hinter dem Wäldchen ganz links ausmachen. Warum sollte ich. Wir sitzen in den weiß angestrichenen Holzstühlen und blinzeln in die Sonne. Noch frösteln wir zwischen leeren Tischen und lassen die Stille auf uns wirken. Zwei Wanderer, die vor der Öffnungszeit ein kleines Ausflugscafé besucht haben und jetzt vor verschlossener Türe sitzen. Der Platz ist gut gewählt, von hier ist der kleine Aufstieg mühelos einsehbar. Dagegen können Spaziergänger, die zwischen den Weinstöcken den kleinen Pfad aufwärts nehmen, vorbei an dem kleinen Häuschen, das Max Klinger genutzt hat zum Arbeiten, dann weiter zu seinem Wohnhaus, das ein kleines Museum beherbergt, hin zur Grablege des Künstlers mit der von ihm geschaffenen Bronzeplastik, die hier Sitzenden erst im allerletzten Moment ausmachen. Von dem Grab aus Travertin sind es nur noch wenige Meter bis zum Café-Häuschen, wo wir Posten bezogen haben.

Es ist Donnerstag. Trautwein meint, heute wäre nicht mit viel Betrieb zu rechnen und schmunzelt. Geöffnet würde hier erst nach dem Mittag. Erfahrungswerte. Auch keine unliebsamen Überraschungen, setzt er hinzu. Mit Besuchern aus dem Center müsse man hier nicht rechnen. Und er lächelt wieder in dieser warmherzigen Art, die Leo bestimmt auch gut zu Gesicht gestanden hätte. Es hätte von der Bitternis genommen, die in seinen Zügen eingegraben war, und die nicht wich, selbst wenn er Späße machte. Die wenigsten registrierten das; ich habe es am ersten Tag unserer Bekanntschaft bemerkt. Julius Trautwein haftet keine verschattete Melancholie an, doch etwas Schalkhaftes beherbergt auch sein beruhigtes Gesicht, das zwar freundlich wirkt, aber einem doch den Eindruck vermittelt, dieser Mann weiß, wo Bartel den

Most holt. Ich hingegen weiß, daß ich nicht in jene Land-schaften passe, wo sich Robert und Bernstetter tummeln, ja, wo sich auch Leonard auf scheinbar vertrautem Terrain bewegt hat. Pläne schmieden, Intrigen spinnen, sich belauern, immer auf der Hut sein. Vielleicht hat er Robert darum immer Schlapphut-Wichtig genannt. Verdammt, diese dämlichen Tränen sollte ich langsam in den Griff bekommen. Es ist ja nun mehr als ein halbes Jahr her. Was muß ich bei jeder unpassenden Gelegenheit losheulen. Trautwein scheint es nicht bemerkt zu haben, darum schneuze ich rabiat ins Taschentuch. Doch er ist viel zu nett, mein Weinen zu bemerken. Er erzählt etwas von der ehemaligen Fürstenschule, die weiter westlich an der Bahnstrecke liegt, noch hinter Naumburg von uns aus gesehen und so den Blicken entzogen ist. In Schulpforta hätten reihenweise Männer die Bänke gedrückt, die welt-bekannt geworden seien. Die Philosophen Fichte und Nietzsche etwa… Er verstummt, als er sieht, daß ich ihn für den Unterhaltungsversuch zwar dankbar anschaue, aber mich nicht zu mehr Aufmerksamkeit zwingen mag. Er ist sein alter Studienfreund und Kumpel, und auch wenn ich es mir einbilde, fühle ich sentimentale Gans mich in seiner Gegenwart Leo nahe. Als mir Robert damals die Nachricht brachte, daß das Auto explodiert sei, bin ich in ein Loch gefallen, aus dem mich, glaube ich, erst Trautweins Anruf befreit hat. Ob wir uns in Naumburg treffen könnten, er sei der und der und vielleicht könnte er mir ein wenig behilflich sein, über die schwere Zeit besser hinwegzukommen. Ich war damals so am Boden zerstört und hätte sicher nein gesagt, aber man will um die Umstände wissen, um mit dem jähen Ende eines geliebten Menschen abschließen zu können. Das Schweigen im Institut hat mich vielleicht noch kränker gemacht als die Nachricht von Leos Unfall, wenn es denn einer war. Wir haben uns dann in einer kleinen Bäckerei am Markt getroffen, Kaffee getrunken, und er sagte, es sei ganz normal, daß er als Leonards Studienfreund sich mit dessen Freundin treffe. Wieder diese Paranoia, habe ich gedacht. Noch so einer. Sind die denn alle verrückt. Er aber hat nur seinen Kaffee getrunken, dann dieser eindringliche Blick. Reden Sie mit niemandem darüber, vor allem nicht mit Bernstetter oder Iwein. Ich rufe Sie in einem Monat an, sage Ihnen, wo wir uns treffen. Dann können wir in Ruhe reden. Aber nicht hier. Das muß etwa sechs Wochen her sein, dann vorgestern der Anruf. Sie lassen Ihr Auto auf dem Parkplatz hinter der Brücke stehen. Da stehen immer Autos von Leuten aus dem Dorf. Dann wandern Sie. Es ist nicht weit. Passen Sie auf, daß Ihnen niemand folgt. Das ist ziemlich gut zu bewerkstelligen, denn Sie müssen einige Stufen diesen Weinberg hoch. Und so früh, habe ich gedacht. Der hat vielleicht einen Sprung in der Schüssel. Und wieder dieses Einschärfen: Zu keinem ein Wort. Eine Viertelstunde später stand er neben mir. Und nun sitzen wir hier. Und er versucht, mich vom Weinen abzulenken. Und ich kann keine Konversation über mitteldeutsche Kulturgeschichte machen so wie Leo es gern tat. Seine Eigenart, irgendwelche Monologe über Gott und die Welt aufzusagen und die alten Geschichten mit der aktuellen Politik ins Verhältnis zu setzen. Meist stellte er verblüffende Konvergenzen her. Und wenn man dachte, wie frappierend diese Verbindungen ja eigentlich seien, stellte er mit einem Scherz alles in Frage, machte das assoziierte Luftschloß zunichte. Ein intellektueller Eulenspiegel. Hatte nicht Bernstetter ihn einmal so genannt? Bloß nicht schon wieder heulen. Bitte, frage ich mein Gegenüber, denn selbst wenn er keine Antwort für mich bereithält, ist alles besser, wenn es nur von den schwarzen Gedanken ablenkt, wie ist das damals an der Tankstelle wirklich zugegangen? Niemand im Center hat darüber sprechen wollen. Ein Unfall, hat es immer geheißen. Irgendetwas mit selbstentzündlichen Sachen. Praktisch das Gleiche wie in der kurzen Pressenotiz unter polizeiliche Mitteilungen. Ein Unglück, das mit der Benzinzufuhr zu tun hätte. Ich verstehe davon nichts, weiß nur, daß es ein Wagen von der Fahrbereitschaft des Centers war. Ein gut gewartetes, fast fabrikneues Auto. Ich habe sogar versucht, mit diesem Miltitz zu sprechen. Ja? fragt Trautwein. Hat irgendwelches technisches Zeug von sich gegeben. Sinnlos.

Er angelt eine Schachtel Zigaretten aus der Jackentasche. Ich schüttele den Kopf, als er sie mir hinhält. Haben Sie sich nicht gefragt, warum Leonard allein mit diesem – er bläst den Rauch durch die Nase und sucht nach dem passenden Wort - Südamerikaner im Auto saß? Der Wagen hätte noch betankt werden müssen, hatte mir Robert Iwein mitgeteilt, weil das Auto ursprünglich nicht für eine Fahrt nach Berlin vorgesehen gewesen war. Schuld sei die zeitweilige Sperrung des Erfurter Flughafens an diesem Vormittag gewesen, so daß den Gästen der Zubringer zum Berliner Flughafen nicht zur Verfügung gestanden hätte. Also haben sie sich auf die Autos verteilt. Die beiden Russen im ersten Wagen, die Chinesen im zweiten, um nach Berlin zum Flughafen zu kommen. Da Leonard ebenfalls nach Berlin mußte, Bernstetter hatte ihm kurzfristig die Pressekonferenz aufs Auge gedrückt hatte, wurde noch ein Wagen gebraucht. Weil der russische Staatssekretär wohl gern noch etwas auf der Fahrt mit dem Botschafter aus Havanna besprechen wollte, hat der im Wagen der Russen Platz genommen. Leo ist dann zusammen mit dem kubanischen Attaché im dritten Wagen gefahren. Ja, sagt Trautwein, wie mir scheint mit einem Anflug von Zynismus, so ist es mir auch berichtet worden. Meinen Blick ignoriert er, fragt stattdessen, ob nicht abgesprochen gewesen war, daß im Konvoi gefahren werden sollte. Ja, sage ich. Aber das Auto mit Leo ist zur nächsten Tankstelle hinter Bad Kösen abgebogen. Sie haben sich über Telefon verständigt. Was weiter, fragt Trautwein und bittet in einem Atemzug um Entschuldigung, daß er mich mit diesen schrecklichen Details belästigt. Wie wahr, denke ich, eigentlich wollte er mir doch etwas erzählen. So beschließe ich seine Fragerei schroff mit der Bemerkung, als der Fahrer beim Bezahlen an der Kasse war, sei es zu der Explosion gekommen, wobei der Wagen rasend schnell abgebrannt sei und die Feuerwehr lediglich ein Übergreifen der Flammen auf die Tankstelle verhindern konnte. Was ist mit dem Fahrer geschehen, fragt Trautwein und drückt die Kippe aus. Ich bin nicht mehr so belastbar wie früher, und ich merke, daß ich kurz davor bin, die Nerven zu verlieren. Hören Sie, herrsche ich ihn an, was soll das hier werden? Sie sagten, Sie hätten einige Informationen für mich, bestellen mich wie in einem Agentenfilm in aller Frühe auf diesen Berg und fragen mir Löcher in den Bauch zu Sachen, über die Sie so gut oder so schlecht Bescheid zu wissen scheinen wie ich. Er legt ganz sacht die Hand auf meinen Arm. Ich erkläre es Ihnen sofort, sagt er beschwichtigend. Doch sollte ich informiert darüber ein, was Sie über diesen schlimmen Tag erfahren haben – von den anderen. Also bitte, was ist mit dem Fahrer geschehen.

Ich bereue es längst, hierhergekommen zu sein, auch wenn ich Julius Trautwein immer noch mag. Er will nochmal reden, denke ich, will mir den Alb austreiben. Aber ich brauche kein Psycho-Blabla. Vielleicht fühlt er sich verpflichtet als Leos Freund. Fast ist es mir egal. Darum sage ich, obwohl ich nicht rauche, er soll mir jetzt eine geben. Der Fahrer, der den Wagen vor dem Bezahlen nahe der Ausfahrt abgestellt hatte, so hat es geheißen, sage ich, wäre traumatisiert gewesen. Nach polizeilicher Einvernahme, technischer Untersuchung usw. hätte er kurz danach das Center verlassen. Trautwein gibt mir Feuer und sieht mich wieder so voller Wärme an, daß ich ihm nicht einmal böse sein kann. Und was ist mit Ihnen? Mir ist zu Ohren gekommen, Sie wollen das Roßbach-Center auch verlassen? Ja, sage ich ärgerlich. Das ist kein Geheimnis. Ich war lange krank und werde nächsten Monat meine Arbeit beenden. Ich gehe auch nicht wieder ins Linksrheinische, komme ich wahrscheinlich seiner nächsten Frage zuvor. Es gibt in Potsdam die Möglichkeit, als Dolmetscherin zu arbeiten. Da bin ich ja fast wieder in meiner alten Heimat. Er nickt und schweigt. Es gab keine Probleme, hier im Center. Roberts unendlich traurige Blicke erwähne ich nicht, so gut kennen wir uns nicht. Bernstetter läßt sich nach Leonards Tod kaum noch hier in der Provinz sehen; er tritt in zwei Monaten seinen Chefposten bei der Europäischen Zentralbank an. Aber das wissen Sie ja auch. Mit ihm sind schlagartig auch die ausländischen Besucher verschwunden. Als hätte es nie dieses Kommen und Gehen gegeben. Dornröschenschlaf eben. Und Leos Posten wurde bislang nicht wiederbesetzt. Um den Geschäftsgang kümmert sich der Verwaltungsdirektor Robert Iwein. Ja, und ich agiere sozusagen bloß als bessere Sekretärin. Nix zu dolmetschen. Alles sieht nach letztem Akt aus. Es würde mich nicht wundern, wenn das Center irgendwann in naher Zukunft wieder von der Bildfläche verschwunden sein würde, als habe es nie existiert. Vor ein paar Tagen gab es sogar eine kleine Demonstration vorm Haupteingang. Umweltschützer, die den Rückbau forderten, weil es seinerzeit nicht ohne Rücksprache mit den verantwortlichen Behörden an den Rand eines Landschaftsschutzgebietes gebaut worden wäre.

Ich schlage den Kragen hoch, denn so langsam wird die Kälte empfindlich spürbar. Sagen Sie, Herr Trautwein, frage ich ihn, um die Situation einfach zu verändern. Stimmt es, daß Leonard Creutz bei der Staatssicherheit war? Ein wenig überrascht schaut er mich an. Er hat für deren Abteilung Kommerzielle Koordinierung gearbeitet, antwortet er mit einem leichten Zögern. Einen Ausweis und einen Arbeitsvertrag hat er aber nie besessen. Er war beim Außenministerium der DDR mit einem Honorarvertrag angestellt. Hat er nie darüber gesprochen? Als ich den Kopf schüttele, redet er weiter. Sie haben ja bemerkt, welche Begabungen Leonard Creutz besitzt, wenn es darum geht, Geschichten zu erfinden. Zuweilen denkt er, er kann mit allen spielen, mit der Stasi ebenso wie mit der CIA, mit Bundespolitikern genauso wie mit Bänkern und Universitätsprofessoren. Und ich glaube es kaum, Trautwein schmunzelt sogar, während er spricht. Er ist kein pathologischer Lügner, verstehen Sie das bitte richtig, und soweit ich weiß, hat er seine Talente nie benutzt, sich persönlich zu bereichern. Nein, im Gegenteil. Er hat für unser Alter einen beinahe juvenilen Hang zur Gerechtigkeit. Was hat er genau für die Stasi gemacht, unterbreche ich ihn einfach, weil mir dieses Abschweifen schwer erträglich ist. Trautwein seufzt. Er hat Provenienzen gefälscht für Kunstsachen und Antiquitäten, die die Abteilung KoKo, also die sogenannte Kommerzielle Koordinierung unter ihrem Chef Schalk-Golodkowski für Valuta ins kapitalistische Ausland verscherbelt hat. Wie gesagt, er hat Herkunft-Geschichten erfunden, die technischen Mitarbeiter der Stasi haben, wenn es nötig wurde, die dazu erforderlichen Dokumente produziert.

Ein Fälscher, sage ich, ein Betrüger, und weiß nicht einmal, ob meine Enttäuschung oder meine Scham größer ist. Trautweins prüfenden Blick spüre ich beinahe körperlich. Es wird kalt beim Sitzen hier oben, und er wechselt vom Stuhl zum Tisch, behält mich dabei jedoch im Blick. So einfach ist es nicht, Lena, sagt er, als wüßte er um meine Gefühle. Bei manchen bedeutenden Sachen, keinen Trödel, sondern wertvollem Kulturgut, hat er versucht, winzige Ungereimtheiten einzubauen, die es ermöglichten, eventuell später die Unrechtmäßigkeit der Veräußerung nachzuweisen. Er hat mir von zwei Fällen erzählt, die er in New York Anfang der Neunziger so bereinigt hat. Dort wird er auch mit Leuten vom Geheimdienst zusammengekommen sein. Und hat wohl versucht, die Setzepfandt-Leute zu enttarnen. Sie wissen schon, diese neudemokratische Kleinpartei von 1990 mit einer nahezu kompletten IM-Führungsriege als Demokraten der ersten Stunde nach dem Mauerfall von Ost-Berlin. Das politische Sprungbrett für diese Dame, sage ich. Auch, nickt er. Leo hat mir vor meinem Besuch bei diesem Anstandt erzählt, daß mein Chef mit Jakob Setzepfandt in den Siebzigern Umsturzpläne erwogen hatte... Lassen Sie sich nicht täuschen, Lena, unterbricht mich Trautwein und sein Gesicht schaut nun sehr ernst. Leonard Creutz ist, bei all seiner Cleverness und ungeachtet seiner beinahe kriminellen Eleganz, ein unverbesserlicher Träumer. Ein Idealist, sicher. Ein Außenseiter, ein Freischaffender, ein verhinderter Robin Hood. Er ist ein guter Mensch, auch – und er schaut wieder zu dem Hügelkamm hinüber, dort wo die Spitzen des Naumburger Doms den Mittelpunkt des Städtchens markieren – wenn er manchmal gerade den Menschen, die ihm besonders nahestehen, weh tut. Und nun verfällt er wieder in dieses Schweigen, das ich aber nicht gewillt bin, jetzt noch auszuhalten, dazu bin ich zu aufgewühlt. Sie reden, als ob Leo noch lebt, sage ich erschüttert, weil von seiner Vorliebe fürs Präsenz unendlich genervt.

Er schaut auf die Schachtel, die leer ist und seufzt wieder. In dem ausgebrannten Wagen saß nur eine Person, sagt er sehr ruhig und ohne mich anzusehen. Die Untersuchung des Vorfalls an der Tankstelle wurde unter Umgehung der kriminalpolizeilichen Verantwortlichkeiten direkt beim Staatsschutz angesiedelt. In meinen Ohren summt es; langsam merke ich auch hier, daß ich in die Jahre komme. Er mustert mein Aufschrecken. Das ist nicht unüblich, wenn ein ausländischer Besucher mit Diplomatenstatus in dem Verdacht steht, eine falsche Identität zu benutzen bzw. der Verdacht der Spionagetätigkeit gegen seine Gastgeber naheliegt. Es war Ihre Aussage, die Sie im Gespräch mit Leonard Creutz getätigt haben, auf die sich das Ganze stützte. Es existiert eine Gesprächsaufnahme von Ihnen und Leonard über diesen Südamerikaner. Aufgenommen in Ihrem Büro. Ich weiß das aus verläßlicher Quelle, sagt er, ohne sich das Zucken des Mundwinkels zu verkneifen, und ich finde ihn plötzlich nicht mehr so nett. Hat Sie irgendeine Behörde zu diesem Kulturattaché befragt, Lena? Irgendwann einmal, vielleicht nur mit einer Andeutung? Nein? Das kommt so routiniert daher, daß ich lediglich entsetzt und wie ein Schulmädchen „Nein" sagen kann. Dann hat ja es geklappt, und man hat Sie herausgehalten aus der Angelegenheit, stellt er lakonisch fest. Da er auf eine Reaktion wartet, und mir bloß das Herz bis zum Hals schlägt, schreie ich ihn an: War Leonard etwa nicht in dem brennenden Auto? Trautwein setzt sich wieder neben mich. Als das Auto explodierte, sagt er schlicht, war er nicht mehr im Wagen. Aber wieso..., ich schüttele den Kopf, die Tränen schießen mir in die Augen, und alles ist mir egal. Schauen Sie, Lena, sagt er beinahe väterlich, und obwohl der Abstand an Jahren zwischen uns nicht so groß ist, fühle ich mich jetzt klein und zittrig neben ihm. Es gibt einen fast zugewachsenen Hohlweg hinter der Tankstelle, der führt einige hundert Meter zwischen Gebüsch entlang, das zur Begrenzung der Felder dient. Ein Mann unseres Alters schafft diese Strecke in wenigen Minuten, dann kommt er an eine kleine Einbuchtung hinter ein paar Bäumen. Gerade groß genug, um ein Auto zu parken. Man benötigt dann etwa fünfzehn Minuten ohne übertriebene Geschwindigkeit bis zur nächsten Autobahnauffahrt. Tja, das war's. Ich schaue ihn entgeistert an, packe ihn am Revers seiner Jacke und schreie ihn wahrscheinlich noch lauter an als vorhin: Das war's? Wollen Sie mir sagen, daß er lebt? Daß alles nur inszeniert wurde? Aber ... Er löst sanft meine Hände, schaut sich dabei um, sagt bloß, daß ich mich beruhigen soll, er verstehe ja, doch sei ich zu laut. Und zwingt mich wieder auf meinen Sitz. Ich merke nur, daß mir die Tränen pausenlos übers Gesicht laufen. Bitte, sage ich, Herr Trautwein, wo ist er? Er schaut noch einmal in die Runde. Die Vögel zwitschern, die Sonne fängt langsam an zu wärmen, außer uns ist niemand hier. Er wäre voraussichtlich nie in Berlin angekommen, sagt er beherrscht. Bernstetter ist quasi der neue Chef der EZB, und die Amerikaner üben mächtig Druck auf Berlin aus. Creutz wäre das Bauernopfer gewesen, das noch benötigt wurde. Er hat das Gott sei Dank rechtzeitig kapiert. Womöglich schon von anfang an einkalkuliert. Hat er Sie nicht deswegen zu dem alten Maler geschickt? Weil er diesbezüglich Befürchtungen hatte?

Bitte, Herr Trautwein, sage ich und fühle, daß ich ohne eine Antwort mich nie wieder von diesem Stuhl erheben kann. Er zieht etwas aus der Tasche. Es ist eine Postkarte von Schottland. Hügel, Felsen, irgendein See. Ich drehe sie um. Sie enthält nur wenige Worte. Adressiert ist sie an einen Eric Arthur Blair, postlagend, Leipzig. Ich schaue Trautwein fragend an. Er war schon immer ein Spaßvogel, sagt er und tippt auf den Text. Das hier ist bestimmt für Sie gedacht. Ich lese: HIC SUNT LEONES. Er lächelt wieder, ja, sagt er. Etwas rauhes Klima, aber auch gesund. Vielleicht sollten Sie dort einmal Urlaub machen, so in einem Jahr etwa. Darf ich die Karte behalten, frage ich. Er nimmt sie mir aus der Hand. Keinesfalls, antwortet er, hält die Flamme des Feuerzeugs an die Kante, und wir verfolgen beide, wie sie sich in Rauch und ein Häufchen Asche auflöst, das der Wind in die Rebstöcke treibt.

Zeitfracht Medien GmbH
Ferdinand-Jühlke-Straße 7
99095 Erfurt, Deutschland
produktsicherheit@kolibri360.de